동쪽에 모국어의 땅이 있었네

푸른사상 산문선 14

김용직 산문집

동쪽에 모국어의 땅이 있었네

푸른사상
PRUNSASANG

몇 편의 예외가 없는 바 아니지만 여기에 실린 글들은 내가 최근 몇 해 사이에 쓴 것들이다. 최근작들 가운데도 제재나 내용이 본격 담론에 가까운 것은 제외하고 비교적 경량급에 속하는 글들이 여기에 수록되어 있다. 그러니까 이 책에 담긴 것은 서사여적(書舍餘滴) 정도에 그치는 글들인 셈이다.

전편을 몇 개의 묶음으로 나누어본 것에는 별다른 뜻이 있어서가 아니다. 처음 책을 엮으려고 원고들을 읽어보니 여러 글들을 아우를 공통분모 같은 것이 없어 형형색색(形形色色)으로 느껴졌다. 이것은 어느 의미에서 세수도 하지 않고 격식이 있는 의식의 자리에 나가는 꼴이 아닐까 하는 의문이 생겼다. 그 나머지 네댓 편씩의 글들을 한 장씩으로 묶어서 4부작으로 한 권의 책을 만들기로 한 것이다.

제1부에 수록된 것은 이제 내 평생의 고질이 된 우리 문학 읽기의 갈피에서 파생된 내 나름의 의견서 같은 것이다. 글들 사이사이에 낱말들에 대한 사전적 풀이가 끼어들고 또한 김소월이나 두보(杜甫), 한용운의 이름이 섞여든 것은 그런 이유에서다.

어렸을 적에 나는 섬약 체질이어서 몸이 튼튼하지 못했다. 조금 자란 다음에도 한 시대나 사회를 주도해나갈 만한 기백이나 용기를 가지지 못했다. 그런 내가 비바람과 눈보라까지 겹친 세월 속에서 크게 좌절하지 않고 오늘에 이른 것은 누구의 은덕이었던가. 말할 것도 없이 그것은 언제나 내 주변서 따뜻한 눈길을 보내주고, 살뜰한 손길도 뻗쳐준 피붙이와 이웃, 이제는 유명을 달리하게 된 몇몇 친구들이 있었기 때문이다. 2부에는 그 가운데도 유별나게 그리운 몇 분을 그려본 회상기들을 실어보았다.

3부를 이룬 것은 이 얼마 동안 내가 써온 일기류에서 발췌된 글들이다. 머리에 서리가 내리게 된 다음 나는 뇌파 작용에 이상이 생긴 것인지 기억력이 감퇴하기 시작했다. 그 보완책으로 생각된 것이 낙서에 가까운 비망기를 날짜별로 적어본 일이다. 그것이 강산이 변하는 세월을 거치게 되면서 몇 권의 노트가 되었다. 그 가운데 아주 폐기처분하기에는 아쉬운 것들을 뽑아 실은 것이 제3부다.

4부 또한 3부와 거의 비슷한 성격의 글들을 담았다. 굳이 다른 점을 말하라면 이 부분의 글들에 한시나 한문학에 대한 그림자가 드리워진 점일 것이다. 지난 세기의 막바지 무렵부터 나는 내가 전공하는 한국 현대문학의 이해와 체계화가 이제까지와 같이 서구 추수주의 일변도의 형태로는 제대로 이루어지지 못하리라고 느꼈다. 우리 문학의 건전한 해석, 평가를 위해서는 서구의 근대 비평 방법과 함께 우리 문화 전통에 대한 인식도 병행시킬 필요가 있다고 믿게 된 것이다. 그와 함께 나는 그 지렛대 구실을 하는 힘의 한 가닥을 한시와 한문학의 흐름을 파악하는 것으로도 얻어낼 수 있지 않을까 생각했다. 한시나 방송극을 제재로 한 글이나 「해묵은 부대, 새로운 포도주」는 소박한 대로 그런 내 생각을 담아본 것들이다.

　돌이켜보면 그동안 나는 여러 권의 책을 도서출판 푸른사상사의 도움으로 출간할 수 있었다. 이 책 역시 그 연장선상에서 이루어진 것이다. 재교를 거치기 전까지 이 책에는 그대로 방치, 간행되었을 경우 세상의 웃음거리가 될 구절이 섞여 있었다. 「동쪽에 모국어의 땅이 있었네」의 그 한부분에서 나는 북경의 국자감(國子監) 견학 체험을 적었다. 거기서 나는 엉뚱하게도 명나라 영락제 때 이루어진 정화(鄭和)의 인도양 아랍 지역 원정을 청나라의 건륭제 때에 있었던 일이라고 오기를 내었다(바로 앞자리에 놓인 「말레이시아 일기」에서는 제대로 된 기술이 이루어졌다). 그런 내 원고의 잘못이 초교 단계에서 푸른사상사의 편집진에 의해 적발, 시정이 가해졌다. 이것으로 나는 글쓰기의 기본 전제가 되는 기초 상식에도 어두운 사람이라는 기롱감이 되는 것을 면할 수 있게 된 것이다. 다시 한 번 도서출판 푸른사상사의 남다른 배려에 감사한다. 그와 아울러 그동안 나에게 힘이 되어준 모든 분들의 건강과 행복을 빌고 바란다.

2016년 4월 25일
관악산 서울대학교 명예교수동 일각에서
김용직

1

말과 글의
여울목

ㄴㅗㅉㅗㄱㅔㅁㅗㄱㄱㅜㅇㅓㅡㅣ ㄸㅏㅇㅣㅇㅣㅆㅓㅆㄴㅔ

ㄷㅗㅇㅉㅗㄱㅔㅁㅗㄱㄱㅜㅇㅓㅡㅣ ㄸㅏ

『폭풍의 언덕』과 남구(嵐丘), 절독(絶讀)

  외국 소설을 몇 권이라도 읽은 사람이라면 에밀리 브론테의『폭풍의 언덕』을 모르는 이는 없을 것이다. 두루 알려진 것처럼 이 작품의 원제목은 Wuthering Heights이다. 우리나라에서『폭풍의 언덕』으로 번역되어 있는 이 소설 제목을 일본은『남구(嵐丘)』, 곧 '아라시가오카'라고 옮겼다. 일본어로는 '아라시'가 '태풍'이며 '오카'가 '언덕'이다.

  그런데 한자 자전을 찾아보면 '남(嵐)'의 뜻풀이가 ① 이내 : 산속에서 생기는 아지랑이 같은 기운. ② 산 이름. ③ 산바람 등이며 네 번째가 '거센 바람', '폭풍우'로 되어 있다. 더욱 중요한 것은 우리 고전이나 중국의 시문 중에 나오는 이 말이 거의 모두 고요하고 아늑한 분위기와 함께 쓰이고 있는 점이다. 김시습의『금오신화』에 '십리송삼횡취람(十里松杉橫翠嵐)'이라는 한 구절이 있다. 이 바로 앞 자리에 나오는 구절이 '일홍춘수사파리(一紅春水似玻璃)'이다. 그러니까 여기서 취람(翠嵐)은 '유리알같이 잔잔한 봄물결'의 대(對)로 쓰인 것이다. 이것은 '남(嵐)'이 아늑하고 고즈넉한 심상을 가지는 것으로 사나운 바람이 아님을 보여준다. 이와 꼭 같은 예가 왕유(王維)나 소동파(蘇東坡)의 시에도 나타난다.

저녁 노을 풀물 들자 이내를 이뤄내고

夕陽彩翠忽成嵐
— 왕유, 「송방존사시(送方尊師詩)」

발을 씻자 물결 일어 강물이 울어대고
나그네 옷 안개 끼어 푸른 이내 물이 든다.

波生濯足鳴空澗　霧繞征衣滴翠嵐
— 소동파, 「과령(過嶺)」

　이런 보기들에 견주어보면, 한자어인 남(嵐)의 첫째 뜻은 사나운 바람, 곧 폭풍의 뜻이 아니다. 그런데 에밀리 브론테의 소설에 등장하는 주인공들은 명백하게 세상의 풍파를 거치며 살아간다. 그러니까 일본 측의 에밀리 브론테 작품 번역명에는 문제가 있다. 일본 측의 이와 같은 한자 오독 현상은 얼핏 생각나는 것만 들어도 한두 가지가 아니다. 구체적으로 일본의 국화는 사쿠라다. 이 꽃의 해당 한자를 그들은 앵(櫻)으로 써왔다. 한자 자전을 찾아보면 이 글자의 뜻풀이로는 '앵두나무', '앵도(櫻桃)'가 나와 있을 뿐이다. 참고로 밝히면 앵두 또는 앵도는 낙엽관목으로 꽃이 4월에 피며 열매는 6월에 맺는다. 일본의 국화인 사쿠라, 곧 벚꽃이 3월에 피고 그 직후에 열매가 맺히는 것과는 전혀 다른 것이다. 열매의 빛깔도 전자가 연분홍, 붉은빛인 데 반해 벚나무 열매는 검은색에 가까운 자줏빛이거나 주홍이다. 일본이 세계에 자랑하는 고전에 만엽집(萬葉集)이 있다. 이 책의 가작, 명편으로 꼽히는 작품 가운데는 벚꽃을 소재로 한 것이 여러 수 있다. 그런데 그 표기가 모두 사쿠라→櫻으로 나타난다. 이것은 일본 고전의 한 가닥이 글자의 원뜻을 모르는 상태에서(적어도 벗어난 상태에서) 쓰였음을 뜻한다.

참고로 밝히면 우리 한자 자전에는 중국 쪽 해석이 그대로 적용되어 '앵(櫻)'은 앵두라고 되어 있다. 현대어에서 '앵(櫻)'에 해당되는 것을 우리는 '벚'으로 쓰고 있는데 그 한자 형태는 '내(柰)'라고 되어 있는 것이다. 최세진의『훈몽자회(訓蒙字會)』에는 '앵(櫻)'이 '이스라지'로 풀이되어 있고 그 주석은 '즉도 일명함도(卽桃一名含桃)'라고 적혀 있다. 이런 사실들이 가리키는 바는 명백하다. 그동안 일본이나 우리 주변에서 써온 한자어에는 뜻밖에도 오독, 또는 와전 상태로 전하는 것이 섞여 있다.

한자의 사용이 문제되는 자리에서 일어난 부작용 가운데는 지금 우리 주변에서 진행 중에 있는 것도 보인다. 그 보기가 되는 것이 얼마 전 일부 시민단체와 유력 일간지 사이에 일어난 알력, 마찰 현상이다. 몇몇 일간지의 시각으로 볼 때 정부, 여당의 급진적인 사회, 경제 정책이 마땅하지 않았다. 그것을 부당하다고 비판, 공격하는 논설이 게재되자 이른바 진보 성향의 시민단체들이 들고 일어났다. 그들은 비판 신문들의 논지가 부당한 반개혁, 보수적인 것이라고 하여 해당지들의 불매운동을 벌였다.

이때 그들이 표방한 구호의 하나가 ○○신문 절독(絕讀) 운동이었다. 그런데 이에 대해 맞불 작전을 편 일간지들의 논설과 기사에도 절독(絕讀)이라는 말이 빈번하게 사용되었다. 시민단체는 이 말을 구독을 끊는다, 곧 불매 운동과 같은 뜻으로 사용했다.

참고로 한자 자전을 보면 '절(絕)'의 첫째 뜻이 '끊다'라고 되어 있는 것은 사실이다. 그러나 그 다른 뜻에 '건너다', '지나가다', '멀다'가 있다. 또한 '절대로', '더 이상 없다', '극에 이르다'도 나온다. 구체적인 용례를 들어보면 절가(絶佳) : 더할 나위 없이 아름다운 인품, 또는 경치, 절창(絶唱) : 더할 나위 없이 훌륭한 시문(詩), 매우 빼어난 노래, 절애(絶愛) : 지극히 사랑함, 절탄(絶歎) : 크게 탄복함, 극구 칭찬함, 절특(絶特) : 몹시 뛰어남과 같다. 이때 절(絶)은 부정이 아니라 강조의 뜻으로 쓰인 것이다.

여기서 우리가 지나쳐버려서는 안 되는 한 가지 사실이 떠오른다. 즉 절필(絶筆), 절연(絶緣)과 같이 체언 앞에 쓰일 때 이 글자는 대개 '끊다'의 뜻을 가진다. 그러나 절가(絶佳), 절창(絶唱)과 같이 형용사나 동사 등 용언 앞에 쓰여 부사 구실을 하는 경우 대개 그것은 최상급 강조의 뜻을 가지게 된다. 이런 논리에 따르면 절독(絶讀)은 '신문 구독을 그만둔다'가 아니라 '매우 살뜰하게 읽는다'는 뜻이 될 수가 있다. 이렇게 보면 몇몇 특정지에 대한 시민단체의 성토 구호는 전혀 엉뚱한 말을 쓴 경우다. 그에 대응한 일부 신문도 어처구니없는 실수를 범한 것이 된다. 바로 그들이 내는 일간지를 더할 나위 없이 아껴 읽겠다는 시민단체의 구호를 아주 모질게 배제했으니 말이다. 여기서 우리가 얻을 수 있는 교훈은 명백하다. 이제 뜻도 모르고 말을 쓰는 우리 주변의 천박한 행동거지들에는 종지부가 찍혀야 한다.

6 · 25와 북침, 남침

1

올해(2010)는 6 · 25가 발발하고 나서 60주년이 되는 해다. 동족상잔의 슬픈 비극이 빚어진 그해부터 문자 그대로 강산이 여섯 번이나 바뀌는 세월이 흘러가버린 것이다. 6 · 25가 발발했을 당시 우리 또래의 나이는 미처 10대의 테두리를 벗어나지 못한 채였다. 참으로 덧없는 시간이 흘러가버렸으므로 당시의 일로 우리가 뚜렷하게 기억할 수 있는 것은 많지 못하다. 그럼에도 6 · 25란 말이 나오기만 하면 거의 조건반사격으로 우리 머리에는 몇 가지 영상이 고개를 쳐든다. 여기저기 나뒹구는 사람과 짐승들의 시체, 어느 마을, 거리를 지나도 우리 길을 가로막던 포탄 소리와 장갑차, 전차, 군용 트럭들의 잔해, 하늘에서는 무시로 요란한 굉음을 내며 전폭기가 지나갔다. 허기진 몸, 지친 다리를 끌면서 택한 남쪽 길에서 적과 우군의 총탄이 쏟아지는 전투 현장에 휘말려든 것도 한두 번이 아니었다. 한마디로 6 · 25는 우리 또래에게 아직도 생생하게 살아 움직이는 아비규환의 전장 그것이다.

2

거의 모두가 6 · 25 증후군을 앓고 있는 우리 세대에게 요즘 세대는 참으로 복받은 사람들이라고 생각될 때가 있다. 우리 세대와 달리 그들에게는 6 · 25가 그저 지나가버린 우리 현대사의 한 토막일 수 있을 것이다. 그들은 6 · 25가 갖는 여러 사실과 의미에 대해서도 별로 관심을 갖지 않는다. 그 한 보기가 되는 것이 이 며칠 동안 일간지에 실린 기사이다. 그 가운데 특히 주목된 것이 그저께 보도된 설문조사의 결과 보도 기사다. 거기에는 6 · 25를 북침(北侵)이라고 응답한 숫자가 과반수를 넘겼다는 내용이 담겨 있었다. 이런 응답을 한 연령층이 10대와 20대라는 기사를 읽고 '어떻게 이런 일이!' 하는 생각을 가진 것은 나 혼자만이 아니었을 것이다.

그 직후 새 세대의 6 · 25에 대한 무신경화 경향 치유책으로 제시된 것 가운데 하나가 국사 교육, 특히 근 · 현대사 교육의 강화론이었다. 구체적으로 6 · 25가 북의 적화통일 야욕에 의해 야기된 것이며 그것을 교과서에 명시하여 의무교육 과정부터 가르쳐야 할 것이라는 생각들이 6 · 25 불감증의 치유책으로 제시된 것이다.

내 전공 분야는 아니지만 나는 의무교육 기간에 국사 교육을 강화할 필요가 있다는 주장에는 이의를 달지 않는다. 그러면서도 마음 한구석에서는 아무리 교육 현실이 파행적으로 흐르고 있다고 해도 어떻게 우리 사회의 청소년들 과반수 이상이 6 · 25를 남쪽의 도발로 일어난 것이라고 알고 있을까 하는 의문이 일어나는 것을 막을 길이 없었다. 이런 내 의문은 뜻밖에도 오늘 아침에 배달된 일간지의 '6 · 25 정전 60년' 특집 기사에 접하자 그 수수께끼의 일단이 풀리게 되었다. 참고로 밝히면 특집의 큰 제목은 '북(北)이 침공했으니 북침이 아닌가요. 용어 헷갈리는 청소년'으로 되어 있다.

> "얼마 전 언론에서 실시한 청소년 역사 인식 조사 결과를 보면 고교생 응답자의 69%가 6·25를 북침이라고 응답한 충격적인 결과가 나왔다. 역사는 민족의 혼이라고 할 수 있는데 정말 문제가 심각하다."
>
> 박근혜 대통령은 17일 청와대 수석비서관 회의를 주재하며 이같이 말했다. 박 대통령의 말을 전해 들은 국민도 북한의 주장과 궤를 같이하는 청소년들의 역사인식에 충격을 금치 못했다. 고교생 3명 중 2명꼴로 6·25전쟁을 '남한이 일으킨 전쟁'으로 알고 있다면 2013년 대한민국은 왜곡된 역사관 속에 젊은이를 방치하는 한심한 국가라는 의미가 된다.
>
> 본보 취재팀은 6·25전쟁 발발 63년을 맞아 24일 전국의 10대와 20대 초반 청소년 200명을 무작위로 추출해 심층 설문조사를 실시했다. 취재팀은 또 이와 별개로 해양경찰청 관현악단 소속 20대 전경 20명에게 설문조사를 하고, 대학생 100명에게는 단체 카카오톡을 통해 6·25전쟁 발발 원인을 물어봤다.
>
> 그 결과는 '놀라웠다'. 응답자 전원이 '6·25전쟁은 북한이 남한을 침공해서 일어난 전쟁'이라는 역사적 사실을 정확히 알고 있었다.
>
> 다만 '남침이냐 북침이냐'고 물었을 때는 '북침'이라고 대답한 청소년이 3명 중 1명꼴로 나왔다. 그렇게 대답한 청소년에게 북침의 의미를 묻자 이들은 "북한이 남한을 침략했으니 북침이라고 표현하는 게 맞지 않느냐"고 했다.
>
> ─『동아일보』, 2013. 6. 25.

이상 기사를 피상적으로 받아들이면 우리 사회의 내일을 담당할 청소년들의 6·25에 대한 인식 착오가 전화의 혼선 현상 같은 것으로 해석될 여지가 있다. 구체적으로 그것은 북침(北侵)과 남침(南侵)의 말뜻을 엇바꾼 데 그치는 것으로 평가될 수 있는 것이다. 그러나 나는 여기에서 제기된 문제가 그처럼 단순한 것이라고 생각하지 않는다.

3

그동안 우리는 북침(北侵)의 대가 되는 말로 남침(南侵)란 말을 써왔다. 이 경우 남침(南侵)은 북에 의한 대한민국의 침략이라는 생각을 바탕에 깔고 있다. 그와 반대로 북침(北侵)는 남쪽에 의한 전쟁, 곧 북진통일(北進統一)의 형태로 이루어진 전쟁이란 생각을 전제로 한다. 그런데 이렇게 이루어진 말의 해석 자체가 한자어와 한문의 이치에 비추어 보면 잘못되어 있는 것이다. 여기서 주의해야 할 것이 침(侵)의 속뜻이다. 전쟁을 가리키는 경우 침(侵)은 침략(侵略), 침탈(侵奪)과 같이 부정적인 뜻을 내포하고 있다. 우리 역사를 보면 우리가 주체가 되어 벌인 싸움에 침(侵) 자를 붙인 예는 전혀 발견되지 않는다. 고려 시대의 거란정벌(契丹征伐)이나 조선왕조 때의 여진정벌(女眞征伐), 대마도정벌(對馬島征伐)이 구체적 보기가 될 것이다. 그리고 끝내 미수로 끝났지만 삼전도(三田渡)의 치욕을 씻기 위해 효종(孝宗)이 기도한 북벌(北伐)도 그한 예가 된다. 이것은 무엇을 말해주는가. 이렇게 제기되는 의문에 대해 해답의 열쇠가 되는 것이 정사(正邪)의 개념이다. 모든 전역(戰役)에서 옳은 것, 곧 정의 편인 것은 우리 자신이다. 그에 대해서 우리 강토를 넘어 들어와 노략질을 일삼은 적은 말할 것도 없이 악(惡)이며 사(邪)의 갈래에 속한다. 악한 것, 사(邪)의 무리들이기 때문에 그들이 일으킨 싸움에는 침략(侵略)을 뜻하는 침(侵)이나 난(亂)의 꼬리가 붙는다. 당연히 우리가 주체가 되어 일어난 싸움에는 그런 글자가 사용되지 않았다. 그 대신 진공(進攻)을 뜻하는 진(進)이나 정벌(征伐)을 가리키는 정(征)이나 벌(伐)이 쓰인 것이다. 그러니까 6·25의 경우에도 우리 군의 작전을 북침(北侵)이라고 할 수가 없다.

이야기가 여기에 이르렀으니 잠깐 잠정적인 결론 하나를 말할 단계가 되었다. 그동안 6·25를 두고 써온 북침(北侵)이나 남침(南侵) 등의 말은 그 어법 자체에 문제가 있다. 6·25를 말할 때 쓰이는 남침(南侵)이 북에 의한 도발이라면 우리가 시도한 통일 시도는 당연히 북벌(北伐)이라고 고쳐 써야 한다. 그런 말의 감각에 구태의연한 느낌이 든다면 적어도 북진통일(北進統一)을 줄여서 북진(北進)이라고 고치는 것이 마땅하다.

여기에 이르러 우리는 위와 같은 혼선이 일어난 첫째 원인을 그동안 우리 교육 현장에서 빚어진 한자 교육의 부재에서 찾을 수 있다. 비슷한 사례가 앞서 제시한 예문의 '청소년 200명을 무작위로 추출해'에도 나온다. 주어가 청소년이라면 그것은 엄연하게 인격적 실체인 사람이다. 추출(抽出)이라는 말은 사물의 경우에 쓰일 수 있는 것이다. 사람이 주체가 될 때 이 말은 마땅히 차출(差出)로 고쳐야 한다. 이와 꼭 같은 사례가 같은 날 일간지에 나온 다른 기사에도 나타난다. 〈압도적 열세의 화포와 병력〉. 새삼스레 밝힐 것도 없이 '열세'는 '우세'라는 말과 대가 되는 한자어다. 그리고 '압도적'이라는 한정어가 앞에 붙으면 열세라는 말은 쓰일 수가 없다. 정상적인 문장에는 '압도적 우세'라는 말이 사용되어야 한다. '열세'의 앞에는 한자어라면 '현적(懸隔)한' 정도의 말이 사용되어야 한다. 그리고 순수한 우리말로는 '엄청난'이 있는데 나는 이 말이 더욱 자연스러울 것이라고 생각한다.

　이제 이런 사실들에서 유추될 수 있는 결론은 명백해진다. 6 · 25에 곁들인 우리 주변의 언어 사용 혼선 현상은 물론 1차적으로 그 빌미가 역사 교육 부실이라고 지적될 수 있을 것이다. 그러나 그 지양, 극복책으로 국사 교육의 강화만이 시도되어서는 안 된다. 지금 우리는 전자 산업 체제를 구축하는 데 급급한 나머지 인간과 세계의 기능적 인식에 필수 요건이 되는 기초학문 육성, 강화를 등한시하고 있다. 그 결과 우리 사회의 주역이 될 청소년들이 국어사전에 나오는 말들도 제대로 알지 못하는 현상이 나타나는 것이다. 지금부터 우리는 초등교육에서부터 기초 교양과 종합적인 인문 교육의 체제를 구축해나가야 한다. 그를 통해서 한자 교육과 아울러 동서양의 고전 교육이 실시되어야 한다. 나아가 문사철(文史哲) 등 종합적 문화 교육이 이루어져야만 우리 주변의 갖가지 지적(知的) 파행(跛行) 현상이 지양, 극복될 수 있을 것이다.

김소월의 「초혼」과 두보의 「춘망」

한국 현대시를 읽은 그 누구든 김소월(金素月)의 이름을 모르는 사람은 없을 것이다. 그는 한국 시단이 아직 서구추수주의의 늪을 벗어나기 전에 우리말의 결과 맛을 기능적으로 살린 시를 썼다. 민요조 서정시라고 명명할 수 있는 「엄마야 누나야」, 「진달래꽃」, 「먼 후일」, 「예전엔 미처 몰랐어요」, 「가는 길」, 「왕십리(往十里)」 등은 그 말씨가 부드러운 가운데 감칠맛이 나는 가락을 가지고 읽는 이를 사로잡는다. 그는 우리 민족이 주권을 일제에게 빼앗긴 식민지 시대에 우리 시단에 등장, 활약했다. 거주지도 한반도의 북쪽 끝이어서 문단 활동을 하기에 좋은 여건이 아니었다. 그럼에도 그의 시는 발표와 동시에 우리 시단 안팎에서 주목의 과녁이 되었다. 일제 치하의 전 기간을 통해서 그처럼 많은 애송시편을 독자에게 끼친 시인은 달리 발견되지 않는다.

우리 시단 안팎에 끼친 호응으로 보면 김소월은 우리 모두가 받들어야 할 시인, 곧 국민시인의 이름에 값한다. 그런데 그를 국민시인으로 받들기에는 꼭 하나 아쉬운 점이 생긴다. 김소월이 살다 간 시대는 일제 식민지 체제하였다. 일제는 우리 강토를 강점한 다음 곧 우리 민족의 노예화를 기도했다. 그들은 우리 역사를 부정했으며 우리 민족의 경제적 토대를 뒤엎었고 오랜 전통을 가진 우리 민족의 역사와 문화를 부정, 배제했다. 마침내는 우리말과 글을 쓸 자유를 박탈해갔다. 이런 상황에서 김소월의 시는 대부분 사적인 세계에 머물렀고 선이 가는 목소리로 애정의 세계를 읊조린 듯 보인다. 한 민족이 존망의 위기에 처했을 때 참다운 의미의 시인과 문학자가 그런 상황 권외에 설 수는 없다. 한 사회와 국가가 압박, 부정되는 상황을 시인이 외면하고 개인적 감정만을 다루어서는 안 된다. 이것은 명백하게 우리가 김소월을 국민시인으로 받들지 못하는 장애 요인으로 작용할 것이다.

여기서 빚어지는 논리적 한계는 김소월의 대표작을 다시 검토하는 것으로 그 돌파구가 열린다. 김소월은 그의 많은 작품을 통해 '님'을 노래했다. 그런데 그의 '님' 가운데 일부는 이성의 애인에 그치는 것이 아니라 그 함축적 의미가 나라, 겨레로 잡히는 것이 있다. 이 경우의 좋은 보기로 떠오르게 되는 것이 「초혼(招魂)」이다. 널리 알려진 대로 이 시는 "산산히 부서진 이름이여!/허공중에 헤어진 이름이여!/부르다가 내가 죽을 이름이여"로 시작한다.

心中에 남아 있는 말 한마디는
끝끝내 마저 하지 못하였구나.
사랑하던 그 사람이여!
사랑하던 그 사람이여!

붉은 해는 西山 마루에 걸리었다.
사슴의 무리도 슬피 운다.
떨어져 나가 앉은 山 위에서

나는 그대의 이름을 부르노라.

설움에 겹도록 부르노라.
설움에 겹도록 부르노라.
부르는 소리는 비껴가지만
하늘과 땅 사이가 너무 넓구나.

선 채로 이 자리에 돌이 되어도
부르다가 내가 죽을 이름이여!
사랑하던 그 사람이여!
사랑하던 그 사람이여!

　이 작품에서 화자가 비통한 목소리로 부르는 것은 "사랑하던 그 사람"이다. 여기 나오는 '그 사람'을 또 하나의 고유한 우리말로 바꾸면 '님'이 될 수밖에 없다. 그런데 여기서 우리가 지나쳐버려서는 안 될 것이 이때의 '님'이 사적인 차원에 그치지 않을 것이라는 점이다. 이때의 이 말이 국가 민족으로 해석될 가능성은 화자가 올린 처절한 목소리를 고려에 넣는 것으로 유추가 가능하다. 이 작품이 아닌 김소월의 다른 작품에도 비감에 찬 것이 없지는 않다. 「진달래꽃」, 「접동새」, 「먼 후일」, 「예전엔 미처 몰랐어요」 등이 그런 시다. 그러나 다 같이 비감에 젖은 것이라고 해도 「초혼」의 목소리에는 위의 작품과는 다른 격렬함이 내포되었다. 이런 사실에 유의하면서 우리는 김소월이 두보(杜甫)의 「춘망(春望)」을 번역한 적이 있음을 상기할 필요가 있다. 1926년 3월호 『조선문단(朝鮮文壇)』에 「봄」이라는 제목을 단 그의 번역이 수록되어 있다.

이 나라 이 나라는 부서젓는데
이 山川 엿태 山川은 남어 있드냐.
봄은 왔다 하건만
풀과 나무뿐이어

오! 설업다. 이를 두고 봄이냐
치어라 꽃닢에도 눈물뿐 훗트며
새무리는 지저귀며 울지만
쉬어라 이 두근거리는 가슴아

못보느냐 밝핫케 솟구는 봉숫불이
끝끝내 그 무엇을 태우랴 함이료
그립어라 내 집은
하늘 밖에 있나니

애닯다 긁어 쥐어뜯어서
다시금 떨어졌다고
다만 이 희끗희끗한 머리칼 뿐
인제는 빗질할 것도 없구나.

― 김소월 역, 「봄」

두보의 「춘망」은 본래 철저하게 외형을 지키고 있는 오언율시(五言律詩)다. 통상 율시는 처음 두 줄과 마지막 두 줄에서 자수(字數)와 평측(平仄)만을 지키면 된다. 그런데 이 시에서 두보는 그것조차를 뛰어넘어 "國破山河在 / 城春草木深", "白頭搔更短 / 渾欲不勝簪"과 같이 철저한 병치 형태로 이 작품을 썼다.

김소월은 이 작품을 아주 심하게 의역으로 옮겨놓았다. 두 행으로 그칠 수 있는 허두 부분을 네 줄로 옮긴 것부터가 그 정도를 말해준다. 뿐만 아니라 "感時花濺淚/恨別鳥驚心"에 이르러서는 상당히 대담한 파격이 시도되어 있다. 역시에서 위 두 줄의 뜻을 살린 것은 2행과 3행, 곧 "꽃닢에도 눈물뿐 흣트며/새무리는 지저귀며 울지만" 정도다. 그 앞뒤에 붙은 "오! 설업다. 이를 두고 봄이냐"나 "쉬어라 이 두근거리는 가슴아"는 "感時"나 "恨別"의 의역 형태에서 빚어진 것이다.

한마디로 소월은 두보의 작품을 거의 자의에 가깝게 개작한 셈이다. 그러면서 이 작품은 끝내 번역의 테두리에 들 수밖에 없는 단면도 지닌다. 이 번역에서 소월은 원시의 의미 내용이나 형태에 충실하지는 않았다. 그러나 소월은 그 의미 맥락과 거기서 빚어지는 원작의 어조와 어세를 최대한 살리고자 했다. 본래 「춘망」은 난리로 깨어진 나라, 그 처절한 상황 속에서도 어김없이 찾아온 계절과 그런 세월을 살아야 할 화자인 두보가 품게 된 감정을 가락에 실은 작품이다. 그 어조가 강개 겨운 것이 특히 인상적이다. 심하게 원형을 뒷전으로 돌린 채 김소월은 이런 「춘망」의 의미 맥락과 어세를 최대한 살리고자 했다. 깨어진 나라에 대한 감정을 표출하는 데 역점을 둔 점이 그것을 말해준다.

김소월의 「초혼」과 「춘망」의 연계 가능성은 식민지 체제하에 직면한 우리 시인들의 의식 세계를 살피는 경우 매우 뚜렷한 선을 긋고 나타난다. 앞에서 우리는 「춘망」의 어조가 비통하며 그 어조가 비분강개한 것임을 지적했다. 그런데 일제에 의해 우리 주권이 침탈당했을 때 우리 시인 가운데는 이런 어조의 작품을 남긴 이가 드물지 않았다.

이상화(李相和)의 「빼앗긴 들에도 봄은 오는가」는 이런 경우의 우리에게 좋은 보기가 된다. 널리 알려진 대로 그 허두는 "지금은 남의 땅 빼앗긴 들에도 봄은 오는가"로 시작한다. 이것은 그대로 "國破山河在

/城春草木深'의 한국어 판이라고 해도 무방하다. 동시에 그 가락은 김소월이 남긴 역시의 허두와 아주 비슷하다. 여기서 간과될 수 없는 것이 「초혼」의 어세며 어조다. 비분강개의 목소리를 고조된 목소리로 노래한 점에서 「초혼」은 「빼앗긴 들에도 봄은 오는가」나 「춘망」의 번역을 능가하고도 남을 정도로 비통한 목소리를 담은 작품이다. 이 비감에 가득한 목소리가 사적인 차원의 애인을 위한 것일 수는 없을 것이다. 그렇다면 여기에 나오는 "사랑하던 그 사람"이 함축하고 있는 뜻은 무엇인가? 여기서 우리는 한 가지 사실을 확인해야 한다. 그것이 시인도 일상적인 차원에서 태어나서 그런 상황을 온몸으로 체험하면서 살아간 사람이라는 사실이다.

　말할 것도 없이 일상적인 차원의 인간은 슬픔과 아픔을 국가라든가 사회, 넓은 의미에서 역사와 결부시키는 상태에서만 터뜨리지 않는다. 그 반대로 그들은 피붙이나 이웃, 친구와 애인의 죽음 앞에서 그 아픔을 사적인 차원에서 느끼고 받아들이면서 울부짖고 통곡한다. 그렇다면 「초혼」에서 김소월의 목소리가 그런 유의 사적인 차원이 아니라 공적인 개념에 연계된 것이란 논증은 어떻게 성립되는가. 이렇게 제기되는 의문을 풀어보기 위해 우리는 작품 밖의 정보와 내재적(內在的) 증거를 아울러 찾아내어야 한다. 우선 김소월의 시에 대비되는 이상화의 시가 식민지 체제에 대한 의식의 결과일 것이라는 추론은 그 첫머리가 "지금은 남의 땅"으로 시작하고 있기 때문에 그 가능성의 문이 열린다. 그런데 「초혼」이 아닌 다른 작품에서 김소월도 이상화에 넉넉하게 대비 가능한 식민지 의식을 가진 것으로 나타난다. 얼핏 보면 애정의 노래로 읽어버리게 되는 「팔베개 노래」에서 그는 "조선의 강산아/네가 그리 좁더냐"라고 한 다음 "두루두루 살펴도/金剛斷髮嶺"이라고 했다.

이것은 일제가 강점한 땅 어디에도 화자가 정을 붙이고 안주할 곳이 없다는 절규로 유추가 가능하다. 「나무리 벌」의 화자는 고향이 "황해도 신재녕(新載寧)"이다. 그곳은 "올벼논에 닿은 물"이 넘실댈 정도로 풍요의 땅이었다. 그곳에서 쫓겨난 화자는 유랑민의 신세로 만주에 흘러들어가 "만주 봉천(奉天)은 못 살 곳이라고 한다." 여기 나타나는 주권 상실 감정은 이상화의 경우를 능가하고도 남을 정도다.

이와 아울러 김소월에게는 피붙이를 폐인으로 만든 것이 일제라는 의식이 그 가슴 깊숙이 자리하고 있었다. 일제는 한일합방 전에 군사 목적으로 경의선(京義線) 철도 공사를 했다. 공사 현장의 하나가 소월의 마을 가까이에 있었다. 소월의 아버지 김성도는 당시 나이 갓 스물에 접어들었다. 김소월은 그에게 첫아들이었는데 당시의 관습에 따라 아내가 친정으로 가서 아이를 낳았다. 아들의 첫돌 날 그는 처가에 가져갈 선물을 잔뜩 말에 싣고 경의선 공사가 벌어진 공사판 옆을 지나갔다. 그것을 일본인 십장이 발견하고는 재수없다고 멈추어 서게 하고 불문곡직으로 구타했다. 이때에 받은 충격으로 그는 끝내 정상적인 생활을 못 했다. 감수성이 예민한 김소월이 이런 사실을 성장 후에 무로 돌렸을 리가 없다. 이제까지 우리는 이런 사실을 지나쳐버리고 「초혼」을 애정시의 하나라고 해석해왔다. 소월에게 많은 애정시가 있지만 그 가락은 부드럽고 감미롭다. 그런데 「초혼」 바닥에 깔린 감정은 이미 검토한 바와 같이 이례적으로 볼 수밖에 없을 정도로 격앙되어 있으며 격렬하기까지 하다. 이 역시 이 시가 사적(私的)인 세계와는 다른 차원을 가진 것이며 그 의식의 바닥에 민족적 주권 상실에 대한 아픔이 깔린 것으로 보아야 한다.

이제 우리는 필요로 하는 논리적 절차를 제대로 거쳤다. 그 결과 얻어낸 결론은 확실하다. 일제 치하의 각박한 상황에서도 김소월은 민족 사적 현실을 외면하지 않은 시를 썼으며 그것을 저층 구조에 담아 읊조렸다. 그와 아울러 그의 시에는 우리말의 맛과 결이 매우 기능적으로 교직되어 수많은 독자에게 메아리를 일으키게 만드는 말씨와 가락을 담은 것이 있다. 이것으로 김소월은 국민시인이 될 두 요건을 모두 갖춘 시인일 수 있는 것이다. 오늘 그의 이름은 한국 현대시의 하늘에 내어 걸려 펴득이는 기폭과 같은 존재다.

제 곡조를 못 이기는 사랑의 노래

: 만해의 시, 이렇게 본다

　초판본이 1920년대 중반기에 나온 만해(萬海)의『님의 침묵』은 초창기 우리 근대 시단의 물굽이를 바꾸어낸 사화집이다. 그러나 발간 직후부터 오랫동안 이 시집에 대한 우리 문단 안팎의 반응은 미미했다. 난해한 것이 그 소외 현상의 중요 요인이었는데 이런 외면 상태가 어느 정도 극복된 것이 1960년대경이었다. 이때 만해시 재발견의 선진을 담당한 비평가 가운데 한 분이 고(故) 송욱(宋稶) 교수였다. 당시 그는 서울대학교의 영문과 교수였고 전공은 현대 영시였다. 평소 한국문학에 읽을 것이 없다고 말하는 버릇이 있었던 그가『님의 침묵』을 접하고 나서는 생각이 크게 바뀌었다. 그는 만해의 시에서 영시의 한 갈래를 이룬 형이상시의 세계를 읽은 것 같다. 그리고 그 형이상성을 불교 사상과 상관관계를 가진 것으로 파악한 다음 그것을 토대로『님의 침묵 전편 해설』이라는 연구서를 냈다. 이때 송욱 교수는 만해시가 가지는 특성을 정의하여 '사랑의 증도가(證道歌)'라고 했다.

　여기서 문제되는 '증도(證道)'는 증득(證得)과 같은 범주에 드는 말로 불교에서 한 마음 수행 과정을 거친 다음 돈오대각(頓悟大覺), 진리를 깨친 차원에 이르렀음을 가리킨다. 만해가 당대의 고승대덕(高僧大德) 이었음을 감안할 때 그의 깨달음이 불교에서 말하는 정각(正覺), 견성 (見性)의 경지를 가리킴은 달리 군말이 필요하지 않을 것이다.

그런데 이때 송욱 교수는 몇몇 작품에 대해 명백히 논리의 앞뒤가 맞지 않은 발언을 했다. 만해의 「심은 버들」을 송욱 교수는 "공(空)을 존재의 면에서 붙잡으려 한 것"(상게서, 209면)이라고 읽었다. 두루 알려진 대로 「심은 버들」의 표면적 제재는 '말'과 '버들'이다.

> 뜰 앞에 버들을 심어
> 님의 말을 매렸더니
> 님은 가실 때에
> 버들을 꺾어 말채찍을 하였습니다
>
> 버들마다 채찍이 되야서
> 님을 따르는 나의 말도 채칠까 하얐드니
> 남은 가지 천만사(千萬絲)는
> 해마다 해마다 보낸 한(恨)을 접어 맵니다
>
> —「심은 버들」, 전문

여기서 '말'과 '버들'이 불교식 형이상의 차원에 이르기 위해서는 그들이 해탈과 지견(知見)의 길목을 차지하는 제재 구실을 해야 한다. 그러기 위해서는 이들 소재가 물리적 차원을 벗어나 형이상의 차원에 이르러야 할 것이다. 그럼에도 「심은 버들」의 행간 그 어디에도 그런 해석을 가능하게 만드는 시적의장(詩的意匠)이 발견되지 않는다.

이와 아울러 시집 『님의 침묵』에는 「논개(論介)의 애인이 되야서 그의 묘(廟)에」, 「계월향(桂月香)에게」 등과 같이 불교식 해탈, 지견(知見)의 경지를 노래하기에 앞서 탈식민지(脫植民地), 반제(反帝), 민족의식을 바닥에 깐 작품도 있다. 이들 두 작품의 주인공은 다 같이 임진왜란을 당하여 적의 장수를 찌르고 순국한 한국의 여인들이다. 그 행동 궤적에 민족의식의 자취가 뚜렷한 점은 넉넉히 지적될 수 있다. 그러나 이것이 불교식 세계 인식의 구경인 해탈, 지견의 경지와 무슨 유대관계를 가질 수 있는가. 이렇게 제기되는 의문에 대해서 송욱 교수는 「논개」의 마지막 줄에 나오는 "용서하여요"를 '인(忍)'이라고 해석했다.

불교에서 인(忍), 또는 인욕(忍辱)은 사바세상의 온갖 번뇌와 고통을 견디고 이겨낸 다음 이를 수 있는 정신의 차원이다. 이런 인을 송욱 교수는 중간 과정을 거치지 않은 채 '자비'와 등식 관계로 보았다. 그것으로 인이 식민지적 질곡에서 신음하는 우리 동포를 아끼는 감정으로 해석된 것이다. 그런데 본래 인은 법보론에 속하는 절목(節目)일 뿐 그 자체가 직접 반제, 역사의식이나 민족적 자아 추구와 같은 맥락으로 쓰일 수 있는 개념이 아니다. 이런 인이 어떻게 실제 행동의 특수 형태인 척살(刺殺), 순국에 직결될 수 있는지가 문제다.

여기서 우리가 유의할 것이 있다. 『님의 침묵』의 일부 작품이 불교식 형이상의 노래가 아니라고 하여 송욱 교수의 '사랑의 증도가'론이 전면적으로 배제될 수는 없다. 그 이유는 명백하다. 만해시의 대표작으로 손꼽힐 수 있는 작품에 「나룻배와 행인(行人)」, 「알 수 없어요」 등이 있다. 「나룻배와 행인」의 바탕이 된 것은 분명히 보살행에 그 끈이 닿은 제도중생(濟度衆生)의 감각이다. '제도중생'은 대승불교(大乘佛敎)의 제일 목표가 되는 것이므로 물리적 세계와는 범주를 달리하는 형이상의 차원이다. 그런가 하면 「알 수 없어요」의 마지막 한 줄에는 법보론의 중심축을 이루는 인연 사상이 내포되어 있다.

> 타고 남은 재가 다시 기름이 됩니다. 그칠 줄 모르고 타는 나의
> 가슴은 누구의 밤을 지키는 약한 등불입니까.

대승불교의 경전 어느 대목에는 우주의 생성 원리를 인연이라고 설파한 말이 나온다. 인연 사상에 따르면 불국토(佛國土)의 삼라만상은 수화풍토(水火風土) 등 사대(四大)가 모여서 이루어진다. 그 계기를 짓는 것을 인연이라고 하는데 인연이 있어 사대가 모이면 있음, 곧 유(有)가 된다. 그와 달리 사대가 흩어지면 삼라만상은 소멸하여 무(無)가 되어버린다. 그러니까 인연으로 하여 삼라만상은 서로 꼬리를 물고 나타났다가 사라지며, 태어났다가는 무가 되는 것이다.

불교에서는 이것을 유무상생(有無相生), 불생불멸(不生不滅)이라고 보며 그 연장선상에서 인간과 우주의 원리를 〈색즉시공 공즉시색(色卽是空 空卽是色)〉이라고 하는 것이다. 이렇게 보면 "타고 남은 재가 다시 기름이 됩니다"는 연기설의 중심 개념을 만해가 그 나름의 가락에 실어 편 것이다.

여기서 우리는 한 가지 사실을 명백하게 확인해두어야 한다. 그것이 『님의 침묵』의 세계가 단선적이 아니라 복합적이며 통섭적이라는 점이다.

우리가 만해시 해독을 위해서 제대로 된 좌표를 마련하려는 경우 다시 한 번 검토해보아야 할 것이 있다. 다음과 같은 허두로 시작되는 만해의 「군말」이 그것이다.

'님'만 님이 아니라 긔룬 것은 다 님이다. 중생(衆生)이 석가(釋迦)의 님이라면 철학(哲學)은 칸트의 님이다. 장미화(薔薇花)의 님이 봄비라면 마시니의 님은 이태리(伊太利)다. 님은 내가 사랑할 뿐 아니라 나를 사랑하나니라.

　여기 나타나는 만해의 사랑은 "긔룬 것" 곧 마음속으로 살뜰하게 생각하는 차원의 개념이다. 이것으로 명백해지는바 만해가 사랑하는 대상은 특정 사상, 특정 계파에 얽매여 있는 그 무엇이 아니다. 만해가 사랑한 것은 바로 시공을 초월해 있으며 범주도 사상의 경계도 없는 '있음'으로서의 삼라만상 그 자체다. 그렇다면 우리가 만해시의 기능적인 이해를 위해 일차적으로 유의해야 할 것은 무엇인가? 「군말」의 다음 자리에서 만해는 무변중생과 삼라만상을 참으로 사랑한다면 그 사랑 자체도 지양, 극복의 과제로 삼아야 할 것임을 애둘러 말했다. "연애(戀愛)가 자유(自由)라면 님도 자유일 것이다. 그러나 너희는 이름 좋은 자유에 알뜰한 구속(拘束)을 받지 않너냐." 여기서 우리는 한 가지 사실을 명백하게 인식해두어야 한다. 만해에게 있어서 시는 검토, 분석의 대상에 그치지 않는다. 작품 「님의 침묵」의 마지막에 나오는 바와 같이 그에게 노래, 곧 시는 초공(超空)과 무아(無我)의 경지에 이른 다음 스스로 빚어지는 것인데 그것이 곧, "제 곡조를 못 이기는 사랑의 노래"였을 뿐이다.

2
인연의
소맷자락

아프지가 않았습니다, 그날의 회초리
: 태백청송 별장(別章)

철부지였을 적에 나는 어른들의 두통거리가 되었을 정도로 작란이 심했다. 작란 가운데도 크고 작은 나무 타기가 날마다 거듭되었다. 그것을 보다 못한 어머님께서 금족(禁足) 아닌 금목령(禁木令)까지 내리셨다.

우리 고장은 낙동강 상류에 위치한 산협촌(山峽村)이었다. 마을 앞에는 우두산에서 발원하여 낙동강의 본강(本江)에 합수(合水)되는 시내가 있었다. 우리 고장은 그 물기슭에 자리를 잡은 자연부락이었는데 전후 사방이 온통 산으로 에워싸인 문자 그대로의 산골 마을이었다.

우리 마을 산과 들판, 골짜기에는 어디에나 소나무, 참나무, 상수리들이 서 있었고 집 앞이나 개울가에는 버드나무와 함께 느티나무, 아카시아, 미루나무 들이 지천으로 자라나 숲을 이루고 있었다. 문자 그대로 나무의 세상, 숲의 나라라고 할 수 있는 고향에서 나는 일찍부터 그들 사이를 헤집고 다니기를 좋아한 산골 아이였다. 무시로 나무들 줄기를 타오르고 가지들에 매달리는가 하면 잎새들을 쓰다듬거나 흔들어보는 것으로 내 하루가 시작되고 또한 그렇게 밤을 맞았다.

내 나무 타기 버릇이 제법 자리를 잡기 시작한 것은 내 나이 예닐곱 살 때부터가 아닌가 한다. 그때부터 다른 아이보다 유별나게 내가 나무들에 매달리고 그 사이를 헤집고 다니는 버릇이 있는 것을 알게 되자 그러지 않아도 말 만들어내기를 좋아한 누님들이 내 별명을 신생원(申生員)이라고 붙였다. 신생원은 원숭이를 가리켰는데 나를 두고 만든 누님들의 그런 호칭에는 까닭이 있었다. 그때까지 우리 고장에는 재래식 연령 계산법이 그대로 통용되고 있었다. 그에 따르면 나는 임신생(壬申生)이었다. 임신(壬申)의 신(申)이 곧 원숭이였으므로 유별나게 나무를 좋아하는 나를 두고 누님들이 신생원이라는 별명을 붙여버린 것이다.

나를 신생원이라 부르면서 깔깔거린 누님들과 달리 우리 어머님은 도가 지나친 내 나무 타기를 적이 걱정하셨다. 태어나기를 나는 몸이 튼튼한 편이 아니었다. 특히 팔다리가 여느 아이들보다 길기만 했을 뿐 힘이 없었다. 그런 터수로 시도 때도 없이 작고 큰 나무를 오르내리니까 몇 번이나 나는 다리를 삐고 어깨나 옆구리를 다쳤다. 지금도 내 오른쪽 겨드랑이 안쪽에는 수두 자욱보다 큰 생채기가 있다. 날씨가 궂은 날이면 왼쪽 발목의 힘줄 부분이 아프고 불편하다. 모두가 유년기 때 내가 나무에서 떨어진 데서 빚어진 추락 사고의 결과다.

어떻든 그런 일이 거듭되자 우리 어머님이 나를 불러서 앉히고 조용히 타이르셨다. 이제부터 글공부를 착실하게 해나갈 나이인데 그러자

면 조상님이 내리신 몸을 제대로 가꾸고 마음도 다스릴 줄 알아야 한다, 그런데 너는 쓰잘 데기 없는 작란을 일삼아 소중한 신체발부(身體髮膚)를 훼손하고 있으니 안 될 일이다, 이제부터 절대로 나무에 오르기는 그만두거라, 내 앞에서 약조를 하거라.

어머님의 지당한 말씀이 내리자 나는 그 자리에서 '그러겠습니다' 하고 말씀을 드렸다. 그러나 어머님에게 드린 그런 내 서약은 작심삼일(作心三日)에 그쳤다. 그 빌미가 된 것은 앉으나 서나 내 귓전에서 일렁이는 바람 소리, 물소리가 있었기 때문이다. 방 안에 앉아 있다가도 숲을 지나가는 바람 소리, 골짜기를 흘러내리는 개울물 소리가 귀청을 흔들면 나도 모르게 나는 개울가나 산자락 등 나무가 있는 자리로 달려가야 했다. 낮에 깨어 있을 때는 물론 때로 잠결에도 물 냄새, 나무 냄새가 내 머리와 가슴에 젖어들었기 때문이다.

특히 진달래, 개나리가 지고 푸나무가 무성해지는 여름이 시작되면 그 정도가 심해졌다. 우리 고장의 여름은 나무들 사이에서 우는 꾀꼬리, 소쩍새 소리로 시작되었다. 그 무렵이면 산등성이에 뭉게구름이 일어나고 때로 그것이 소나기를 몰고 왔다. 그때쯤이면 산골짜기 개울물들이 요란한 소리를 내며 흘렀다. 산과 들판의 나무는 지천으로 푸른 잎새를 달았다. 그와 함께 숲속에는 멧새와 들새들이 제철을 만난듯 푸드덕대었다. 또한 골짜기와 산등성이에는 노루, 토끼, 멧돼지가 뛰놀았다. 때로 햇살이 눈부시게 하늘을 덮으면 우리 마을 전체가 온통 풀 냄새, 물 냄새로 떠나갈 것만 같았다. 그런 자연의 조화가 벌어지면 내 귓결에는 '신난다, 신난다, 나와서 뛰놀자'와 같은 말의 환청이 생겼다.

돌이켜보면 어느덧 강산이 여덟 번이나 바뀐 세월이 흘러갔다. 그날도 나는 방 안에 갇힌 내 꼴을 억울하게 생각했다. 『동몽선습(童蒙先習)』을 건성으로 펼치고 있었을 뿐 속마음은 전혀 그게 아니었다. 그런 내 앞에 다시 이웃에 사는 내 또래 몇몇이 나타났다. 그들은 문만 열고 방에 들어서지도 않은 채 무얼 하느냐, 밖으로 나와서 놀자는 말을 던졌다. 순간 나는 읽던 책을 덮지도 않고 방 밖으로 뛰쳐나갔다. 마침 어머님이 그 전날 외가에 간 터여서 당신은 집을 비우고 안 계셨다. 그길로 내가 달려간 곳은 수령이 백 년은 넘었을 것으로 생각된 소나무 앞이었다. 일단 그 앞에 서자 나는 거의 신들린 무당의 꼴이 되어 한 아름이 훨씬 넘는 나무 밑둥치를 안았다. 그런 다음 전후 사정을 까마득히 잊어먹은 채 그 나무에 오르기 시작했다.

그때 내가 오르기를 기한 나무는 우리 고장에서 태백청송(太白靑松)이라고 부른 붉은 줄기에 사철 푸른 잎새를 단 큰 소나무였다. 밑둥치에서부터 어른 키 한 길 남짓 정도에는 잔가지나 옹이가 전혀 없었다. 그 밋밋한 줄기를 타고 오르느라고 나는 초입에서 문자 그대로 젖 먹을 때 힘까지를 다 털어 썼던 것 같다.

그러나 어느 정도 올라가자 태백청송에는 옹이가 있었고 가지들도 손에 잡혔다. 그들을 이용할 수 있게 되자 내 고투는 일단락이 되었다. 그다음 단계에서 나는 비교적 힘을 들이지 않고 나무의 정상부에 오를 수 있었다. 순간 나는 제풀에 신이 나서 고함을 질렀다. "야! 다 올라왔다. 성공이다. 여기서는 아랫마을이 다 보인다. 청량산(淸凉山)이 코앞이다. 낙동강까지가 잘 보인다!"

그런데 이상했다. 내 환호성과 함께 으레 뒤따라야 할 내 또래의 환호작약(歡呼雀躍)하는 소리가 전혀 들리지 않았다. 무슨 까닭인가 영문을 모르는 가운데 나는 나무 아래를 내려다보았다. 순간 나는 가슴이 덜컥 내려앉는 광경을 거기에서 보았다. 나무 아래에는 언제 흩어져버렸는지 내 또래의 장난꾸러기가 한 사람도 없었다. 그 대신 거기에는 조부님이 돌아가신 다음 내 글사장이 되신 백부님이 뒷짐을 지고 계셨다. 당신은 당황하여 할 바를 모른 나를 향해 아주 조용하게 말씀하셨다. "오냐, 내가 여기 있으니 발 조심하면서 내려오너라."

내가 떨리는 발걸음을 옮겨 당신 앞에 서자 다시 당신의 말씀이 떨어졌다. "그 꼴이 뭐냐. 옷에 묻은 먼지 좀 털어라. 그리고 나를 따라오너라." 백부님의 뒤를 따라 문자 그대로 나는 형장에 끌려가는 죄수의 심정이 되어 큰사랑으로 갔다. 그렇게 내가 당신 앞에 서자 다시 백부님이 말씀하셨다. "종아리 걷어라!" 그리고 그에 이어 "너 큰아배(우리 고장에서는 조부님을 가리킴) 글 가르칠 때 신체발부는 무어라고 배웠느냐. 세 번 외어보거라." 내가 더듬거리면서 "신체발부 수지부모 불감훼상 효지시야(身體髮膚 受之父母 不敢毀傷 孝之始也)"를 세 번 되풀이하자 다시 당신의 처분이 떨어졌다. "그래 글을 배웠으면 그대로 실행을 해야 할 것인데 너는 그 뜻을 어겼지. 그러니까 좀 맞아야 한다. 종아리 걷어라!" 그에 이어 당신은 사랑에 마련된 싸리나무 회초리로 내 종아리를 세 번 치셨다.

나는 오늘 역력히 기억한다. 그때 당신이 치신 회초리는 조금도 아프지가 않았다. 그 까닭을 명민하지 못한 나는 80을 훌쩍 넘긴 오늘에 이르러서야 제대로 깨치게 되었다. 그때 당신이 나에게 내린 회초리는 체벌에 그친 매가 아니었다. 지극히 나를 아끼시고 가르치려고 하신 사랑의 매였다. 천방지축 천둥벌거숭이를 사람이 되라고 내리신 사랑의 매였기 때문에 나에게는 조금도 아프지 않았던 것이다.

백부님 : 휘(諱) 김동수(金東洙), 호 송남(松南). 1886~1983. 일찍 경상도 안동 예안(禮安) 광산 김씨의 일파인 예안파(禮安派) 탁청정(濯淸亭) 15대 종손으로 태어나셨다. 소싯적에 가학(家學)으로 한문을 수학하셨고 개화기 안동 지방의 신교육기관인 협동학교에서 신학문 수용, 평생을 성의정심(誠意正心) 선비의 길을 닦고 지키기를 기한 삶을 사셨으며 영남 지방의 선비들 교유 모임인 남풍회(南風會)에 참여하셨다. 적지 않은 시문(詩文)을 지으셨으나 생시에 몇 번인가 "내 글은 넉넉하지 못하니 책으로 만들 것은 없다"고 하셔서 문집을 끼치지는 않으신다.

꿈결이 아닌 자리, 어느 하늘가

구름이 머물다 간
어느 하늘가
초롱한 눈
검은 머리
너를 만나면

내 가슴에 담긴 말
일러보리라
어디 갔다
이제 오냐
물어보리라

은하수가 걸리던 곳
너와 내 고향
꿈결 아닌
어느 자리
너를 만나면

울렁이는 가슴으로
손을 맞잡고
그리웠다
한마디
말해보리라

세월은 찢긴 살점
엉겅퀴 벌판
무정했다 원망으로
네가 말해도
오냐라고 온몸으로
대답하리라

아무렴
그렇지
너를 만나면
꿈결 아닌
어느 자리
너를 만나면

젖냄새 조히 풍긴
네 손 잡아서
옛적처럼 내 어깨에
무등 태우리

오오냐
그렇게
무등 태우고

황홀하게
황홀하게
하늘을 보리
구름 가는 하늘의
해도 보리라

　속절없이 옅고 짧은 인연이었다. 남들은 긴 평생을 두고 누릴 세월을 고작 네 해 남짓으로 막을 닫았다. 유난히 고운 눈매, 반듯한 이마, 때때로 웃고 찡그린 그 모습이 너무도 앙증맞았다. 1948년 이른 봄, 어느 날의 출생. 그러나 정작 내가 너를 만난 것은 삼칠이 지나고도 달포를 넘긴 5월달 어느 날의 아침이었다. 그날은 하늘의 까치가 유난히도 맑은 목소리로 울었다. 앞산 넘어서 솟아오른 햇살도 여느 날의 몇 갑절이나 밝았다. 조모가 된 우리 어머니가 조심스레 안고 나온 강보 속의 아기가 처음 가족 대면을 하는 자리였다.

　일찍부터 우리 고장에는 기승스러울 정도로 남아 선호 취향이 있었다. 그 위에 너는 조모가 된 우리 어머니의 첫 번째 손자였다. 조모, 고모, 많은 안어른들의 총애를 너는 넘칠 정도로 받을 수 있었다. 그런 정서 속에서 너는 좀해야 내 차지로 돌아오지 않는 귀염둥이로 자랐다. 어쩌다 내가 안고 추슬러보고 싶어도 어머니나 누님들이 머슴애가 갓난아기를 그렇게 하면 못 쓴다고 야단만 날아왔다. 한 번은 무등을 태우고 마당이라도 돌았으면 하는 생각을 했다. 젖냄새가 나는 아가를 내가 어깨에 태우고 툇마루를 내려 선 것까지는 좋았다. 내 목 뒤에서 자지러지는 울음소리가 터졌다. 조모와 고모들이 한꺼번에 몰려와 내 어깨 위의 너를 빼앗아 갔다.

　지금은 분명하지 않은 대로 백일 잔치가 있고 난 다음이 아니었던가 한다. 제대로 뺨도 부벼보지 못한 너와 내가 헤어지게 되었다. 그 무렵 너의 아빠, 곧 우리 집 큰형님이 직장 관계로 서울에 올라갔다. 그러자 나만을 남겨놓고, 엄마, 아빠, 조모에 고모까지를 데리고 너는 고향을 떠나가버렸다. 너를 내가 다시 만나게 된 것은 그런 첫 이별이 있고 난 다음 한 해가 지나고 나서였다. 그해 여름방학에 나는 어른들에게 한 마디 상의도 없이 다니던 학교를 그만두었다. 내가 지키기로 한 시골 집도 대소가 어른들에게 맡겨버린 채 중앙선 열차를 탔다. 죽령굴, 따뱅이굴, 무슨 굴 하며 수많은 터널을 지나는 상경길이었지만 곧 보고 싶은 아가를 만나게 되리라는 기대가 있어 내 마음은 마냥 부풀어 있었다.

내 무작정 상경은 그러나 너무 어처구니가 없는 오산이었다. 넓은 서울이었으나 재학 기록조차 챙기지 않은 나에게 전학을 허가해주는 학교가 있을 리 없었다. 그 위에 당시 서울의 주택 사정이 말이 아니었다. 공부방은 커녕 당장 새우잠이라도 잘 곳이 없는 생활이 얼마간 계속되었다. 특히 형님이 세들어 사는 집은 큰 마루방이 없었고 마당도 손바닥만 했다. 그런 자리에 내가 조카를 무등 태우고 돌아다닐 여유 공간이 있을 리 없었다. 뿐만 아니라 한 해를 못 본 동안 너는 나를 두고 낯가림까지 했다. 어디가 아픈지 자주 칭얼대었고 내가 까꿍을 해주어도 도무지 오불관언이었다.

그 무렵까지 천둥벌거숭이 티를 벗어버리지 못한 나는 어엿한 삼촌의 선의를 무시해버리는 조카가 얄밉다 못해 부아가 치밀기까지 했다. 어쩌다 생기는 과일이나 과자 부스러기도 고사리 같은 네 손에 쥐어주는 대신 내 입에 먼저 넣었다. 한 번은 어른들이 어디엔가 가면서 아기 보살피는 일이 내 차례가 되었다. 때를 놓칠세라 나는 너를 포대기로 싼 다음 등에 업었다. 그러자 얼마가 안 되어 내 허리에 뜨뜻한 것이 흘러내리고 있었다. 잠이 들면서 네가 내 등판에 오줌을 싼 것이다. 순간 불같이 화가 난 나는 너를 방바닥에 내동댕이치다시피 내려놓았다. 제법 소리가 나게 꿀밤까지 먹였다. 지금도 그때 일을 생각하면 나는 많이 부끄럽고 가슴 한구석에서 바람 같은 것이 일어난다.

무작정 상경이 있고 나서 한 해가량이 지난 다음 너와 나는 두 번째 이별을 했다. 그때 몰아닥친 것이 동족상잔의 슬픈 싸움인 6·25였다. 아비규환의 난리통에 나는 고향을 향한 남쪽길을 택했고 너는 아빠, 엄마와 함께 서울에 남았다. 그렇게 아가와 헤어진 나는 동란의 첫 해 겨울을 남쪽 바닷가 임시 수도가 된 부산에서 맞았다. 바람결에 네가 일시 기탁된 곳이 외가가 있는 동쪽 바닷가라는 말을 들었다. 어머님의 말씀대로 날씨가 따뜻해지면 우리는 너를 데리러 갈 작정이었다. 그러나 다음 해 이른 봄 강남 제비가 돌아오기 전에 참으로 억장이 무너진 소식이 어머니와 내 앞에 날아들었다. 얼마 뒤면 마중가서 데려오기로 한 내 조카가 한 번 가면 돌아올 수 없는 먼 나라로 가버렸다는 것이었다. 들은 귀를 의심한 나보다 조모인 우리 어머니의 경악이 너무 컸다. 그 자리에서 실신을 하고 며칠을 몸져 누운 채 곡기를 드시지 않았다.

지금도 너를 생각하는 자리에서 나는 알고 싶은 것이 너무 많다. 대체 우리 조카는 정확히 무슨 병으로 어느 때, 어디에서 가버린 것인가. 무덤은 어디이며 지금 거기에는 무슨 표목이라도 남아 있는가. 오랫동안 그렇게 사무친 마음으로 너를 못 잊어 하신 너의 할머니는 이제 이 세상 사람이 아니다. 아빠인 형님도 돌아오지 못할 길을 떠났다. 몇 번 손꼽아보아야 네 해를 살고 내 곁을 떠나가버린 우리 집의 장손, 내 조

카. 지금도 한 해에 한두 번 너는 내 머리에 떠올라 가슴에 소리 없는 통한의 여울을 만든다.

　살아 있으면 중학교 학생이 되었으리라 생각된 시기에 참 많이 네가 보고 싶었다. 어느 여름인가 수몰 지구로 지정된 고향에서 여름밤을 보낼 때도 그랬다. 달이 없는 한밤이 되자 옛날 그대로 시내 건너 숲에서 두견이 소리가 울려 퍼졌다. 그와 함께 거의 조건반사격으로 내 머릿속에 우리 가족, 피붙이들의 일들이 떠올랐다. 어디서 너도 저 소리를 듣지 않을까 하는 생각이 걷잡지 못하게 일어났다. 그 후에도 너에 대한 생각은 대체로 교육 단계에 정비례로 내 뇌리를 스치고 지나갔다. 네가 살아 있었다면 고등학교 급이 되었을 때가 그랬다. 그리고 너의 사촌들, 육촌들이 대학에 들었을 때가 더욱 그랬다. 제때에 돌보아주었다면 너도 저런 모양을 하고 내 앞에 서지 않았을까 하는 생각이 나서 참으로 많이 아쉽고 괴로운 생각을 곱씹었다.

　어느 날 지하철을 탔을 때 붐비는 차 안에서 선뜻 자리를 양보하는 청년을 발견하고는 꽤 힘을 주어 그의 손목을 잡은 일도 있다. 내 입에서 나온 것은 단순하게 자리 양보에 대한 치사였을 뿐이다. 그러나 내 가슴속에는 말을 이루지 못한 사연들이 샘물처럼 솟아 올랐다. 흰 얼굴, 고운 눈매, 유난히 인사성이 있는 몸가짐. 내 조카가 살아 있었다면 바로 이런 사람이 되었을 것을 하는 생각에 가슴이 미어지는 듯했다.

　내 이런 부질없는 푸념에는 또 하나의 꼬리가 붙는다. 지난겨울 나는 너에게 조부가 되는 아버님의 유해를 국립현충원으로 옮겨 모셨다. 그리고 옛 묘소 자리에 두 분 형님의 추모단을 만들었다. 동란 때 실종이 된 두 분은 변변한 유품조차 남긴 것이 없어 의관장도 할 처지가 아니었다. 생각다 못하여 나는 그 자리에 누구누구의 신위라는 나무 표지를 봉납했다. 그리고 봉분 앞에 두 분의 이름을 적은 비석을 세웠다. 묘단이 완성되자 나는 술잔을 올리고 엎드려 그동안의 무례를 사죄했다. 그런데 그 자리에서 못내 마음 한자락에 걸리는 이름이 있었다. 분명 우리 집의 한 열매로 태어나서 한때 집안의 귀여움을 독차지 한 내 조카. 이제 네 이름은 우리 문중의 족보에서조차 삭제되고 없다. 그러니 이제 다시 세월이 흘러 몇 사람 남지 않은 우리 연배가 가고 나면 누가 너의 모습을 일컬을 것인가. 그래서 이런 시간 네 이름은 더욱 애틋해지고 소리 내어 불러보고 싶기까지 하다.

헌중아, 우리 헌이야. 나에게는 비석의 각자처럼 세월의 풍화를 거슬러 가슴속 깊은 곳에 새겨져 있는 이름. 아직도 나는 너를 생각해보는 이런 자리에서 꿈결이 아닌 이승의 자리를 가지고 싶다. 그런 자리에서 너를 만나면 참으로 하고 싶은 말들이 있다. 적어도 너와 내가 여느 삼촌, 조카처럼 명절날에라도 자리를 같이할 수는 없는 것인가. 네가 마련한 음복잔을 내가 받을 수 있는 자리, 우리 둘이서 어기찼던 피난길 체험을 털어놓으며 그 후에 겪은 적지 않은 사연들을 풀어볼 시간은 영영 돌아오지 않는다는 말인가. 오늘 나는 살아 있었다면 환갑을 훌쩍 넘겼을 너를 그려보았다. 그와 아울러 내 머리에서 일어나는 이런 일, 저런 사연이 꼬리를 무는 것을 주체할 길이 없는 것이다.

60 성상(星霜)의 친구
모하 이헌조

1

　모하(慕何) 이헌조(李憲祖) 형과 나는 흔히 일컫는 동갑내기다. 학과가 다르기는 했으나 한때 우리는 같은 학교의 같은 학부를 다녔다. 2006년도로 우리는 여든이 꽉 차는 나이가 되었다. 그런 세월 속에서 우리의 교유도 햇수로 60년을 훌쩍 넘기기까지에 이르렀다.

　적지 않게 지각한 상태에서 내가 학부에 진학하고 보니 모하라는 별칭을 쓰기 전의 학생 이헌조는 이미 우리 대학에서 이름을 떨치는 학구파였다. 당시 모하는 우리 대학의 학보 편집위원이었고 박종홍(朴鍾鴻) 교수의 총애를 받아 그 조수역을 하고 있었다. 특기할 것은 당시 그가 파고든 것이 우리 주변에서는 처녀지에 속한 수리철학이었다는 사실이다.

　학부에서 나는 국문학 전공을 지망했다. 한동안 창작의 길을 택할까 상아탑식 연구자로 살아갈 것인가를 결정하지 못한 상태였다. 그런 내 눈에 모하는 본격 연구의 길을 가려는 연구 지망생으로 생각되어 적지 않게 흠선이 되는 존재였다.

졸업반이 되었을 때 모하가 제출한 학사 논문 제목은 「표현(表現)과 언술(言述)」이었다. 그 전반부가 1957년 6월 발행의 『문리대학보(文理大學報)』에 실렸다. 우리가 그것을 보게 되자 자칫 허장성세가 앞서는 듯 생각된 우리 대학의 학생들 가운데도 이렇게 착실한 공부꾼이 있었구나 하는 생각을 금할 수가 없었다. 모하가 그의 논문에서 원용한 것은 당시 우리 또래가 귀동냥 정도로만 얻어 들은 L. 비트겐슈타인, R. 카르나프, 화이트헤드 등의 이론이었다. 모하의 논문에는 그들의 저서를 착실하게 읽은 자취가 여기저기에 나타나 있어 그것만으로도 내 마음이 긴장되었던 기억이 있다.

2

학부를 마치자 모하는 우리 대학의 연구실을 등지고 기업 경영의 길을 택했다. 초창기의 금성사 사무실이 당시의 반도호텔에 있었다. 그때 나는 아직 학적 보유자였는데 하루는 아주 색다른 용건으로 그를 찾아간 적이 있다.

졸업반이 되었을 때 나는 문리대 문학회의 일을 떠맡게 되었다. 그회지 발간이 내가 짊어지게 된 멍에였는데 당시 우리 대학의 재정 형편이 문학회와 같은 학생들의 임의 조직에 보조금을 낼 힘이 없었다. 그럼에도 내가 맡은 자리는 만난을 배제하고 회지를 발간하지 않을 수 없는 상황에 처해 있었다. 그 일로 나는 며칠 동안 머리를 싸맸다. 그런 다음 생각해낸 것이 회지 발간에 소요되는 경비를 동창, 선배를 찾아다니면서 모금해보는 길이었다.

이야기의 가닥이 그렇게 잡히자 내가 담당할 모금 기관 가운데 하나가 금성사였다. 그 까닭이 된 것은 내 출신 지역이었다. 즉 내 출신도가 경상도임에 대해 럭키금성 역시 경상도 출신이 경영하는 회사라는 것이 내가 그쪽을 담당하게 된 사유의 모두였다.

모하가 신입사원으로 근무하는 금성사를 찾아갈 때 나는 철학과의 박종현(朴琮炫) 군과 동행했다. 그때 박종현 군은 모하에 이어 박종홍 선생 연구실에서 조수 일을 보고 있었다. 그는 학부 진학과 함께 파고든 희랍어 실력으로 2학년 때부터 이미 플라톤과 아리스토텔레스를 원서로 읽어낼 정도의 착실한 공부꾼이었다.

학교를 졸업하기 전 나는 그의 도움을 얻어 모하를 만났다. 즉 박종현 군을 징검다리로 삼고 내가 모하와 첫인사를 한 것이다. 어떻든 그날 나는 박군과 함께 반도호텔 1층에 있는 금성사로 갔다. 철학 지망생의 굴레(?)를 벗은 모하가 반갑게 우리를 맞아주었다. 그때 나는 당돌하게도 앞으로 철학으로 돌아올 계획은 없는가 물은 것 같다. 워낙 뜻밖의 말이어서 그랬는지 그 자리에서 모하는 이렇다 할 생각을 피력하지는 않았다. 다만 우리는 그의 주선으로 중역 방에 안내되었다. 그 자리에서 상당 액수의 문리대 『문학(文學)』 2집 발간 보조비 얼마를 얻어내기에 성공했다.

3

『문학』지의 발간 다음에 명백히 나는 모하에게 결례되는 일을 한 것 같다. 그때 우리는 그와 여러 동창 선배의 분에 넘치는 격려, 성원으로 문리대 문학회 회지인 『문학』 2집을 내기는 했다. 그러나 그 후속 조치인 회지 배포 과정에서 내가 금성사로 모하를 찾아간 기억이 없다. 그 역할을 담당한 것이 다른 사람이 아니었나 생각되지만 그 역시 확실하지가 않다. 더욱 부끄러운 것은 이제까지 그것을 내가 모하에게 물어본 적이 없다는 사실이다. 얄팍한 생각으로 나는 그런 일쯤은 모하가 까마득히 잊었을 것이라고 어림짐작을 했다. 그런 그에게 새삼스럽게 유쾌하지 못한 일을 들추어내는 것이 어떨까 하는 생각이 이제까지 내가 그에게 그때의 일을 물어보지 않은 사연 내막이다.

어떻든 50년대 말의 내왕 이후 모하와 나는 서로 다른 길을 걷게 되었다. 그동안 나는 늦깎이가 된 공부를 만회하느라 진땀을 빼는 일상을 살았다. 그러나 모하는 4·19와 5·16으로 이어간 시대의 파고(波高)를 기능적으로 헤친 궤적을 남긴다. 특히 지난 세기의 60년대와 70년대, 80년대를 거치는 가운데 우리 사회의 고도성장에 그가 주역이 되어 올린 경제적 성과들은 우리 모두가 듣고 보아서 실감하고 있는 바와 같다.

금성사 심방 후 30년 가까이를 모하와 나는 몇 해 만에 한 번씩 만나는 사이로 살았다. 그러다가 우리가 다시 자리를 같이하고 이마를 맞대는 관계를 갖게 된 것은 1980년대를 기다려서였다. 그 무렵에 모하가 주역으로 부상한 LG그룹이 국제 수준의 공과대학 설립을 기획했다. 그 대학의 수장으로 거명된 것이 재미 과학자인 고(故) 김호길(金浩吉) 군이다. LG그룹의 제의가 있자 김호길 군은 1980년 초부터 몇 번인가 국내에 들어와 대학 설립에 대한 사전 협의에 들어갔다. 1983년도 초부터는 아예 귀국하여 공과대학 발족의 준비 작업에 착수하였다.

김호길 군이 귀국하자 나도 두어 번 LG그룹 안에 있는 대학 설립 준비 사무실을 찾았다. 그 자리에 모하가 나타나 우리는 새삼 손을 잡아 흔들었고 이어 빈번하게 오고 가는 사이가 되었다. 이 무렵에 우리가 발족시킨 것이 한시(漢詩) 동호 모임인 난사(蘭社)다. 난사가 발족을 본 정확한 시기는 1983년 10월 3일이다. 본래 김호길 군은 별 사전 협의도 없이 무슨 일을 기획하고는 아닌 밤에 홍두깨 격으로 어디에 어떻게 나오라고 명령조로 연락하는 묘한 생리를 가진 사람이다. 그때도 그랬다. 그는 그해 10월 초의 어느 날 느닷없이 나에게 전화를 걸어왔다. 내용인 즉 모하를 비롯하여 이우성(李佑成), 김동한(金東漢), 조순(趙淳) 선생 등 몇 분이 개천절을 전후한 연휴를 이용하여 영남과 단양 등 해동(海東)의 성지를 찾아보기로 했으니 영광으로 알고 참가하라는 것이었다.

김호길 군의 명령조 전화를 받았을 때 나는 새로 연재를 시작한 현대시사의 그달치 원고 마감일을 코앞에 두고 있었다. 뿐만 아니라 단행본 체제로 기획된 현대시론도 매듭을 지어야 할 무렵이었다. 문자 그대로 몸을 몇 쪽으로 나누어 써도 손이 모자랄 지경이었다. 그래 그의 말에 "……글쎄"라고 어정쩡 대답을 했더니 곧 한 음계 높은 목소리가 날아들었다. "만약 이번에 네가 빠진다면 너는 좋은 어른들과 자리를 같이하여 글을 배우고 인간이 될 길을 스스로 잘라버리는 것이 된다. 그래도 내 말을 마이동풍으로 흘려버린다면 나는 너와 절교를 할 생각이니 알아서 하여라!"

거두절미도 유분수인 김호길 군의 목소리가 끝나자 나는 곧 생각을 고쳐먹었다. 마감 기한이 박두한 원고는 사정 이야기를 하고 말미를 얻기로 했다. 어떻든 유학 성지(?) 순례에 동참하기로 하고 김호길 군이 말한 다음 날 우리 일행의 집합 장소에 때를 맞추어 달려갔다.

4

그날 우리 일행은 이우성, 고 김동한, 조순 선생과 이헌조, 김호길, 나 여섯인 일행은 충주를 거쳐 문경새재를 넘었다. 사이사이에 김동한 선생의 국토 산하, 인문지리(人文地理)에 관계되는 풍부한 지식이 피력되었다. 그런 분위기 속에서 우리 일행은 김호길 군이 낙동강 상류 최고의 명승지라고 자랑한 도연폭포를 바라본 다음 해가 기웃할 무렵 삼수고리 구곡상류(三秀古里 九曲上流)라고 큰 글자로 벽상에 휘호가 붙은 호길 군의 집 큰사랑에 도착했다. 의성(義城) 김씨 종가 가운데 하나인 김호길 군의 사랑채에서 우리는 과분할 정도로 훌륭한 저녁상을 받았다. 마침 호길 군의 어른도 자리를 같이하게 되어 우리는 밤이 깊어가는 줄 모르고 옛 어른들과 지금 세상 돌아가는 형편을 화제로 삼았다.

한시 창작 모임을 갖자는 이야기가 바로 그 자리에서 나왔다. 가장 먼저 말머리를 튼 것은 조순 선생이었던 것 같다. 그다음을 이어 모하가 구체적으로 모임의 성격과 활동 방향 등을 말했다. 내가 지금 기억하는 그 내용의 골자를 이룬 것은 두 가지다. 이번 여행을 계기로 일행이 모두 참여하는 한시 창작 모임을 갖자는 것이 그 하나였다. 그다음 모하는 모임의 지도를 이우성 선생에게 부탁드리고 실무를 자신이 맡겠다고 했다. 모하의 발언에 대해서 조순 선생이 적극 찬동하고 이우성 선생 역시 반대 의견 없이 승낙을 하였다. 이 뜻밖의 사태에 이르기까지 나는 한시 창작의 기본 요건인 평측(平仄)이 무엇인지 기승전결(起承轉結)과 대장(對仗)이 어떻게 이루어지는지를 전혀 몰랐다. 그러니까 내 난사 참여는 김호길 군과 모하의 합작 전횡 형태였고 철두철미하게 억지춘향식으로 이루어진 셈이다.

김호길 군의 사랑채에서 발기 모임을 가진 난사는 귀경과 함께 곧 월례(月例)로 창작시회를 갖게 되었다. 그 첫째 모임은 1983년 10월 27일 봉천동의 조순 선생 댁에서 열렸다. 난사 첫 회의 운자는 '시(時)', '지(遲)', '지(知)'였다. 이우성 선생이 먼저 시범으로 발기 동인 다섯 사람에게 고루 칠언절구(七言絶句) 한 수씩을 보여주셨다. 또한 그 몇 회 뒤에는 희귀본에 속하는 우리나라 한시의 대련집(對聯集) 『동시천련운선(東詩千聯韻選)』과 『시인옥설(詩人玉屑)』도 구해주셔서 참으로 좋은 참고서가 되었다.

이우성 선생 지도 아래 여섯 명으로 된 난사가 발족하자 모하는 애초 그가 말한 대로 모임의 실무를 송두리째 맡아주었다. 모임이 예정된 며칠 전에 그는 원운시(原韻詩)를 선정해서 돌렸다. 또한 모임이 열릴 때마다 회원의 참가 여부를 확인했고 회합 장소와 시간도 빠지지 않고 챙겨서 전달해주었다. 뿐만 아니라 그는 국내와 해외 여행 때 입수한 관계 서적을 한두 권이 아니게 구입하여 우리 동인들에게 선물하는 봉사 정신까지 발휘하였다. 언젠가 그는 나에게 4·6배판에 상하권으로 된 『시해운주(詩海韻珠)』를 구해주었다. 이 책은 우리 주변에 흔히 보이는 모필본(毛筆本)이나 목각판이 아니다. 그 본문이 3·4호 활자와 그보다 작은 활자로 이루어진 활판본(活版本)이다. 종서로 20행 내외의 운목(韻目)들이 각 면에 가득히 수록되어 있으며 그 총 면수는 1,300페이지다. 그 부피부터가 단연 다른 유사서의 추적을 허락하지 않는다.

이 책의 서문을 보면 거기에는 인용한 오언(五言)과 칠언(七言) 시구만 고시(古詩) 4만여 구, 근세 시인의 작품에서 뽑은 것이 1만여 구라고 밝힌 것이 있다. 이 한 가지 사실로만 보아도 이 책이 갖는 내용의 충실, 풍부함이 짐작되고도 남을 것이다.

이 책은 1937년 한성도서가 발행한 것으로 그 편자가 최종해(崔鍾海)로 되어 있다. 지금 내가 갖고 있는『시해운주』면지 부분에는 "병자지추 외우 이헌조 회장 소증(丙子之秋 畏友 李憲祖 會長 所贈)"이라고 적혀 있다. 이로 미루어보아 나는 이 책을 지난 세기의 막바지에 모하로부터 무상으로 얻어낸 것이다. 그 후 나는 그 보답격으로『비점언해시학운총(批點言解詩學韻叢)』상하 두 권을 구해서 그에게 드린 적이 있기는 하다. 어떻든 난사에 참여한 전과 후, 나는 계속 수혜자에 머물고 모하가 시혜자의 자리를 지켜온 셈이다.

이미 드러난 바와 같이 한시 동호인 모임인 난사는 발족 당시부터 이우성 선생 지도, 모하 실무 담당 체제로 운영되었다. 우리 모임은 오늘에 이르기까지 250여 회의 합평회를 가졌다. 그것을 계기로 우리는 공동 사화집(詞華集)을 편집, 출간했다. 이 무렵 일로 특기할 것은 모하가 단독으로 꾸려간 난사의 실무에서 편집 부분을 이종훈(李宗勳) 형에게 떠맡긴 사실이다. 그것으로 난사 발족 때부터 모하 단독으로 부담한 우리 모임 실무의 짐 무게가 좀 덜어진 것이다. 1집을 낸 데 이어 2003년 말경『난사시집(蘭社詩集)』2집을 냈으며 2008년 10월에 난사 모임 200회 기념호인 제3집이 나왔다. 그리고 1999년도 10월에 제4집을 출간하기에 이른 것이다.

난사 사화집이 4집에 이르기까지 그 편집과 출판 연락은 내가 맡았다. 그러나 정작 책을 만드는 데 수반되는 예비 작업에서 나는 명백한 한계를 가지고 있다. 작품의 수합, 정리에 빼어놓을 수가 없는 전산 작업에 나는 거의 청맹과니다. 그래 그 단계의 작업을 모하와 그 뒤에 실무를 맡은 소남(小南) 이종훈 형이 담당했다. 그와 아울러 사화집 출판에는 필수적으로 재정적인 여건이 마련되어야 했다. 그 비용은 일단 동인들의 균등 부담을 원칙으로 했다. 그러나 작업을 진행시키기에 되면 불가피하게 추가 비용이 생겼다. 그런데 그럴 경우 여비가 없는 우리 형편에서 구원투수 역할을 번번이 도맡아 나선 것이 모하 형이다.

5

모하 형의 지난날을 되새기는 이런 자리에서 또 하나 빠질 수 없는 것이 그의 사화집 발간의 전후 시점이다. 난사가 회를 거듭하고 어느새 강산이 몇 번이나 바뀌는 세월이 흐르게 되자 동인들 가운데는 단독 시집을 낸 예가 나타났다. 모하가 사화집을 내기 전에 동인들 가운데는 벽사(碧史), 소천(少泉) 선생 등과 같이 전집의 한 권으로 또는 소남이나 나처럼 단행본으로 작품집을 낸 예가 생겼다. 그런 사정을 감안하여 우리 몇몇은 모하에게도 단독 사화집 발간을 권고해왔다. 그러나 얼마 동안 그는 우리 이야기를 귓결으로 흘리고 응하려 하지 않았다. "내 한시는 내 힘만으로 된 것이 아니라 지도 선생의 교열, 첨삭 결과가 아닌가. 그런 작품을 모아 내 이름으로 내는 것을 나는 할 수가 없네." 그의 그런 말을 듣는 순간 이미 단독으로 그것도 몇 권의 한시집을 낸 나는 새삼 옷깃을 가다듬지 않을 수가 없었다.

그 자신의 겸손에도 불구하고 모하의 시작 솜씨는 해가 거듭되면서 문자 그대로 괄목상대의 경지에 이르렀다. 이 몇 해 동안에 그의 시는 거의 지도교수의 첨삭이 필요하지 않는 수준에 이르게 된 것이다. 뿐만 아니라 어느새 우리는 나이조차 옛 사람들이 고대희(古來稀)라고 한 선을 열이나 넘어섰다. 그런 사정이 감안되어 모하의 시집 간행은 우리 사이에서 더는 미룰 수가 없는 과제로 부상했다. 나는 모하의 단독

시집을 출간시키기 위해 여러 가지 생각을 했다. 그 가운데 하나가 전집 형태는 보류하고 선집으로 사화집 내기를 권해보는 일이었다. 이 일을 구체화하기 위해 우리는 벽사 선생님의 힘을 빌리기로 했다. 모하는 어려서부터 상봉하솔(上奉下率)의 유가식 법도를 착실하게 익힌 사람이다. 그 나머지 선배, 스승의 말이라면 한 치도 어기지 않는 것이 체질이 되어 있었다. 그래 벽사 선생에게 어려운 부탁을 드렸더니 그의 말씀에 거짓말처럼 모하가 고개를 숙였다.

다소간의 곡절을 거친 다음 햇볕을 보게 된 것이 모하의 선시집인 사화집 『동서남북삼십년(東西南北三十年)』이다. 이 시집의 기획 과정에서 힘을 아끼지 않은 것이 소남 이종훈이다. 소남 형은 모하의 작품을 추려내어 일목요연하게 정리해주는 역을 맡았다. 그것을 대본으로 100여 편의 모하시를 선정해주신 것이 벽사 선생이다. 그 교정쇄가 모하의 손에 넘어갔다. 그 직전까지 굳은 표정을 풀지 않았던 모하도 벽사 선생의 손길이 간 선정 작품들을 보고는 별도로 토를 달지 않았다.

이야기가 시집 간행의 내면사에 기울다 보니 상대적으로 우리 모임에서 차지하는 모하시의 비중이 희석화되어버린 것 같다. 사실은 그 정반대다. 발족 당시 모하도 나처럼 시작(詩作) 요령에 익숙하지 못했다고 한다. 그러나 그 후 그는 타고난 명민함과 근면성실을 바탕으로 끈질기게 절구와 율시의 본질 파악을 시도했다. 얼마간의 탐색 다음 그는 한시 창작 요령을 기능적으로 터득했다.

1.
웅크린 솔, 긴 대나무 숲에 연기 낀 시내 감돌아
낙동강 서쪽 내 고향은 새맑은 마을

일구어낸 밭 한 마지기 풀꽃들 심고
바라보는 화왕산엔 나직한 저녁 구름

盤松修竹擁烟溪　楚楚寒村洛水西
墾起草花田一畝　遙看火旺暮雲低

2.
가을 되면 시냇가에 단풍잎 지고
서쪽에서 오는 바람 티끌 먼지 쓸어내리
허물없이 사는 마음 걸림돌 없으리니
무어라 작은 언덕 높낮이를 물어보랴

秋來紅葉落山溪　吹去浮塵風自西
無礙心歸安息處　小丘何更問高低

—「늙어서 돌아갈 곳」 전문(의역 필자)

　　모하의 초기작에 속하는 이 시는 그 제목 다음에 부기가 붙어 있다.
"올봄부터 내가 고향 선영 옆에 한 마지기 땅을 일구어 과일나무와 화
초를 심었는데, 훗날 내가 묻힐 곳으로 삼으려는 것이다(今春以來 余於
故山先塋之側懇起一畝果木花草田 以爲他日埋骨撒灰之園)." 이런 말들을 통
해 우리는 모하가 가진 작품의 제작 동기를 파악할 수 있다. 이 작품
의 무대 배경은 화왕산이 바라보이는 모하의 고향이다. 그곳은 울타리
처럼 소나무와 대나무들이 둘레에 있고 낙동강이 감돌아 흐르는 곳이
다. 모하는 먼 타관에서 그런 고향을 살뜰하게 그리워한다. 말하자면
이 시는 넓은 의미의 망향가에 속하는 작품이다. 본래 우리에게 망향
의 정이란 감정의 한 형태에 그칠 뿐이다. 아무리 범박하게 잡아도 소

재 상태에 머무는 한 그것은 예술의 형태인 시가 될 수 없을 것이다.

널리 알려진 대로 감정이나 관념이 시가 되기 위해서는 그들이 감각적 실체로 재구성, 제시되어야 한다. 이것을 우리 선인들은 말로 이루어진 그림의 차원이라고 했다. 그의 시에서 드러나는 바 모하의 고향은 수묵담채(水墨淡彩)로 이루어진 동양화의 한 폭을 떠올리게 하는 곳이다. 모하는 그곳을 내가 끼인 시냇가의 마을로 그려내었다. 이 시의 화자인 그는 그런 고향에서 한 마지기의 풀꽃밭을 일구어내려고 하며 멀리 저녁 구름이 비낀 화왕산을 바라보고자 한다. 이것으로 이 시는 채색도 선명한 한 폭의 그림이 된다. 그런데 이것으로 이 시가 끝나면 거기에는 사유의 차원이 나타나지 않는다. 말을 바꾸면 이 시는 물리적 세계를 노래한 데 그칠 것이다.

언제나 우리는 시에서 정신의 차원이 내포될 것을 요구한다. 모하는 이에 대한 배려도 준비한 단면을 드러낸다. 둘째 수의 "무의심귀안식처(無礙心歸安息處)"가 바로 그 단적인 보기가 된다. 여기서 우리는 '무의심(無礙心)'이 '취거부진(吹去浮塵)' 다음에 나오는 사실을 놓쳐서는 안 된다. 일상생활에서 티끌은 땅 위에서 일어나서 허공을 떠도는 먼지일 뿐이다. 그런 먼지가 '안식처' 앞에 놓인 사실에 주목이 필요하다. 이때 먼지는 단순하게 물리적 현상에 그치지 않는다. 덧없는 인생을 가리키는 상징이 된다. 이것으로 모하의 시는 물리적 차원에 머물지 않고 사상, 관념의 차원도 가지게 된 것이다. 그런 가운데 좋은 시의 자격 요건의 하나인 회화성이 검출되는 것이 모하의 이 작품이다. 참고로 밝히면 모하가 이 작품을 만들어낸 것은 난사 82회 때의 일로 그 시기가 1997년 10월 3일로 나타난다. 이것은 모하의 한시가 난사 참여 10여 년 남짓으로 어엿하게 아름다운 말과 가락을 갖게 되면서 '심성화

(心性化)'된 차원을 빚어내기에까지 이를 정도로 숙성, 본격화되었음을 뜻한다.

그 기법이 빚어져내는 안정감과 함께 모하의 시를 특징짓는 또 하나의 요소가 있다. 그것이 일찍 우리 주변의 한시 작자들이 흔히 범해온 투식어의 지양, 극복을 기한 것이며 그와 아울러 고전문학기의 우리 한시가 흔히 범해온 음풍영월조(吟風咏月調)를 탈피해낸 점이다. 이런 경우의 우리에게 좋은 보기가 되는 것이 모하의 「등만리장성(登萬里長城)」이다.

발길이 닿기 전에 익히 들은 중국 서울
만 리라 긴긴 장성 내가 이제 여기 섰다
슬프구나 내 나라는 남북으로 찢겼는데
부러워라 예와 지금 한 줄기 중화 나라
다락집 처마 끝에 눈은 날려 춤을 추고
나그네 옷깃 속을 삭풍이 파고든다
서녘 산에 해 지는데 시는 상기 되지 않아
그 옛날 두보(杜甫) 투를 애정지 본떠본다

未到燕京已在心　長城萬里遠來臨
悲傷祖國分南北　羨慕中華貫古今
樓閣簷端紛雪舞　旅人襟裏朔風侵
西山日暮詩難就　聊倣當年老杜吟

——「만리장성에 올라(登萬里長城)」(의역 필자)

본래 모든 예술 활동의 성패 여부는 모방과 추종을 탈피하려는 정신 자세가 나타나는가 아닌가로 가름된다. 그럼에도 우리는 한시 작품의 걸음마 단계를 선인(先人)들의 작품 읽기로 시작한다. 대체 그 까닭은 무엇인가. 오늘 우리에게 한시는 그 자체로 현장성을 갖는 양식이 아니다. 단적으로 말하여 그것은 지난날 우리 선인들이 양상해낸 시가 양식이다. 그럼에도 오늘 우리가 그 격식에 따라 한시 짓기를 시도하는 까닭은 무엇인가. 오늘 우리가 한시를 지어보는 것은 2천 년 가까이에 이르는 중국과 동북아시아의 문화 전통이 빚어낸 양질의 광맥을 캐어내려는 노력이다. 그런 가닥을 제대로 잡아나가기 위해서 어느 시기까지 우리는 도연명(陶淵明)과 이태백(李太白), 두보(杜甫)의 가락과 말투를 익히지 않으면 안 된다. 문제는 이 작품의 어느 곳이 그들 시의 모방과 추종에만 그치는 단면을 드러내고 있는가 아닌가 하는 점이다. 우리가 좀더 차분하게 이 시를 읽는 경우 우선 문제됨직한 것이 이 작품의 마지막 한 줄이다. 피상적으로 이 부분을 읽으면 우리는 모하를 중국식 시의 모방 추종자로 격하시킬 사태에 직면할지 모른다. 이렇게 제기되는 문제에 대해 우리가 되짚어보아야 할 것이 이 시의 밑바닥에 깔린 시인의 의식이다.

여기서 모하의 의식을 지배하고 있는 것은 중국이라는 다른 나라의 문화 전통을 무조건 추종하려는 사대모화(事大慕華)의 그것이 아니다. 만리장성이라는 고적 앞에서 모하가 우리나라를 중국에 대비시키고 있기는 하다. 그러나 이 대비의 바닥에는 모하가 그 나름대로 의도한 제3의 의식이 숨겨져 있다. 2차 세계대전을 전후하여 외세의 침공을 받은 점으로 보아 중국과 우리나라의 상황은 크게 다른 바가 없다. 그런 중국이 한 덩어리로 된 데 반해서 우리나라는 아직도 국토가 두 조각이 나 있다. 위의 시 마지막에 나오는 대비는 모하가 그런 우리 민족의 현실을 뼛속 저리게 아파한 나머지 써본 표현이다. 다만 그런 생각을 작자가 직설적인 말로 토로하지는 않았다. 여기서 모하는 그의 심경을 은유 형태로 제시한 것이다. 이것을 우리는 강조법의 일종으로 보아야 한다. 다시 되풀이하면 여기서 모하는 국토 분단을 슬퍼하는 감정을 구체화하기 위해 중화(中華)의 이름을 쓴 것이다. 이것을 주체성의 포기이며 모방, 추종 행위라고 한다면 우리는 시의 언어를 사전식으로만 읽는 오류를 범하게 된다.

한편 시론에서 음풍영월이란 시인이 그의 작품을 현실과 괴리된 상태에서 읊조리는 것을 뜻한다. 얼핏 보아도 나타나는 바와 같이 모하의 이 시를 지배하고 있는 것은 가슴 밑바닥에서부터 솟아나는 분단 조국의 현실을 아파하는 감정이다. 그 정도는 매우 높은 수치로 나타난다. 그것을 우리는 "흩날리는 눈바람이 옷깃에 스며든다(襟裏朔風侵)"라고 노래한 모하의 말을 통해 읽어낼 수 있다. 이 철저한 현실 의식을 돌보지 않은 채 모하의 시를 음풍영월식이라고 할 수는 없다. 이렇게 보면 모하의 시에는 여느 사람에게 나타나지 않는 시적 성취가 뚜렷한 선으로 나타난다.

그런 모하가 지지난해부터 때때로 우리 모임에 나오지 못했다. 그리고 지난해(2015)에 이르자 아예 병석에 눕게 되었다. 그렇게 긴 여름이 지나가고 가을에 접어들었다. 평생의 친구로 자처한 나도 몇 번인가 그의 전화를 걸었을 뿐 동부이촌동에 있는 그의 아파트를 찾아가보지도 않았다. 그렇게 가을이 지나고 찬바람이 부는 겨울이 와서 지난해의 막바지인 12월달 어느 날 아침결에 소남의 전화가 걸려왔다. 끝내 모하가 자리를 털고 일어나지 못한 채 서거했다는 통보였다. 나는 순간 눈앞이 캄캄해졌다. 문자 그대로 망연자실이 되어 나는 두어 시간을 멍청하게 있었다. 그리고 나서 그 슬픈 소식을 대학 동창들 몇 사람에게 알렸다. 그리고 그의 유해가 있는 서울대학교병원으로 달려갔다. 그의 영정이 걸린 빈소에 내가 들어서 절을 해도 사진 속의 그는 말이 없는 채 살아생전처럼 웃고 있었다. 그 앞에서 나는 흰 국화를 바치고 안경을 벗은 다음 엎드려 절을 했다. 뜨거운 눈물이 앞을 가리는 것을 막을 길이 없었다.

모하가 작고하자 나는 난사의 관례에 따라 만사(挽詞)로 칠언절구 세 수를 지어 그의 영전에 바쳤다. 그런 다음 한 달가량이 지난 어느 날 학교에 나갔다가 불현듯 그가 그립게 생각되었다. 그 길로 학교를 벗어나 지하철을 바꾸어 타고 한강 쪽으로 향했다. 내가 탄 열차가 이수역을 지나자 나는 조건반사격으로 다음 역인 동작에서 차를 내렸다. 그러고는 한강의 남쪽 둑에서 모하가 살다가 버리고 간 동부이촌동의 한 아파트를 바라보았다. 그 전날 밤 서울 지역에는 눈이 내렸고 그날따라 하늘은 구름 한 점 없이 맑았다. 이촌동 일대의 집들은 지붕과 유리창의 윤곽이 선명하게 드러났다. 이제는 고인이 된 모하가 아직도 그곳 어느 방을 차지하고 책을 읽거나 우리를 기다리고 있지나 않을까 생각이 내 뇌리를 스치게 되자 나는 더욱 그가 그리웠다. 다음 두 수의 절구는 내가 그런 감정을 담아본 것이다.

1.
끊임없는 광음인데 세서는 어김없다
첫눈 내린 노량나루 외짝 기럭 떠 있구나
친구야 나의 친구 아득하다 그대 간 곳
저녁 노을 강기슭에 갈대 욱은 섬이 하나

冉冉光陰歲序遒　鷺梁初雪隻鴻遊

故人一去泉臺遠　夕照江汀荒荻洲

2.
구름이 오고 가도 변함 없는 누리인데
푸른 물 빈 나루터 돛단배가 떠 있다네
구성진 상도노래 상기도 울리는 곳
바라보는 서녘 하늘 미르의 내 모래톱아

雲去雲來天自遒　空津水碧片帆遊
哀哀薤露尙鳴處　杳漠西天銀漢洲

　　　　　—「2016년 정초 동작대를 지나다가 이촌동을 바라보며
　　모하 이헌조 형을 생각하고(丙申正初過銅雀台望二村洞追想慕何)」

선비 집안의 품격을 느끼게 한 그
: 고 이광훈 추모기

1. 시원한 이마, 서늘한 눈매의 주인공

돌아간 이광훈(李光勳) 군은 시원한 이마에 서늘한 눈매를 가진 호남
아였다. 언제, 어디서나 반듯한 몸가짐에 품격을 가진 말과 행동이 선
비 집안의 혈맥을 느끼게 했다. 내가 그를 처음 만난 것은 1960년대의
초입이 아니었던가 한다. 당시 나는 어렵사리 시작한 학부 생활을 마
치고 두어 해가 지난 터였다. 대학원에 진학하여 공부를 계속하고 싶
었는데 그것이 여의치 않게 되어 적지 않은 우울증을 가졌을 때다. 하
루는 무슨 일로 고향 친구들이 모인 자리에 나갔다. 이제 우리 곁에 없
는 이광훈 군이 학부 생활에 들어간 새내기 대학생으로 그 자리에 참
석하고 있었다.

2. 친구의 아우, 믿음직한 후배

처음 이광훈 군을 보는 순간 나는 곧 그의 모습에서 그의 형이 되는

이종훈(李宗勳) 군을 떠올렸다. 그들 형과 아우는 그렇게 눈빛과 목소리, 체취까지가 닮아 있었던 것이다. 반가운 나머지 나는 악수부터 청하고는 곧 내 이름을 말했다. 그러자 고인도 반색을 하면서 "형님에게 이야기 많이 들었습니다"라고 했던 것 같다. 이어 그가 꺼낸 말이 적지 않게 뜻밖이었다. "대학신문에 발표하신 「경계해야 할 매너리즘」 잘 읽었습니다. 저도 국문과를 택했으니 문예비평도 해볼까 합니다."

그가 말한 형님이란 나와 중학교 동기인 이종훈 군이었다. 8·15 직후 우리는 안동 시내 소재의 중학교를 지망하여 같은 교정에서 공부를 하게 된 사이였다. 하루는 같은 반의 친구를 따라 서악사(西岳寺) 옆에 있는 그의 숙소를 가본 적이 있다. 그 자리에서 이종훈 군은 풍산초등학교 졸업의 최우수 학생으로 소개가 되었다. 우리의 첫 대면은 그러니까 10대 초반에 이루어졌던 것이다. 그 후 이종훈 군과 나는 임시수도인 부산에서 다시 만났다.

당시 나는 홀어머니를 모신 채 다녀야 할 학교 생활이 중단되어 있었다. 부둣가에 나가 미군들의 군수물자 검수 작업 일을 보면서 지내고 있는 터여서 자연 앙앙불락의 세월이었다. 그런 갈피에 나보다 한 발 앞서 서울대학교 학생이 된 이종훈 군이 나타난 것이다. 뿐만 아니라 우리 주변에는 김호길(金浩吉), 이용태(李龍兌), 이동승(李東昇), 김명연(金命年), 김재은(金在恩), 유혁인(柳赫仁), 이상옥(李相玉), 유동식(柳東植), 김옥동(金玉東), 김규영(金奎榮), 김윤진(金潤鎭) 등 10여 명에 이르는 동향 친구들이 모여들었다.

고향 친구들 면면을 만나기 전까지 내 피난 생활은 사나운 뱃길에 나침반을 잃어버린 조각배와 같았다. 그런 내 앞에서 이종훈 군이나 김호길, 이용태 군 등이 나타난 것이다. 그들은 엄청난 전란을 만나 의

욕 상실증에 걸린 내 앞에서 끊임없이 장래의 꿈을 이야기하고 미래의 포부를 펼쳐보였다. 지금 나는 생각한다. 만약 당시 내가 상황을 아랑곳하지 않은 채 청춘의 꿈을 불태운 고향 친구들을 만나지 않았다면 내 20대 초가 어떻게 되어버렸을까. 어떻든 고마운 고향 친구들의 충격과 격려가 있어 나도 팽개쳐버린 공부를 다시 시작할 의욕을 가지게 되었다.

고인을 말하는 자리에서 형제 관계로 이야기의 초점이 다소 빗나가버리게 되었다. 이광훈 군과 내가 처음 만났을 무렵 그의 형인 이종훈 군은 서울대학교 공과대학을 마쳤을 때였다. 졸업 직후 그는 결혼을 했고 같은 무렵에 학사장교 교육을 거쳐 진해의 해군사관학교로 부임해 갔다. 그러니까 고인이 나를 만난 것은 혼자 서울에 떨어져 고등학교를 마치고 갓 고려대학교 문과대학의 신입생이 된 무렵이었을 것이다.

이광훈 군을 만나기 전에 나는 그의 형을 통해 아우의 이야기를 두어 번 들은 기억이 있다. 중학교를 시골에서 다녔기 때문에(풍산중학교 출신) 고등학교만은 서울에서 다니게 하고 싶어 서울사대부속고등학교를 택하게 했다는 것, 이공계가 적성에 맞는 그와 달리 동생은 글짓기에 장기가 있어 문과에 보내야 할 것 같다는 것 등이 그 내용이었다. 고인을 만나기 전 나에게는 그 정도의 예비 지식이 있었다. 그 나머지 고인을 만나자마자 오래 헤어졌다가 상봉한 혈육을 만나기라도 한 듯한 기분이 되어 그의 손을 잡고 흔들었던 기억이 아련하다.

우리가 처음 만난 자리에서 고인이 학부 때 내가 쓴 글 제목을 든 일은 지금 생각해도 뜻밖이었다. 그 자리에서 그가 말한 「경계해야 할 매너리즘」이란 당시 타블로이드판으로 발행된 서울대학신문에 투고한 내 에세이 제목이었다. 그 분량이 20여 매에 그친 것이었고 내용은 서울대학교 문리대 문학회의 회지인『문학(文學)』제2호를 다룬 작품평이었다. 거기서 나는 우리 대학의 시와 소설이 한국 문단의 새 지평(地平) 타개를 지향하리라는 구호만 앞세우고 실제 작품 수준이 그에 미치지 못한다고 보았다.

명색이 비평적 에세이로 써본 이 글은 발표와 함께 학내외에서 얼마간 논란의 불씨가 되었다. 학내에서는 내가 관계한 문리대『문학』지를 내가 비평했으니 당치 않다는 반응이었다. 우리 학교가 아닌 경우에는 자칫 제 잘난 맛에 사는 것으로 비친 우리 대학 자체에서 자아비판투의 글이 나온 예가 되어 가십 정도의 이야깃거리 구실을 했다. 어떻든 그렇게 대수롭지 않은 내 글을 고인이 기억하고 있었던 것이다.

학부를 마치고 나서 나도 당시 우리 주변의 관례에 따라 문예지의 신인 추천제에 응모하여 문단의 말석에 이름을 올리기는 했다. 그러나 당시에 이미 활발하게 이루어진 문예 동인지 운동에는 참가하지 않았다. 그 후 얼마 동안 나는 단독 저서로서 비평집을 출간하지도 못했다. 그런 나에 비해서 나이로는 10년 가까이 상거를 가진 고인은 학부 재학 때 이미 동인지 활동을 전개해나갔다. 1963년 봄에 고인이 조동일(趙東一), 임중빈(任重彬), 주섭일(朱燮日) 등과 함께 낸『비평작업(批評作業)』이 바로 그것이다.

3. 절의의 가통, 청백리의 후예

인간 이광훈을 기능적으로 이야기하기 위해서는 일단 그의 성장 환경과 문화 배경을 살펴볼 필요가 있다. 그의 원조(遠祖)는 전의(全義) 이씨 이웅(李雄)으로 고려 말에 전농전(典農全)을 지냈다. 이성계의 역성혁명(易性革命)이 있자 그는 그것을 있을 수 없는 반역이라고 생각하고 영남 안동 땅 풍산으로 낙향했다.

전농공(典農公)의 후손은 풍산 하리에 터를 잡은 다음 500여 년을 세거(世居)했다. 전농공의 아드님인 이화(李樺)는 세조 때 병조판서가 되었고 한때 문형(文衡)을 잡기도 했으나 명리에 전혀 관심이 없었다. 그 질박검소한 생활로 청백리에 녹선(錄選)되었다. 그 후 이 일파는 거의 모두가 산림(山林)에 조용히 사는 길을 택하여 영리(榮利)와는 담을 쌓았다.

영조 때의 난졸재(嬾拙齋) 이산두(李山斗)는 이화의 7대손이었다. 경종(景宗) 원년에 문과에 응시하여 강을 마치고 거의 합격이 확실한 때였다. 그는 스스로 시관 앞에 나가서 자신이 글자 하나를 잘못 읽었다고 바로잡아주기를 청했다. 그의 말을 들은 대관(台官) 홍용조(洪龍祚)가 물었다. "시관(試官)들 모두가 모르고 지나는 일인데 굳이 그것을 밝히는 까닭이 무엇인가." 그러자 공이 결연한 목소리로 되물었다. "비록 남이 모른다고 해서 어찌 나 자신을 속일 수가 있는 것입니까."

이분이 영조 8년(1732)에 다시 과거시험에 응해 문과에 급제하였다. 예조좌랑을 거쳐 남포(藍浦)현감을 지냈으나 집안 살림은 씻은 듯이 가난했다. 조정에서 그의 뜻을 기리어 가선대부(嘉善大夫)로 승차시키고 공조참판을 제수했으나 나가지 않았다. 영조는 그의 높은 학덕을 가상히 여겨 화원을 보내어 영정을 그리게 했다. 만년에 정1품으로 자헌대부(資憲大夫) 지중추부사(知中樞府事)가 된 분이다.

고인의 형인 이종훈이 주손인 일성당(日省堂)은 숙종조에 이문한(李文漢)이 건립한 것으로 전한다. 뒤에 산을 거느리고 남동쪽으로 자리를 잡은 이 집 옆에는 곡간수(谷澗水)가 흘러내렸다. 입 구(口) 자로 된 이 집은 크게 외당과 내당으로 구분된다. 외당에는 마루방과 함께 사랑방이 있는데 그것은 평소 독서 공간으로 사용되었다. 일성당을 중심으로 전의 이씨 일족은 대를 이어 청빈한 가운데도 수기(修己) 찰물(察物)의 경지를 열어갔다. 당호를 일성당으로 한 것 또한 논어에 나오는 증자(曾子)의 말을 연상하게 만든다. "나는 하루 세 차례씩 자신을 되살펴본다. 남을 위해 일을 도모하되 정성을 다함이 모자라지 않았는가. 친구와 더불어 사귐에 믿음으로 함이 없지 않았는가. 내가 배운 것을 충분히 습득하지 않은 채 남에게 전달하지 않았는가(吾日 三省吾身 爲人謀而不忠乎 與朋友交而不信乎 傳不習乎)."

이광훈 군이 태어난 일성당은 한말과 일제시대를 거치는 가운데도 절의(節義)를 지키고 어엿하게 도학(道學)과 사장(詞章)의 줄기를 물려 내린 집이었다. 그의 조부인 다산(多山) 이한영(李漢榮) 공은 경술국치를 당하자 일단 세속적 일과 거리를 두었다. 만년에 이르도록 보수 사림의 상징인 상투를 자르지 않은 채 종산정사(鍾山精舍)를 지어 후진을 양성하고 수신제가(修身齊家)의 길을 걸었다. 일제 암흑기에는 거듭된 총독부의 강요를 무릅쓰고 창씨개명(創氏改名)하기를 거부했다. 지금 우리에게 시문집인『다산집(多山集)』을 끼치는 분이다.

이광훈 군의 아버님은 반월산인(半月山人) 이상인(李相寅) 공이다. 다산공(多山公)의 뜻에 따라 일제의 제도 교육은 받지 않았다. 20대 초를 전후한 시기에 도일하여 동양의학 연수 기회를 가진 것으로 전한다. 그는 일제 말기에 조선어학회에 관계했다(1937년경부터). 당시 조선어학회는 조선어사전 편찬 사업을 진행 중이었는데 반월산인은 이 가운데서 향찰, 이두 부분을 맡은 것으로 나타난다. 그 뚜렷한 자취로 포착

되는 것이『한글』7권 5호(1939.5.1)부터 8권 5호(1940.7.1)까지 12회에 걸쳐 연재된「이두초(吏讀草)」다. 이 작업은 향찰, 이두로 표기된 우리말 어휘를 ㄱ, ㄴ 등과 아, 어 등 모음의 차례로 정리하여 제시하고 그 음(音)과 뜻을 밝힌 것이었다. 그 허두의 일부를 제시해보면 다음과 같다.

(ㄱ)	岐只	音	가르기	意	分岐
	岐如	音	가로혀	意	거끔나기
	說如	音	가르혀	意	같이
	(........................)				
(아)	向前	音	아젼 안젼	意	먼저 지난번
	先可	音	아주	意	아직
	向敎是事	音	아이산일	意	하신 일

이 향찰, 이두 어휘 정리 작업은 매회에 다룬 말들 숫자가 60여 개정도다. 그것이 12회 연재되었으니 그 총수가 700여 개에 이르는 셈이다. 이것은 반월산인에 의해 시도된 향찰, 이두의 어휘 정리가 당시 우리 학계에서 이루어진 총량을 거의 모두 포괄한 것이었음을 뜻한다. 이와 아울러『한글』지를 보면 반월산인에 의해 시도된 특수 분야의 어휘가 채록, 정리된 것이 있다.『한글』6권 3호(1938.3.1), 6권 5호(1938.5.1)에 수록된「농업용어」, 그리고 7권 10호(1939.10.1), 7권 11호(1939.12.1), 8권 1호(1940.1.1)에 실린「건축용어」가 그들이다. 구체적으로「농업용어」(1)의 "농구의 이름과 그 각부(各部)의 이름"은 "가래, 흙을 떠서 던지는 것. 장부, 잡고 일하는 자루" 등으로 시작하고 있다.「건축용어」(1)은 "재목(材木) 이름"이라는 항목 아래 "기둥, 집을 짓는

데 세로 세운 나무. 집을 세우는 원체" "도리, 기둥과 기둥 우두머리를
걸쳐 맞춘 나무. 특히 쟁에 위에 얹힘. 앞쪽과 뒤쪽에 한하여서 이름.
그 위에 혀까리가 걸쳐서 처마로 나옴" 등의 내용이 담겨 있다. 참고로
8 · 15 후에 발간된 한글학회의 우리말 사전을 찾아보면 여기 나오는
어휘의 풀이와 큰사전 사이에는 일맥의 연관성이 포착된다. 이것은 곧
조선어학회의 큰사전 편찬 사업에서 반월산인이 특수 어휘 수집, 정리
를 담당한 증거가 될 것이다. 이제 이런 사실이 가리키는 바는 명백해
진다. 이것으로 우리는 고인이 된 이광훈 군의 혈맥 속에 선비의 지절
(志節) 정신과 함께 민족문화의 계승, 보존 의식이 맥맥하게 흐르고 있
음을 확인할 수 있는 셈이다.

4. 한국 잡지 사상 최연소 편집장 이광훈

고려대학교를 마친 다음 이광훈 군은 월간 『세대(世代)』에 자리를 얻
어 근무하게 되었다. 당시 『세대』는 국내에서 몇 개 안 되는 시사 종합
지였다. 거기에 이광훈 군이 단순 사원, 또는 평기자(平記者)가 아니라
발간 주체로 참여했다. 발족 당시 『세대』의 사장은 최진우(崔珍雨)였고
편집장이 권영빈(權寧彬)이었다. 이런 진용이 두어 해가 지난 다음에는
크게 변경되었다. 얼마 뒤 이광훈 군이 편집장이 되었고 이어 그가 사
장의 자리에 올랐다. 일개 잡지사라고는 하나 이 이례적인 승진이 한때
우리 주변에서 화제가 되었다.

호를 거듭하는 가운데 『세대』는 정치색을 배제했을 뿐만 아니라 이
잡지의 고유한 몫에 속하는 덕목도 조성해나갔다. 초창기가 지나자 이
잡지는 문예작품 우선주의를 지향하고 나섰다. 한 해에도 몇 번이고

시인, 작가들을 동원하여 특집을 꾸몄다. 그와 병행하여 수준이 높은 시와 소설을 게재하여 때로 그 질적인 수준이 문예 전문지를 웃돈다는 평가도 받았다. 뿐만 아니라 『세대』지는 신인문학상을 제정했고 장편 서사문학의 전통이 약한 우리 문단의 사정을 감안하여 대작 장편도 공모했다. 뒤에 한국 문단의 인기 작가가 된 이병주(李炳注), 박태순(朴泰洵), 신상웅(辛相雄), 조선작(趙善爵), 홍성원(洪盛原) 등이 바로 이런 『세대』의 편집 방침에 힘입어 우리 문학사에 부상한 사람들이다.

고인이 『세대』를 주재하기 시작했을 때까지 나는 문자 그대로 무명의 문학도에 지나지 않았다. 60년대 초에 내가 문예지의 평론 분야 추천을 받기는 했다. 그러나 매사 소극적인 성격에 글솜씨도 대단한 것이 못 되어 문예물 발표는 연간을 통틀어도 한두 편에 그쳤다. 고인은 그런 나에게 잊어버리지 않고 연락하여 글을 발표할 기회를 제공했다. 『세대』의 에세이 특집에 수록된 두어 편의 글과 기타 「박두진론」, 「외래 지향성과 그 극복의 길」 등 초기에 내가 쓴 글들이 고인의 배려에 의해 발표된 것이다.

언젠가 내가 『세대』사에 들렀더니 그날은 우리 둘만으로 점심을 해야겠다고 반겼다. 조선일보 뒤에 있는 꽤 깨끗한 일식집에 자리가 마련되어 있었다. 좀 의아해하면서 자리에 앉았더니 고인이 먼저 말을 꺼내었다. 여당 배경의 잡지를 하다가 보니 문우(文友)들의 핀잔을 자주 받는다는 것이 그 하나였다. 그때 그의 나이 아직 20대 초반이었다. 그래 그의 말에 나는 농담기를 섞어 응수했다. "그런 친구들 말보다 실질이 더 중요한 것 아닌가. 내가 알기로 이광훈이 주재해서 발간되는 『세대』지의 어디에도 우리 시대의 문화적 감각이나 사회 정서를 교란, 왜곡시킨 내용은 담긴 것이 없다고 본다. 그뿐인가, 편집인으로서 이광훈은 신문관을 만들어 우리나라 최초의 종합지『소년(少年)』지를 발간한 최남선(崔南善) 이래의 최연소 잡지 편집인이 아닌가. 이런 사실을 덮어둔 채 쓸 데 없는 말들을 흘리는 것에는 신경을 쓰지 않는 것이 좋을 것이다.” 내 말이 끝나기도 전에 고인이 오랜만에 좀 숨통이 트이는 농담을 듣게 되었다고 파안대소를 했다.

이어 그가 조금 목소리를 낮추어 한 말이 지금도 잊혀지지 않는다. 고인은 그때 내가 한 것이라고 까마득히 잊고 지낸 말을 되들려주었다. “처음 형님을 만났을 때 앞으로 우리가 갈 길은 국문학 연구자로 사는 일인 것 같다, 학부를 마치면 다른 분야로 나가기보다 연구실에 남는 길을 택해보라고 했지요.” 그러면서 고인은 “내가 그렇게 못한 것은 무엇보다 가정형편이 여의치 않아서 그렇게 되었다”고 했다.

여느 경우 같았으면 그때 고인이 한 말은 그런 자리에 흔히 하는 한담의 하나로 들렸을지 모른다. 그러나『세대』사에 자리를 잡고 나서 얼마 되지 않은 시기에 고인이 특히 나와 둘이 된 자리에서 그런 말을 한 것에는 그 바닥에 얼마간의 사연이 깔려 있다. 그가 학부를 마쳤을 때 형인 이종훈 군은 갓 결혼을 한 터여서 신접살림을 해군사관학교가 있는 진해에 차리고 있었다. 당시 초급장교의 봉급으로는 그런 두 사람이 생활해나가기에도 빠듯했을 것이다. 그런 형편에 이종훈 군은 아우의 학비를 부담해야 했다. 뿐만 아니라 막내 누이동생도 서울로 불러올려 등록금부터 만만치 않은 이화여대에 입학시켰다.

학부 과정에서 이광훈 군은 줄곧 가정교사로 숙식 문제를 해결했다고 한다. 본래 고인의 생가인 일성당은 안동 쪽의 종가 가운데도 살림이 넉넉하기로 이름이 있었다. 그러나 일제 말기와 8·15 직후에 이루어진 농지 개혁, 이어 몰아닥친 전란의 여파가 이 집안을 비켜가지 않았다. 주손인 이종훈 군이 서울대학교에 합격했을 때 일성당을 홀로 지키게 된 어머님이 등록금을 마련할 길이 없었다. 이 어른이 당시 어느 고을의 군수를 하고 있었던 친정 오라버니를 찾아갔다. 후일을 약속하고 어렵사리 필요한 액수를 얻어 썼을 정도다. 학부에 다니면서 이광훈은 그런 가정 사정을 아프게 느꼈을 것이다. 그 나머지 학부를 마친 다음까지 형님의 도움을 받는 일은 참으로 할 수 없는 일이라고 생각된 것 같다. 그런 사정을 어느 정도 짐작하고 지낸 나에게 고인이 들려준 몇 마디는 참으로 뜻깊었다. 그것으로 나는 고인과 그 형 사이에 이루어진 우애의 부피를 실감했던 것이다.

『세대』지에서 기반을 닦은 이광훈 군의 언론 활동은 그 후『경향신문』으로 연결되었다. 『경향신문』에서 그는 논설을 맡아 편집국장을 거치고 논설실장을 역임했다. 정론을 펴는 가운데 부드러운 말씨, 논리정연한 문장을 써서 언제나 그것을 읽는 사람들의 눈길을 끌었다. 뿐만 아니라 고인은 문예비평 분야에서도 좋은 글을 발표했고 원만한 인간 관계로 많은 사람들의 칭예를 들었다. 그사이에 관훈클럽의 총무와 신영기금 이사장으로 활약하였으며 기타 사회 봉사 단체에도 관계한 것은 널리 알려진 대로다.

5. 아, 밝은 별 사라진 밤

내가 고인의 작고 소식을 들은 것은 지난(2011) 구정 초인 2월 4일이었다. 그날 나는 다른 자리에 일이 있어 그쪽에 가볼까 한 참이었다. 거실에 놓인 전화벨이 울리기에 받았더니 국문과의 동기동창인 이종석 군이 고인의 작고 소식을 전해주었다. 처음 나는 내 귀를 의심하지 않을 수 없었다. 그 며칠 전 나는 고인의 형인 이종훈 군을 월례 행사로 모이는 한시회에서 만났다. 귀갓길에 얻어 탄 차 속에서 으레 그렇게 하듯 "광훈이 요즘도 잘 있지?"라고 물었다. 그때 이종훈 군의 답도 관례대로 "그럭저럭 그렇지 뭐"였다. 그런 고인이 느닷없이 이승을 하직했다고 하니 내 귀가 의심되지 않을 수 없었다.

어떻든 뜻밖의 작고 소식을 듣고 허겁지겁 나는 영안실이 있는 강남 성모병원으로 달려갔다. 거기서 고인의 사진틀 위에 걸린 검은 띠를 보았다. 피가 섞이지 않은 내가 가슴에서 치밀어 오르는 울음을 삼키고자 안간힘을 쓰지 않을 수 없는 자리였다. 내가 분향재배를 마친 얼마 뒤 고인의 형인 이종훈 군이 나타났다. 내가 손을 잡자 그의 눈에 금세 가득히 눈물이 고였다. 그런 분위기 속에서 나는 차마 조문(弔問)의 말도 제대로 할 수가 없었다. 다음 만사는 그날 내가 집으로 돌아와 오십 성상에 걸쳐서 오고 간 우리 사이의 정을 생각하면서 만들어본 것이다. 내 솜씨가 시원치 않아 평소 우리가 나눈 정의의 몇 토막도 담지 못한 것이 되어 부끄럽고 부끄럽다.

동향에 세교가 있는 집안의 친구 이광훈 군이 신환으로 작고하니 때가 신묘년 2월이었다. 고인은 10대에 책짐을 지고 상경하여 고려대학교에 학적을 두었고 재학 때 문예평론으로 등단하여 문명을 드날렸다. 경향신문 주필, 관훈클럽 회장을 거쳤는데, 문상 다음에 내가 슬픔을 이길 길이 없어 이 두 마디를 지어 만사에 대신하다.

同鄕世友李光勳君 辛卯二月以宿患作故. 君十代負笈上京 學於高麗大學在學時 以文藝評論登壇有文名 歷京鄕新聞主筆 寬勳俱樂部會

長 余問喪後不禁悲懷 作二首爲輓詞.

1.
그 모습 맑고 밝아 티끌 먼지 떨쳐냈고
청론 탁설(卓說) 펼친 세월 덧없이 지났구나
밝은 별 문득 지고 어두운 밤 밀려드니
하늘가 외짝 기럭 외로움에 울음 운다

雲表英姿脫俗塵　淸談卓說歷多旬
文星一落冥冥夜　天際歸鴻鳴隻身

2.
흥허물을 잊은 세월 몇몇 해가 지났던가
오고 간 서른 해에 다시 스물 겹치었다
상도노래 한마디에 울음소리 끊긴 자리
쓸쓸해라 고향산천 외로움이 사무친다.

忘形同伴幾多春　來往卅年加二旬
一曲薤歌聲斷處　蕭條嶺海嘆吾身

—「輓李光勳君」

뚜렷한 목소리로 말하리라

: 고향에 잠든 권기도(權奇道) 형

1. 한 학년 위의 상급생

그는 네모에 가까운 얼굴에 딱 벌어진 어깨를 가지고 있었다. 좀 쇳된 목소리에 상당한 부피를 느끼게 하는 승벽(勝癖)도 지니고 있어서 무슨 일에든 남에게 지는 것, 뒤떨어지는 것을 견디지 못하는 체질이었다. 나보다 나이가 한 살 위에 집도 우리 마을이 아닌 고개 하나를 넘어서 있는 다른 마을 출신이었다.

내가 그를 처음 만난 것은 그 전해에 입학을 한 소학교의 등굣길에서였다. 우리 마을에서 학교와의 거리는 어른들이 일곱 마장이라고 하는 10리 가까이가 되었다. 그 사이에는 낙동강 가에 난 벼랑이 있었고 겨울이면 빙판길이 되어버리는 개천도 건너야 했다. 어른들은 그런 우리의 등굣길을 염려하여 되도록 아침결에 우리가 하는 상학(上學)을 집단으로 하도록 말씀하셨다. 그 무렵 우리 마을에서 소학교에 다니는 학동은 대충 열댓 안팎이었다. 내가 다닐 때는 이미 불문율이 된 단체 상학 원칙에 따라 우리는 거의 날마다 동구 앞에 모여 학교로 갔다.

그런데 그날따라 나는 외톨이가 되어 학교로 향하고 있었다. 무슨 일로 좀 늦게 집을 나섰던 것이다. 내가 거의 뜀박질로 길을 재촉하면서 접어든 어느 나무 밑의 우물가에서였다. 그 자리에 고개 너머 마을의 한패거리를 거느린 그가 있었다. 나를 보자 그는 기다리기라도 한 듯 팔을 벌리고 길을 가로막았다. 그가 나에게 던진 제일성은 "상급생 보고 왜 경례를 하지 않느냐"였다. 그의 일갈이 있자 나는 입학과 함께 배운 일본 군대식 거수경례를 그에게 붙였다. 그러자 그는 "요오시"라는 일본어와 함께 답례를 했다. 그러고는 그가 거느린 대열에 나를 편입시킨 다음 호기(?)를 부리면서 등굣길 행진을 계속했다. 그날 나는 처음 그의 이름이 권기도(權奇道)라는 것을 알았다. 그가 우리보다 한 학년 위라는 것과 특히 운동을 잘하며 철봉과 씨름의 반 대표라는 이야기도 얻어들었다.

2. 그 여름의 수난 사고와 그의 구조

나에게 거수경례를 강요한 그를 나는 상당 기간 경계하고 좋아하지 않았다. 무시로 그는 하급생을 불러 복장이 단정하지 못하다든가 걸음 걸이가 이상하다고 주의를 주었다. 뿐만 아니라 소학교 저학년이었음에도 담배를 피우는 시늉을 했고 같은 마을의 꼬마들을 불러 모아 전쟁놀이도 시킨다는 말이 들렸다. 그래 나는 먼 발치에 그가 나타나기만 하면 길을 피하고 멀리하려고 했다. 그런데 바로 그, 곧 나보다 한 학년 위인 권기도 형이 익사 직전의 나를 낙동강의 소용돌이에서 구해 준 생명의 은인이 되었다.

그에게 거수경례를 붙인 바로 그해 한여름의 어느 날이었다. 우리는 여름방학 중 실시하는 소집일을 맞았다. 그 무렵 우리 학교에는 학생 실습용으로 소와 돼지 등 가축을 사육하고 있었다. 여름철 교내 청소 작업의 일환으로 축사와 그 주변 청소가 있었는데 그 당번조로 우리 마을과 권기도 형의 마을 학동들이 동원된 것이다. 무더위 속에 우리 또래 10여 명은 축사 바닥을 긁어내고 소독약까지 뿌렸다. 찐 고구마 몇 개가 배당된 점심을 때우자 그날 작업이 모두 끝났다. 선생님의 해산 명령과 함께 사역에서 풀려나자 우리는 멱을 감기로 했다. 당시 우리 또래의 물놀이터였던 낙동강으로 향했다.

우리가 수영장으로 삼는 낙동강은 옛날 예안현을 휘감고 돌아가는 푸른 가람이었다. 그 흐름은 여름에 접어들어 장마철만 되면 유역 일대를 흙탕물로 바꾸며 범람했다. 어른들은 수방 대책으로 장터거리 앞 강가에 긴 제방을 쌓아 물막이가 되게 했다. 그로 하여 상류 지역에 큰물이 나도 시가지가 침수되는 일은 없게 된 것이다. 그런데 문제가 하나 생겼다. 제방의 아랫부분을 석축으로 했는데 그 기초 부분과 흐름이 부딪치는 곳에 군데군데 깊은 소가 생겼다. 곳에 따라 수심이 어른 키로 몇 길이 되는 곳이 있었다. 학교에서는 우리들에게 수영 전 반드시 준비운동을 하고 또한 얕은 곳을 골라 멱을 감으라고 가르쳤다.

땀범벅이 된 상태여서 나는 그날따라 학교 선생님들의 가르침을 까먹어버렸다. 제방을 내려서 넘실대는 강물을 만나자 곧바로 윗도리와 반바지를 벗어던지고 물속으로 몸을 던졌다. 그 무렵까지 나는 제대로 헤엄치기를 배운 적이 없었다. 개헤엄 정도로 수영의 시늉만을 할 수 있었을 뿐이다. 내가 뛰어든 강물은 뜻밖에도 깊고 물살이 세었다. 몇 번 허우적거린 다음 곧 나는 물을 먹기 시작했다. 그런 광경을 뒤따라 제방 끝에 내려선 권기도 형이 보았던 것 같다. 그는 곧 입었던 옷을 벗어딘지고 내 구조에 나섰다. 뒤에 들은 얘기지만 나는 물에 뛰어들어 잠깐 헤엄치는 시늉을 하다가 물을 먹기 시작했다고 한다. 물에 가라앉았다가 떠올랐다가를 몇 번 거듭하자 익사 직전의 꼴이 되어버렸다.

이 위기 상황을 보고 권기도 형이 뛰어든 것이다. 그가 다가오자 나는 필사적으로 그를 거머잡았다. 내 불의의 습격(?)을 받자 그는 아주 절박한 사태에 몰렸다. 자칫하면 그가 내 손에 휘감겨 둘이 함께 물밑으로 가라앉을 판이었다. 절체절명의 상황이 닥치자 그는 일단 나를 뿌리치고 닥치는 대로 걷어찼다. 그것으로 내가 기진맥진해버리자 그제야 내 팔목을 잡고 얕은 데로 유도하여내었다는 것이다. 나는 그때를 회상할 때마다 생각한다. 10대 초입에 익사 직전의 나를 그가 구해주지 않았다면 어떻게 되었을까. 그런 생각을 할 때마다 나는 그를 내 생명의 은인으로 생각했다.

3. 근로봉사, 송탄유 채취

이야기의 시점이 조금 뒤로 돌아간다. 내가 소학교에 입학한 첫해 한 겨울에 태평양전쟁이 발발했다. 일제가 대동아전쟁이라고 한 침략전쟁의 초기에 그들은 승승장구하는 듯 보였다. 그러나 그 다음 해 말부터 전세는 크게 역전이 되었다. 무적을 자랑한 일제의 함대는 남태평양 쪽에서 미군의 반격을 받아 차례로 깨어졌다. 대륙 쪽의 병단(兵團)도 중국군의 총력전에 걸려들어 도처에서 패퇴해버렸다. 일제는 그것을 만회하기 위해 전 국민의 동원을 뜻하는 '일억(一億) 총돌격(總突擊)'을 구호로 내걸었다. 그들의 총돌격 체제는 아직 소년들에 지나지 않았던 우리까지를 침략전쟁 수행의 수단, 또는 부속품으로 내몰았다.

내가 3학년, 그가 4학년이 되자 각 학년의 학급이 일제히 군대식 편제로 바뀌었다. 각 학년의 분단은 분대로, 그리고 각 학급이 소대로 개칭되었다. 그전까지는 주에 한 번이었던 열병 분열식이 거의 무시로 실시되고 방공 훈련과 적전 돌격 연습인 전쟁놀이가 교과목 학습과 병행으로 과해졌다. 특히 매주 하루가 교실 수업이 없는 근로봉사 일로 바뀌었다. 그날이 되면 우리는 낫이나 손도끼에 지게를 지고 소나무가 있는 산으로 내몰리었다. 일제는 그 무렵에 벌써 전쟁 수행을 위한 동력 자원인 유류가 달리기 시작했다. 그러자 대체 연료로 소나무 옹이를 따서 기름을 얻어 쓰는 송탄유(松炭油) 자재 채취에 우리를 동원했다.

일제가 강제한 송탄유 채취는 군사작전에 준하는 형태로 이루어졌다. 출발 전에 우리는 연병장으로 개칭된 운동장에 모였다. 거기서 교장의 사열을 받은 다음 각 반 단위로 송탄유 채취가 가능한 산을 향하여 행군했다. 대열 앞에는 군기에 해당되는 각 학급의 정신대기가 나부꼈다. 그런 대열에는 또한 행진곡을 부는 나팔수가 붙었다. 우리는 나팔수가 부는 신호에 맞추어 송탄유 채취장인 산으로 향했던 것이다.

권기도 형이 바로 그런 나팔수 가운데 한 사람이었다. 그와 급장인 나는 어깨를 나란히 하고 학급 선두에 섰다. 그러고는 학급 담임의 지시에 따라 '보조 맞추어'라든가 '작업 개시', '헤쳐 모여' 등의 동작을 취했던 것이다. 더욱 잊혀지지 않는 것은 그가 목적지에 도착하여 송탄유 자재를 채취할 때 나에게 보여준 호의들이다. 송탄유 채취나 기타 근로봉사에서 나팔수들은 작업을 하지 않아도 좋다는 특전이 있었다. 그런데도 그는 우리와 꼭 같이 채취도구를 가지고 가서 각자의 책임량에 가까운 일을 했다. 그런 자리에서 그는 매우 부지런하고 유능했다. 대부분의 경우 그의 몫을 채취하고 나면 힘에 부치는 듯 보이는 다른 아이의 몫도 돌보아주었다. 언젠가는 그의 배려가 나에게까지 미쳤다. 그날 나는 말라리아에 걸려 오한이 난 다음이었다. 그런 내 곁에 그가 다가왔다. "너는 몸이 약하니까 힘이 들 게라" 하면서 자신이 채취한 것을 내 몫으로 하라고 보태어주었다.

당시 우리 모두는 할당제가 된 송탄유 자재 채취량에 진저리를 치고 있었다. 더러는 제가 봐둔 나무의 옹이를 다른 반의 학생이 가로채어 간다고 싸움이 붙는 수도 있었다. 그런 서슬 속에서 권기도 형은 애써 채취한 솔옹이들을 내 바지게에 옮겨주었던 것이다. 그의 도움을 받아서 내 송탄유 채취량은 언제나 상위권을 차지했다. 70년이 흘러가버린 세월 다음에 생각해도 그때 그의 살뜰한 정이 참으로 새삼스럽다.

4. 대학 입학과 등록금 마련 작전

10대 초에 까까중 머리로 헤어진 다음 우리는 환도 직후의 서울에서 다시 만났다. 1954년도의 신학기에 나는 많이 지각한 상태에서 지망한 대학의 합격증을 얻었다. 당시에 나는 홀어머님을 모시고 부산에서 피난살이를 접지 못한 채였다. 어렵사리 등록금을 만들었을 뿐 그다음에 필요한 학비나 숙식비는 전혀 마련이 없었다. 천성으로 나는 미련한 데가 있는 사람이다. 그저 어떻게 되겠거니 생각하고 무작정 상경을 했다. 처음 한 달 정도는 친구인 김호길(金浩吉, 서울대 물리학과, 포항공대 총장) 군의 자취방에 얹혀 살았다. 한 달이 지나자 쌀을 살 돈도 바닥이 났다. 천하태평식 체질을 타고난 나도 걱정이 되지 않을 수 없었다.

그러던 어느 날 나보다 한 발 먼저 상경한 권기도 형이 안암동(安岩洞)에 있는 우리의 자취방을 찾아왔다.

내 서투른 솜씨로 차린 저녁을 먹고 나자 권기도 형이 용건을 말했다. 당시 그는 교양서적을 주로 내는 출판사 '학우사(學友社)'에 나가고 있었다. 학우사 사장이 비상근 편집사원을 구하고 있는데 간단한 시험을 과한 다음 채용하는 조건을 붙이고 있다는 것이다. 그래도 일거리를 집에서 해가지고 가면 수당을 지불하는 조건이니 응시해보겠느냐는 말이었다. 그의 말에 나는 귀가 번쩍 뜨였다. 그런 조건이면 학교 강의는 제때에 들을 수 있을 듯했다. 식생활이 그것으로 해결된다니 나로서는 안성맞춤인 아르바이트 자리였다. 그래 일단 사장과 만나보자고 이야기가 되었다. 다음 날 나는 인사동 통문관(通文館) 앞에 있는 출판사로 나갔다.

출판사에서 나는 영어 소설 한 페이지와 일본 월간잡지 한 페이지를 시험 문제로 받았다. 그것도 출판사측 감독 아래 답안을 쓴 것이 아니라 집에 문제를 가지고 가서 해오라는 조건이었다. 문제가 쉬운 위에 집에서 사전까지 볼 수 있는 편의를 얻었다. 그래도 다음 날 긴장이 되어서 출판사로 갔다. 사장인 이종열(李鍾烈) 선생에게 답안지를 제출했더니 대충 보고는 "되었네"라는 판정이 내렸다. 이어 일거리를 줄 테니 집에서 해가지고 오라는 지시가 뒤따랐다. 그것으로 나는 학우사라는 출판사의 비상근 자리를 얻은 것이다.

처음 내가 학우사에서 맡은 일거리는 일본어로 된 처세훈(處世訓)을 우리말로 옮기는 일이었다. 200자 원고지로 800매 남짓이 된 내용을 한 달 남짓 걸려 완성할 수 있었다. 내 일솜씨를 보고 이종열 사장은 그런대로 만족해했다. 그때 그의 말이 "김 군은 요령을 피울 줄 모르는 성격인 것 같아 마음에 드네"였다. 첫달 수당으로 나는 만 원에 가까운 보수를 받았다. 당시에는 일반 회사의 평사원 월급이 그런 수준이었다. 그런데 내 손에 그에 준하는 금액이 쥐어진 것이다. 뜻밖의 보수가 내 손에 들어오자 비로소 나는 안도의 한숨을 쉴 수 있었다. 그것으로 적어도 여름방학 때까지의 끼니 걱정이 해결되었다. 주머니가 두둑해지자 나는 권기도 형과 함께 그 무렵 나와 같이 자취를 한 김호길, 이상옥(李相玉, 서울대 정치학과) 형 등을 이끌고 어느 허름한 국밥집에 가서 한턱을 쓰기까지 했다.

학부 생활이 시작되고 여름방학을 맞을 때까지 나는 부산의 피난살이를 접지 못한 채였다. 그래 출판사의 양해를 얻어 부산의 어머님 곁으로 내려갔다. 한 달 남짓으로 귀향을 예정한 어머님을 도와 살림살이를 정리했다. 그리고 가을 학기에 다시 상경하자 참으로 뜻밖의 일이 기다리고 있었다. 새 학기였으므로 상경하고 다음 날 학우사로 나갔을 때다. 이종열 사장이 반갑게 내 인사를 받더니 새 일거리라면서 고등학교용 국어 참고서 만드는 일을 맡기겠다고 하였다. 처음 나는 그런 말에 어리둥절할 수밖에 없었다. 한마디로 고등학교 국어 참고서라고 하지만 그것은 상당한 전문 지식과 교단의 경험을 가진 사람이 집필 가능한 일이었다. 그런 참고서를 몇 달 전까지 바로 그런 책으로 입시 공부를 한 나보고 만들어보라니 갈피가 잡히지 않았다.

이종열 사장의 제의에 대해 나는 더듬거리면서 내 실력이 그런 일을 감당할 수준에 이르지 못했음을 말했다. 사정이 허락만 된다면 전 학기와 같이 일어판 책 번역을 맡겨주셨으면 좋겠다고 의견도 덧붙였다. 그러자 이종열 사장은 크게 웃었다. "김 군은 참 고지식한 데가 있어. 이번 일을 하면 좀더 좋은 보수가 마련될 것인데 그것을 왜 사양하나."

집필 요령과 참고서를 구해줄 테니 일을 시작해보라고 덧붙였다.

그 자리에서 나는 가부를 결정할 수 없었다. 일단 사장실에서 물러난 나를 권기도 형이 뒤좇아왔다. 그는 내 손을 잡다시피 하고 "그런 일, 너라면 문제없다. 겁먹지 말고 하도록 하라"고 나를 부추겼다. 권기도 형의 격려로 나는 마음을 고쳐먹을 수 있었다. 참고서 만들기에 착수하면 적어도 두어 학기의 등록금 문제가 해결될 것 같았다. 한 해 정도의 생활비도 생길 전망이었다. 그래 이종열 사장의 생각을 따르기로 했으나 그다음의 문제가 또 다른 산이었다. 막상 종합국어 참고서를 만들기로 하고 내가 할 작업량을 셈해보았다. 그 양이 200자 원고지로 자그마치 3천 매가 넘을 듯했다.

다른 한편 나는 참고서 쓰기가 이루어지면 내 몫으로 돌아올 집필료를 생각했다. 그것에는 못내 군침이 돌았다. 이 현실과 욕망의 십자로에서 내가 생각해낸 것이 공동 작업자를 구하는 일이었다. 나는 그 적격자로 같은 국문과의 동기인 김명곤(金明坤) 군을 생각했다. 내가 문학 전공 지망임에 반해 그는 국어학 전공을 지향하고 있었다. 가세가 넉넉하여 전공서적을 일찍부터 사서 모은 것이 있었고 또한 대단한 학구파였다. 선생님들이 과하는 기말 레포트를 그 무렵 우리는 대개 200자 원고지 5, 60매 정도로 만들었다. 그런데 김명곤 군은 그것을 250매가 넘게 써서 제출했다. 그가 인용한 논문 참고서에는 국내 것은 물론 영어, 독어, 불어로 된 원서들이 포함되어 있었다.

말미로 얻은 사흘이 지난 다음 나는 출판사를 다시 찾아갔다. 이종열 사장에게 솔직히 내 의견을 말씀드렸다. 내 말에 그는 참 좋은 생각이라고 전폭적으로 찬동했다. 김명곤 군과 나는 그때부터 관계 서적을 모으고 고등국어 1, 2, 3학년의 각 과목을 분석 검토하여 해석, 정리를 꾀한 작업에 들어갔다. 학기말 시험이 끝나자 우리 두 사람은 같은 방에서 기거를 했다. 날마다 아침결에 간단한 산책을 하는 시간만 두고는 거의 모든 시간을 바쳐 참고서 집필을 진행시켰다. 당시 대학은 11월 말부터 방학에 들어갔으나 우리는 그때부터 더 작업에 열을 올렸다. 밤에 대여섯 시간 정도 잠을 자는 것과 밥 먹고 화장실 가는 시간 빼고는 문자 그대로 총력을 기울여 원고지 칸 메우기만을 해나갔다. 그 결과 다음해 1월말까지 종합 고등국어 참고서의 원고 3천여 매가 탈고되었다.

학우사는 그 아래층에 조판 시설을 가지고 있었다. 이종열 사장은 공무국의 힘을 총동원하여 우리가 쓴 원고를 차례로 조판하도록 했다. 그 결과 그해 새 학기에는 학우사판의 종합 고등국어 참고서가 책이 되어 나왔다(단 이때 참고서 저자의 이름은 우리가 아니라 고등학교 현직 교사의 이름을 빌려서 썼다). 몇 달이 안 되어 학우사판 종합국어 참고서는 같은 유형에 속하는 책 가운데 가장 많은 부수가 팔렸다. 이종열 사장은 그런 결과에 매우 흐뭇해했다. 책이 인쇄에 부쳐져 출고된 직후 우리는 일반 공무원 1년치에 가까운 원고료를 받았다. 그것을 두 사람이 나누어 가지자 나는 오랜만에 내 전공 관계 서적을 대량 구입했다. 그리고 시골 어머님에게도 송금을 해드렸다.

그 후에도 나는 학우사를 들락거리면서 원고를 쓰고 편집 일도 보았다. 그것으로 4년 동안 등록금 걱정을 하지 않아도 좋았고 학교 공부를 병행하는 행운도 누릴 수 있었다.

지금 나는 생각한다. 만약 나에게 권기도 형이라는 친구가 없었다면 내 학부 생활이 어떻게 가능했을 것인가. 이제 그는 가고 그와 함께 가진 시간의 기억들만이 내 뇌리에 남아 있다. 지금 그는 우리가 함께 오르내린 고향의 산자락 한 자리를 차지하고 잠들어 있다. 초상 때 그의 빈소에 달려가 눈물을 뿌린 것 말고는 아직 나는 그의 무덤을 찾아 절하지 못했다. 돌아오는 봄에는 꼭 고향을 찾아 그의 무덤 앞에 서리라. 그리고 꿇어 엎드려 절하면서 말하리라. 뚜렷한 목소리로 말하리라. 이제는 이승의 사람이 아닌 나의 친구 권기도 형, 고마웠다고, 참으로 고마웠다고.

지하철, 봄, 가을

　정년퇴직 전까지 나는 손수 운전자였다. 내 운전은 주로 학교 출퇴근 때 이루어졌다. 등굣길에 낯익은 얼굴이 발견되면 차를 멈추고 옆자리에 동승하도록 하는 일이 즐거웠다. 또한 그때까지 우리 집의 두 아들이 나와 같은 학교를 다녔다. 어쩌다가 시간이 맞으면 그 가운데 하나를 태우고 몇 마디씩 이야기를 주고받는 재미가 여간이 아니었다.

　정년퇴직이 되자 일단 나는 손수 운전을 그만두기로 했다. 그동안 나는 뜻하지 않게 몇 번인가 운전 사고를 냈다. 뿐만 아니라 그 무렵에 휘발유 값이 폭등하여 차를 유지하는 비용이 만만치가 않았다. 아내와 상의 끝에 일단 나는 우리 집 차 운행을 그의 전담으로 돌렸다. 그때부터 내가 주로 이용하게 된 교통수단이 지하철이다. 자가용이나 버스와 달라서 지하철은 도중 정체에 구애를 받지 않는 교통수단이어서 좋았다. 뿐만 아니라 우리나라의 지하철은 고맙게도 정년퇴직 나이의 고령자에게 무임 승차권을 준다. 차 칸마다 반드시 노약자석도 마련되어 있다. 그와 함께 붐비는 열차에 내가 타면 더러는 자리를 양보하는 고마운 젊은이들도 있다. 이런 이점들이 있어 나는 한동안 상당히 즐거운 마음으로 지하철을 이용했다.

그런데 요즘 들어 나는 지하철이 반드시 환상적인 교통수단일 수만 일 수 없음을 체험하게 되었다. 한번은 노약자석에 대학생으로 생각되는 청년이 앉아 있었다. 그것을 발견하고 나보다도 나이가 위인 듯 보이는 고령자 한 분이 자리를 비키라고 하는 것을 보았다. 그러자 상대방 청년이 자리를 박차듯 일어서면서 분명히 상소리가 섞인 욕설을 토해내었다. 그런 사태를 목격하게 되자 옆에 선 내 가슴이 쿵 소리와 함께 무너져 내리는 것 같았다.

그 얼마 뒤 나에게도 얼마 전 목도한 일과 비슷한 체험이 내 몫으로 돌아온 적도 있었다. 우리가 이사를 한 초기와 달리 내가 이용하는 분당선은 최근에 들어서 부쩍 승객 수가 불어났다. 나는 대개 오전 10시 전후해서 우리 마을 가까이 역에서 지하철을 탄다. 그 시간에 빈자리는 거의 남아 있지 않다. 나는 처음 노선을 이용한 다음 다시 순환선으로 바꾸어 타고 목적지에 가야 하는데 그사이 소요 시간이 자그마치 한 시간 반 남짓 걸린다. 혈기가 넘칠 때가 아니어서 그런 거리를 가방을 멘 채 서서 다니기에는 내 체력이 넉넉하지 못하다. 그래서 나는 지하철을 타게 되면 자연히 빈자리가 없나 두리번거리게 된다.

그날은 요행 노약자석 한 자리가 비어 있었다. 오늘은 일진(日辰)이 좋구나 하며 그 자리에 앉으려고 했을 때다. 내 어깨를 치는 사람이 있어 뒤를 돌아보았다. 반백이 넘은 사람이 제법 굵직한 목소리로 나에게 자리 양보를 요구했다. "이 자리는 노약자가 앉으라는 거 아니오? 내가 당신보다 훨씬 나이가 많은 것 같으니 내가 앉겠소." 법정에서 판사가 피고에게 던지는 선고투의 말에 순간 나는 어안이 벙벙해졌다. 고작해야 그의 나이는 무임 승차권을 이용하게 된 초기 단계로밖에 보이지 않았다. 그에 비해 내 나이는 이미 무임 승차권 이용 경력이 두 자리 숫자에 육박하고 있었다. 내 머리에 그런 생각이 떠오르자 처음 나는 시비곡직을 따질까 했다. 그러다가 아차 하는 생각이 머리를 스치고 지나갔다. 나는 그 며칠 전 마을 이발소에서 머리에 염색을 했다. 그러니까 내 어깨를 친 사람은 내 머리칼의 빛깔만 보고 내가 무자격으로 노약자석을 차지하려는 얌체족 정도로 판단한 것이다. 나는 이 어처구니가 없는 사태에 빌미를 제공한 것이 나라는 사실에 장님일 수가 없었다. 그 나머지 쓰디쓴 웃음을 남긴 다음 미련 없이(?) 그 자리를 떠났다.

머리 염색 후유증으로 일어난 내 지하철 이용 시행착오 현상은 한번 물꼬가 트이자 그 후 심심치 않게 꼬리를 물었다. 그 가운데서도 아직 생생한 체험으로 남아 있는 것이 올해 들어 내가 겪은 돌발 사건이다. 그날도 여느 때처럼 나는 10시 무렵에 집을 나서 선릉행을 탔다. 승차와 함께 거의 조건반사식으로 자리를 찾은 나에게 다행하게도 빈자리가 둘이나 발견되었다. 무슨 횡재일까 하고 그 가운데 하나로 걸음을 옮긴 나는 그러나 곧 그 시각에 빈자리가 생긴 사연을 짐작할 수 있었다. 문제는 좌우 두 자리까지를 비우도록 만든 좌석 중간에 위치한 한 사람에게 있었다. 나이가 30대 후반 정도로 생각되는 그는 순환선이나 분당선에서 여러 번 목격이 되었다.

머리가 쑥대밭에 얼굴과 목, 입은 옷은 얼마 동안 손질을 하지 않았는지 모를 정도로 땟국물이 줄줄 흐르는 듯했다. 그 위에 그의 몸에서는 후각 장애자급인 내 코도 맡을 수 있게 고약한 냄새가 풍겼다. 뿐만 아니라 내가 앉고자 하는 자리에 그는 열차 내에서는 금지가 된 담배꽁초와 함께 먹다 둔 빵 봉지를 흩어놓고 있었다. 본능적으로 나는 상대방을 경계하지 않을 수 없었다. 내 목소리는 당연히 조심스럽고 은근하게 되었다. "죄송하지만 이 자리 빈 것 같으니 좀 앉겠습니다. 빵과 담배꽁초 좀 치우시지요." 지금 다시 확인하지만 그에게 건넨 내 말은 초등학교 때 예절 교실에서 배운 수준을 능가했으면 했지 조금도 그것을 밑도는 것이 아니었다. 내 말에 그는 알아들을 수 없게 투덜거리면서 담배꽁초와 빵을 치우기는 했다. 더욱 조심을 하면서 내가 그 자리에 앉았다. 그것으로 나는 종점까지 앉아 갈 수 있으리라 안도감을 갖게 되었다.

지금 생각해보면 그때 내가 한 그런 판단은 참으로 안이하고 용렬하기까지 했다. 나와 함께 그의 또 다른 옆자리에 30대의 여성이 앉았다. 그러자 담배꽁초와 빵 부스러기의 주인공이 기다렸다는 듯이 욕설, 악담을 토해내기 시작했다. "짤짤거리고 왜 나다녀." "조심해, ××. 나는 지금 겁날 것이 없어. 집이 있나, 새끼가 있나." 꼬리에 꼬리를 무는 그의 악담은 열차가 다음 역 도착을 알릴 때까지 그치지 않았다.

청소년기를 거치기까지 나는 유약하고 내성적이었다. 내가 끼인 자리에서 누가 고함만 쳐도 나는 뒤꽁무니를 뺐다. 그 무렵 식은 죽 먹듯 이루어진 시위, 동맹 휴학 등에도 겁이 나서 적극 가담하지 않았다. 나이가 조금 들어 대학에 진학하고 나서 나는 그런 내 행동 양태를 합리화할 구실도 찾아낼 수 있었다. 공부를 하는 사람은 언제나 심신(心身)을 깨끗하게 하고 조용한 몸가짐을 하도록 하는 것으로 생각했다. 그렇게 심신을 조용히 가다듬기 위해서는 충동이 앞선 행동보다는 여러 현상과 사물들을 고즈넉하게 바라보면서 되새기는 마음의 자세가 필요하지 않을까 여겼다. 따라서 나는 세속적인 비리나 알력, 마찰과 거리를 두고 살기로 마음먹었다. 이런 내 행동 논리(?)는 30대를 거치고 40대, 50대를 지나면서 그런대로 내 체질이 되었다. 정년퇴직 무렵부터 나는 좀해서 남의 일에 관계를 하지 않는 정관주의자(靜觀主義者)로 (?) 자리잡을 수 있었다. 그러니까 나는 일상 우리 주변에 지천으로 깔린 역겨운 일들에 대해서 전혀 불간섭주의로 살기로 한 것이다.

그런 나에게도 그날 지하철에서 일어난 사태는 참을 수가 없을 정도로 폭력적이었다. 몇 번을 망설이다가 나는 옆자리의 30대를 향해 애써 조용한 목소리로 말을 건넸다. "이봐요, 너무 그렇게 말하지 말아요. 듣는 사람이 너무 거북하지 않아요. 조용히 합시다." 그러나 그런 내 말이 끝나기도 전에 30대의 목소리가 치솟았다. "뭐, 조용히? 조용히 좋아하시네." "빌어먹을 이 세상에 잘난 놈들 많아서, ××. 내가 이 모양 이 꼴인데 조용히 좋아하시네." 이 기상천외의 돌발 사태에 직면하자 내 알량한 인내심이 문자 그대로 그 보호 장치를 깨뜨리고 튕겨져 나왔다. 그와 함께 나는 상당히 쉰된 목소리로 "못된 놈"이라는 말을 토해내었다. 50대 전에 소멸되었다고 생각한 분기도 되살아났다. 제법 딱 소리가 나도록 구두로 열차 바닥을 내리찍었다. 그리고 다음 칸으로 이동하지 않을 수 없었다.

이것으로 내가 서울의 지하철이 치안의 부재 지역이 되었다고 판단하는 것은 아니다. 그러나 바다를 막는 큰 제방의 붕괴도 작은 구멍에서 생기는 누수에서 비롯된다. 서울 지하철은 그 발족 벽두부터 치안의 사각지대가 없는 즐거운 교통수단을 지향해온 줄 안다. 그런 관점에서 나는 내가 체험한 지하철 내의 아름답지 못한 사태들이 조속히 그리고 기능적으로 지양, 극복되기를 바란다. 우리가 지향하는 이상적 사회는 소박하고 선량하게 살아가려는 시민들이 즐겁게 일상을 살아갈 수 있는 여건의 확보로 이루어질 수 있다. 그를 위한 한 부분으로 아름다운 지하철 문화가 형성되기를 바라는 것이다.

흐른 세월, 정겨운 이름들

: 초등학교 졸업 70주년 전후

　나는 경상도 북쪽 낙동강 기슭의 산협촌에서 태어나서 그곳 소학교를 다녔다. 내가 다닌 소학교의 이름은 예안국민학교였다. 우리 학교는 1909년 우리 고장의 유지들이 교육 구국의 이념을 앞세우고 세운 사립 선명학교(宣明學校)로 시작되었다. 선명학교는 발족 당시 3년제 초등학교여서 1012년에 제1회 졸업생 세 명을 배출했다. 바로 그해 4월에 공립학교로 개편되었으며 이후 교명이 예안공립보통학교, 심상소학교를 거쳐 오늘에 이르고 있는 것이다. 2009년은 우리 모교의 100주년이 되는 해였다. 모교의 100주년 기념일을 맞이하여 우리 동기는 서로 연락하여 모교에 모이기로 했다.

　참고로 밝히면 우리 모교는 70년대 중반경 완성된 안동댐의 담수로 옛 자리를 잃어버렸다. 그 후 새로 조성된 신예안(新禮安) 북쪽에 교사가 이건되었으나 그 무렵을 고비로 학생 수가 해마다 줄어들었다. 1980년대 후반부터 전 학교의 학생 수가 두 자리 숫자가 되어버리면서 우리 모교는 옛날 교명이 아닌 도산초등학교 예안분교로 격하되어버렸다. 이렇게 어처구니 없는 사태에 직면하자 우리 또래는 하루아침에 모교를 잃어버린 신세가 되었다. 그로부터 빚어지는 상실감이 우리 또래가 가진 모교 그리는 정을 몇 갑절 부풀게 했다. 그래 100주년 기념행사가 있는 것을 계기로 서로 연락하여 자리를 같이하기로 한 것이다.

100주년 기념행사 참가에 발벗고 나선 동창은 박찬규, 김노두, 김용한, 이원걸, 김용배, 신윤길, 신정숙, 민신애, 권기갑, 신사중, 김덕교, 신순란을 비롯하여 이중일, 이원경, 강호창, 이윤영, 이호윤, 박두학, 정분녀 등이었다. 특히 우리 가운데 진두지휘로 동창들의 참가를 독려한 것이 총무를 맡은 김제택(金濟澤) 군이었다. 그는 40명 정도 남은 동창들에게 일일이 전화를 걸고 행사 안내장까지 붙여서 우리 동기 모두가 당일 모교의 기념행사에 참석하도록 유도했다. 이상 여러 사람들의 열성으로 이날 고향 인근의 동창들은 물론 서울과 대구, 부산, 목포 쪽에 사는 사람들과 멀리 미주(美洲)에 사는 친구들까지가 모여들었다.

오랜만에 만난 우리들은 서로 손을 잡고 반갑다, 반갑다를 연발하면서 인사를 나누었다. 그런 우리들 사이에서 단연 이채를 띤 분이 김용대(金容大) 선생님이었다. 선생님은 3학년 2학기에 우리 반 담임이 되신 분으로 모교의 100주년 기념식에 참석한 단 한 분의 은사님이셨다. 선생님은 우리 반 담임을 하신 다음 현해탄을 건너 도일 유학생이 되신 분이다. 우리가 4학년이 되었을 때 선생님께서는 몇 번이나 우리에게 공부 잘하라는 격려 편지와 함께 소년소녀 독본을 구해서 보내주셨다.

김용대 선생님 이외에도 모교의 100주년 기념행사장에 나온 사람들 가운데 특히 반가웠던 사람이 권오진(權五璡) 군이었다. 그는 1학년 1학기의 첫 반 편성 때부터 나와 같은 반이었다. 나이가 나보다 두 살인가 위였고 우리 반에서 키도 가장 컸다. 평소에는 아주 말수가 적었다. 뿐만 아니라 남의 앞에 나서기를 좋아하지 않았다. 그의 진가는 일제의 전시 체제가 급물살을 타기 시작한 4학년 때부터 어엿하게 그 모습이 드러났다. 여름 염천하의 근로봉사 때에 그는 언제나 힘이 드는 일을 도맡아서 해내었다. 거머리가 득실거리는 논에 그는 서슴지 않고 들어서서 피 뽑기를 했다. 겨울 산의 송탄유 채취 때도 그랬다. 지게를 지고 산비탈을 내려오다가 발을 헛디디어 구르는 학생을 보면 그는 지체하지 않고 뛰어가 그를 일으켜 세우고 보살폈다. 제몫을 챙기기에도 어려운 짐들을 대신 옮겨주며 동급생들을 형처럼 돌보았다.

졸업식과 함께 서로 헤어지게 된 권오진 군을 내가 다시 주목하게 된 것은 향토문화 소개를 내용으로 한 TV 프로그램을 통해서였다. 1990년대 후반인 어느 날 나는 지방 프로그램 예고편을 보았다. 거기에 내 고향을 배경으로 한 지방 문화 시리즈가 나왔고 참으로 반갑게도 그 화면에 권오진 군의 모습이 보였다. 그때 나는 그가 고향을 지키면서 영농으로 생계를 꾸리는 한편 우리 또래에게는 반 이상 전설이 되어버린 한문을 읽고 있다는 사실을 비로소 알았다. 더욱이나 TV 화면에서 그는 가례(家禮)를 연구하며 그에 관한 저서도 가진 것으로 소개되고 있었다.

어떻든 TV에서 그의 모습을 보자 나는 반갑기 그지없었다. 곧 동기회의 총무에게 문의하여 그의 집 전화번호를 알아낸 다음 장거리 전화를 걸었다. TV에서 소개된 그의 저서가 어떤 책인지, 혹 지금도 내가 얻어볼 수 있는가를 물어보았다. 나의 성급하고 성가신 전화를 그는 아주 반갑게 받아주었다. 은근한 정을 느끼게 하는 목소리와 함께 그가 지은 책 한 권을 구해주기로 약속했던 것이다.

지금 내 곁에는 그의 편저로 된 『사례요초(四禮要抄)』가 놓여 있다. 이 책의 내용은 그 서문 일부에 "주자가례집(朱子家禮集), 신구가정의례(新舊家庭儀禮) 등 문헌을 참고하여" 이루어졌다고 밝힌 것으로 잘 드러난다. 전편은 관례(冠禮), 혼례(婚禮), 상례(喪禮), 제례(祭禮) 등 네 편으로 되어 있으며, 한자나 한문에 생소한 요즘 세대도 읽을 수 있도록 한자로 된 원문 옆에 한글로 독음이 붙어 있다. 또한 원문 다음 자리에는 "해설"이라고 하여 쉬운 말로 풀이가 이루어져 있는 것이다. 이 책을 나는 전화를 걸고 난 다음 주말의 고향행을 통하여 얻었다. 그때 나는 옮겨 앉은 예안장터 식당에서 그에게 점심을 대접했다. 식사를 끝내자 우리 둘은 서로 약속이나 한 듯이 이랑이랑 물결이 넘실대는 안동호의 기슭에 섰다. 깊이 10여 미터가 넘는 물밑에 우리가 함께 공부하고 뛰놀았던 예안국민학교의 교실과 운동장이 잠겨 있었던 것이다.

권오진 군 이외에도 지금 우리 고장을 지키는 사람으로 장성택(張星澤), 이희덕(李羲德) 군 등이 있다. 두 사람은 다같이 우리 마을인 외내에서 북쪽으로 5리가량을 거슬러 올라간 곳에 자리한 우두산 밑의 우무실 마을 출신이다. 우리가 예안국민학교에 들었을 때는 학교 교실이 부족해서 저학년인 1, 2학년은 오전반 오후반으로 나누어 복식 수업을 했다. 여름에서 가을까지는 통학 거리가 먼 농촌 학생들이 오전반이 되었고 겨울과 이른 봄철에는 읍내 학생들이 그렇게 했다. 그런 학급 운영 방식에 따라 장성택과 이희덕 군은 역시 농촌에서 학교를 다닌 나와 같은 반이었다.

두 사람 가운데 장성택 군은 중학교를 독학으로 마치고 검정시험을 통해 대학에 진학했다. 학부에서는 신학(神學)을 전공했다. 한국신학대학을 다녔는데 학부 때부터 성경 해독의 기초 과목인 히브리어를 파고들었다. 근면성실 자체인 그 성격으로 하여 몇 해 동안의 공부 끝에 그 분야의 권위가 되었다. 그런 실력으로 60년대 후반부에 시도된 성경 새 번역 사업에 참여했고 이어 충청도 쪽의 목회(牧會) 일을 맡아 그 지역의 연합회장으로 활약했다. 수안보의 교회를 담당하고 있을 때 우리 동창들을 몇 번이나 불러 옛이야기를 나누는 자리를 마련해주었다. 지금 그는 고향 우무실을 지키면서 사과와 배 등 과수를 가꾸는 과수원을 가지고 있다. 산양과 오리 등 가축도 기른다. 그것으로 그의 사랑은 사람만을 위한 것이 아닌 풀과 나무, 시내와 산 등 자연에까지 미치고 있는 것이다.

이희덕 군은 우리 고장의 명현 가운데 한분인 농암(聾巖) 이현보(李賢輔) 선생의 후예다. 농암은 우리 집의 대조(大祖)인 탁청정(濯淸亭) 김유(金綏) 선생의 막역한 친구인 동시에 사돈 간이 된 분이다. 어려서부터 그런 이야기를 들어왔으므로 이희덕 군과 나 사이에는 일찍부터 남다른 정 같은 것이 오고 갔다. 그는 소학교를 마친 다음 곧 형무관의 길을 택했다. 소정의 시험을 거쳐 형무관 학교에 입학했고 거기서 그 착실한 인간성이 인정되어 몇 번인가 모범 형무관으로 표창을 받았다. 안동, 충주 등 여러 교도소를 맡아 관리했고 부여교도소의 소장을 지냈다. 정년이 되자 그가 먼저 고향에 돌아와서 만년의 안식처를 마련했다. 소학교 때부터 그는 장성택 군과 이웃이었다. 지금도 두 사람은 얼마 떨어지지 않은 거리에 살며 수시로 오고 가는 사이다. 이들 두 사람을 생각하면 언제나 내 가슴에 옛 고향 마을 앞을 흘러내린 시내의 물소리가 자장가처럼 되살아나는 듯한 환각이 생긴다.

모교의 100주년 행사 때 우리 또래는 모두가 70대 중반에 접어들고 있었다. 참으로 덧없이 흐른 세월이다. 이 세월 속에서 우리 동기, 동창들은 절반 이상이 우리와 유명을 달리해버렸다. 어디서 어떻게 되었는지 도무지 소식을 알 길이 없는 사람도 있다. 그 가운데서 특히 생각나는 이름이 최점순(崔点順) 군과 이용좌(李容佐) 군, 이옥숙(李玉淑) 양이다(이 두 사람에 대해서는 다른 자리에서 쓴 것이 있다).

최점순 군이 우리 반에 편입된 것은 입학식이 있고 난 며칠 뒤의 일이었다. 80명 정원에서 유독 그만이 추가로 나타난 것이 처음 나에게는 하나의 의문이었다. 얼마 뒤에 그 사정이 밝혀졌다. 그는 우리와 함께 입학한 것이 아니라 한 해 앞서 이미 우리 학교에 다닌 경력을 가지고 있었다. 그러다가 무슨 사정으로 한 해 유급되어 다시 우리와 같은 반에서 공부하게 된 것이다. 내가 처음 보았을 때 그는 우리 또래 가운데 몸통이 유별나게 컸다. 힘이 장사여서 청소 때는 책상, 걸상을 한 손에 하나씩 들고 어른처럼 그것을 옮겨놓았다. 특히 화장실 청소를 자주 하였다. 다른 아이들이 더럽고 냄새가 난다고 싫어하는 일을 그는 조금도 꺼리지 않았다. 뿐만 아니라 힘이 센 아이들이 대개 그런 것과 달리 그는 약한 아이를 괴롭히지도 않았다. 그런 그가 한 번은 칼부림을 하여 내 가슴을 서늘하게 만든 적이 있다.

그것은 우리가 입학하고 처음 맞이한 여름으로 하복을 입었을 때였으니까 5월달쯤이었을 것이다. 쉬는 시간이어서 나는 창밖을 보며 멍하니 앉아 있었던 것 같다. 뒤에서 별안간 고함 소리가 일고 씩씩거리는 숨소리도 들렸다. 무슨 일인가 하고 내가 고개를 돌려보았더니 참으로 뜻밖에도 최점순 군이 다른 아이의 멱살을 잡고 죽여버린다고 하는 것이 아닌가. 그와 함께 나를 더욱 놀라게 한 것은 그의 손에 날카로운 날을 가진 칼이 들려 있는 점이었다. 그가 멱살을 잡은 상대는 그와 책상을 나란히 한 L군이었다. 그런 광경을 목격하게 되자 나는 거의 조건반사격으로 두 사람 사이에 뛰어들었다. 동시에 나는 최 군을 향해 무슨 일인지는 모르나 서로 잘못된 점이 있으면 선생님에게 말씀드리자고 하면서 싸움을 뜯어말리려고 했다. 내가 그렇게 나서자 최 군의 기세가 조금 누그러지고 흠칫하는 모습이 되었다. 그와 때를 같이하여 시작종이 울리고 이어 담임인 신정규(申正圭) 선생님이 들어서셨다.

신정규 선생님은 교실에 들어서시자 곧 두 사람의 귀를 잡고 복도 밖으로 끌어내셨다. 그다음 몇 마디 싸우게 된 까닭을 두 사람에게 물으셨다. 그를 통해서 최점순 군이 칼까지 빼어든 사유가 판명되었다. L군이 최점순 군을 향해 몇 번이나 재인(才人), 백정이라고 불렀다는 것이다. 최점순 군의 집은 예안읍 서쪽 끝에 있었다. 그 마을 거주자들은 대개 생업이 가축 도살이었다. 요즘 식으로 말하면 푸줏간을 하고 있었던 것이다. 그런데 그 무렵까지 우리 고장에서는 그들을 재인, 또는 백정이라고 불렀다. 그런 말은 철폐된 지가 오래된 봉건 유습에서 나온 것으로 상대방을 모욕하는 것이었다.

그럼에도 최점순 군과 짝이 된 L군은 옆자리에 앉은 그에게 때때로 그런 말을 하고 노린내가 난다든가 힘이 센 것은 백정이기 때문이라고 놀렸다는 것이다. 그런 사실을 알게 된 신정규 선생님은 일단 두 사람을 우리 앞에 세웠다. 선생님께서는 먼저 L군이 아주 잘못한 것이라고 꾸짖었다. 그리고 최 군을 보고도 한 반에서 공부를 하는 친구에게 칼을 들고 찌를 것처럼 한 것은 못쓰는 일이라고 조용히 타일렀다. 이어 선생님은 그 자리에서 두 사람에게 악수를 하라고 명하셨다. 두 사람이 그렇게 하자 선생님은 앞으로 싸우는 일이 없이 사이좋게 지내겠다고 서약까지 시키셨다. 그들을 보고 우리 모두는 박수를 쳤다. 그것으로 같은 반의 친구끼리 있어서는 안 될 칼부림 난동극 한 장이 정리될 수 있었다.

이렇게 시작된 최점순 군과 나의 관계는 1학년에 이어 2학년, 3학년을 거쳤으며 우리가 졸업을 할 때까지 이어졌다. 때때로 그는 나보고 혼자 먹어보라고 소고기 육포를 가져다주었다. 왜 이러냐고 물어도 빙긋도 하지 않고 돌아설 뿐이었다. 학년이 올라가면서 더욱 수수께끼로 생각되는 일도 일어났다. 3학년 때부터인가 우리 학교에서는 일본식 씨름이 크게 성행했다. 학교에서는 그것을 대일본제국의 국기(國技)라고 하여 기회 있을 때마다 우리에게 연습을 시켰다. 최점순 군은 그런 씨름판에서 단연 우리 학년의 최강자였다. 덩치가 크고 팔다리의 힘이 센 그와 맞서게 되면 우리 또래는 모두가 거짓말처럼 나가떨어졌다.

그런 최점순 군이 내 차례가 되면 세 판에 두 판 정도는 밀리고 넘어졌다. 덕분에 나는 일본식 씨름으로는 우리 학년의 최강자가 아닌가 하는 착각까지 했다. 그런 어느 날 그가 찐 고구마 몇 개를 내 손에 쥐어주었다. 마침 방과 후여서 교실에는 아무도 없었다. 때를 놓칠세라 나는 그의 손을 잡고 한동안 궁금해한 일을 물어보았다. "어이, 씨름판에서 네가 나에게 밀리는 것은 무슨 까닭이야?" 내 첫마디에 그는 눈만 껌벅일 뿐 말이 없었다. "시치미 떼지 마라. 니가 내게 일부러 져주는 거 다 안다. 그렇지 내 말이 맞지!" 그러자 최 군이 금세 계면쩍은 표정이 되었다. 그러면서 그가 더듬거리며 한 말이 참 충격적이었다. "1학년 때 내가 꺼낸 칼을 네가 막아주지 않았다면 지금쯤 내가 감방에 있을지 모르잖아. 그런 너에게 내가 은혜를 갚는 길이 무엇이겠냐."

지금도 나는 그런 말을 한 최점순 군의 목소리가 귓결에 뚜렷이 들리는 것 같다. 이제 그는 가고 지난날의 추억만이 내 가슴에 남아 있다. 이 자리에서 나는 고향 산자락에 잠든 그를 향하여 깊이 고개 숙이며 감사의 절을 드리고 싶다.

들국화 핀 바닷가에서

1951년 10월 어느 날이었다. 군용 트럭에 편승하여 나는 동해안을 북상했다. 우리 일행이 탄 차가 월포를 지나 난정 가까이에 이르자 바닷가에 녹슨 채 버려진 상륙정 하나가 보였다. 거기서 차가 멈추자 안내 사병이 상륙용 주정을 가리켰다. 그의 설명으로 그것이 인민군 점령지 후방에 상륙작전을 편 국군 기습부대를 실어 나른 것임을 알았다. 영덕작전, 또는 장사리작전이라고 부르게 된 이 작전에 참가한 우리 사병들은 전원이 10대의 학도병 출신이었다. 그들은 곧 반격을 가하기 시작한 정규 인민군들의 집중포화에 노출되었다. 소대에 따라서는 지휘자 이하 다수가 전사 또는 부상을 당하는 혈전이 벌어진 사실을 그때 얻어들었다. 물기슭에 방치된 L.S.T는 그날 기습작전에 사용된 것으로 좌초된 채 방치된 것이었다.

십자포화(十字砲火)가 바위를 때린 바닷가에
내가 서면
물가에 녹슨 채 버려진 상륙정을 향하여

벌레가 운다

사슴처럼 뭍으로 뛰어내린 학도병들이
죄없는 눈망울로
원망스러이도 바라보았을
저리 산(山) 넘어 산(山) 위

동족(同族)의 총탄에 쓰러져가며
만세 부른 조국(祖國)의 하늘이 이리도 푸르러
흘린 피자욱마다
올해도 송이송이 보랏빛 들국화 피고

위령비도 묘표도 없는
논두렁에 또 바위틈에
눈물이 샘솟듯 벌레가 운다

— 졸작, 「들국화 핀 바닷가에서」 전문

10대 막바지에 6·25를 맞이했다. 미처 철이 들기 전이어서 처음 나는 그 엄청난 후폭풍에 대해 전혀 예측 같은 것을 갖지 못했다. 하루아침에 가족들은 뿔뿔이 흩어지고 공부방을 빼앗긴 채 몇 권 안 되는 책도 제대로 챙기지 못하고는 피난길에 올랐다. 천 리 가까운 길을 걷고 걸어서 내가 이른 곳이 임시 수도 부산항의 한구석 자리였다.

피난 생활 초기에 나는 부두에서 미군의 군수물자 하역 작업을 보조하는 검수원으로 일했다. 거기서 받는 일당으로 끼니를 이을 수가 있었기 때문이다. 6·25가 터지기 전에 나는 시골 중학교에 다녔고 거기서 문예반의 일원이었다. 아주 막연한 생각으로 나는 장차 내가 갈 길이 좋은 시를 쓰는 것으로 열릴 것이라고 믿었다.

피난살이 속에서도 나는 토막글 정도를 적어보는 버릇을 버리지 못했다. 어느 날 들른 서점에서 학생잡지 『진학』을 보았다. 그 목차들에 한두 사람 친구의 이름이 올라 있는 것을 보고 영문도 알 수가 없게 눈물이 났다. 유치환의 『보병(步兵)과 더브러』를 발견하고는 마치 잃어버린 육친을 다시 만난 것처럼 황홀한 기분이 된 기억도 가지고 있다. 이 무렵을 전후한 시기에 내가 적어본 토막글 하나가 「들국화 핀 바닷가에서」이다.

당시 나는 서대신동 산비탈 양철지붕집의 한 칸 방에 기적적으로 모시게 된 어머니와 단 둘이서 살았다. 그때 내 소망의 하나가 하루빨리 피난 생활을 끝내고 귀향하여 친구들처럼 학교에 다니는 일이었다. 남들처럼 대학 입시 준비를 제대로 해보았으면 하는 것이 내 유일한 바람이었다. 그런 피난살이가 한 해 가까이 된 가을의 어느 날 셋째 자형이 우리가 사는 셋방을 찾아왔다. 6·25 전 병원에서 약사로 일한 그는 동란과 함께 징집되어 군에 입대, 위생병이 되어 후방 병원에 근무하고 있었다. 고향이 우리 고장 이웃인 그는 마침 겨를을 얻어 군용차로 고향에 다녀오게 되었다고 했다. 그러면서 나도 동승시킬 수 있으니 며칠 동안 고향을 돌아보고 집안 어른들에게 문안을 드리는 것이 좋지 않겠느냐고 말했다.

그런 말이 있기 전에도 어머니와 나는 동란으로 몇 달씩이나 소식이 끊긴 고향 쪽의 가족과 피붙이들 안부를 알지 못해 온 신경이 곤두서 있었다. 그래 검수원 사무소에 변변하게 신고도 안 하고 군용 트럭 뒤 칸에 몸을 실었다. 아침에 탄 군용차가 점심 무렵 경주를 지났다. 차가 안강천을 넘어서자 여기저기에 포와 장갑차 등의 잔해가 깔린 전투 현장 풍경이 펼쳐졌다. 포항 가까이부터 내가 본 것은 일망무제라고 할 수밖에 없는 기왓장, 벽돌 조각들의 잔해였다. 더러 연기가 오르는 집에는 사람이 살고 있는 것 같았으나 그들 거처는 거의 모두가 임시로 세운 판자집들이었다. 동란 전과 같이 문짝과 벽이 온전한 집은 하나도 눈에 띄지 않았다.

우리 트럭은 그날 포항 전투의 격전장 중의 하나인 동지상업학교 교정에 들렀다. 유리창 하나 성한 것이 없는 교정에서 우리 일행은 정규 인민군들의 맹공을 받으면서도 전선을 지킨 학도병들의 이야기를 들었다. 내 나이 또래의 나이로 동족상잔의 전란에 휘말려 전선을 지키다가 산화한 그들을 생각하며 오랫동안 추모의 묵념을 했다. 다음날 아침 우리가 탄 트럭은 수평선에 해가 뜨는 것을 보면서 포항을 떠났다.

오른편으로 바다가 보이는 길을 따라 우리 일행은 일로 북상했다. 그렇게 월포를 지나고 강구 가까이가 되지 않았나 하는 어느 지점에 이르자 차가 멎었다. 점심때 가까이였으나 주변에 그럴 만한 집들은 안 보였다. 별달리 볼 만한 풍경이 있는 곳도 아니어서 나는 웬일인가 했다. 어떻든 하차하는 일행을 따라 나도 바다가 바라보이는 물기슭에 섰다. 그러자 안내역을 맡은 사병 하나가 손을 들어 물기슭을 가리켰다. 거기에 녹슨 채 버려진 상륙용 주정 한 척이 보였다. 어리둥절해하는 나를 보고 가라앉은 목소리로 안내하는 사병이 말했다. 여기가 바로 인천상륙작전 하루 전에 이루어진 영덕상륙작전의 현장이라는 것, 당시 이 작전에 동원된 병력은 모두가 학도병들로 변변한 전투 훈련도 받지 못한 채 이미 경주의 외곽까지 진출한 적 후방을 찌르기 위해 야반 기습을 감행하였다는 것, 실제 상륙작전은 1950년 9월 13일 새벽에 감행되었으며 허를 찔린 인민군이 한때 당황했으나 곧 그들 나름대로 전열을 정비하여 반격이 시작되었다는 것, 피아간 치열한 전투가 벌어졌다는 것, 당시 우리 기습부대는 거의 모두가 실전의 경험이 전혀 없는 학도병 출신으로 이루어졌고 정규 부대처럼 공중과 함포의 지원도 넉넉하지 못한 상태여서 적의 집중포화에 노출되어 희생이 막심할 수밖에 없었다는 것, 소대에 따라서는 전원이 다 부상을 당한 사태가 빚어졌다는 것이 안내자가 말한 이야기 내용의 줄거리였다.

훗날 나는 국방부에서 발행한 한국전쟁사를 보고 나서 이때의 일을 어느 정도 되짚을 수 있었다. 그날 우리가 서서 상륙용 주정을 바라본 지점은 경상북도 영덕군 남정면의 장사리였다. 기습작전에 동원된 국군 병력은 772명이었고 그 부대는 밀양 지역 중고등학생으로 편성된 것이었다. 작전 목적이 좀 이색적이었다. 당시 인민군은 부산 교두보 포위, 공격을 시도하고 있었다. 그 전략의 하나로 대구를 우회하여 밀양을 거쳐 부산에 진격하려는 것이 그들의 의도였다. 실제 그들은 총공격 목표를 대구 남쪽에 두고 서쪽에서 경주를 위협했다. 연일 만세 돌격을 감행하여 한때 영천시의 남쪽인 조양천까지를 넘어섰다. 국군과 유엔군은 출혈 돌격을 무릅쓰는 인민군들을 분산시키기 위해 학도병으로 구성된 기습부대를 장사리에 투입했다. 그것으로 인민군의 보병 2개 연대와 전차 4대를 영덕 방면으로 유인하여 부산 교두보 공격부대의 예봉을 꺾고 전력을 약화시키려고 한 것이다.

짤막한 안내 설명이 끝나자 우리 일행은 시키는 이가 없었는데도 모두가 하나같이 모자를 벗고 좌초된 상륙용 주정을 향해서 고개를 숙였다. 그날따라 우리 머리 위의 하늘은 구름 한 점 없이 맑고 푸르렀다. 우리가 딛고 선 밭머리, 논두렁 가에는 찬 이슬을 맞아 시들어가는 풀들 사이로 하늘에서 별이 내린 듯 보랏빛 들국화가 피어 있었다.

　다박솔 우거진 산기슭 돌 틈에서 여느 때보다 갑절이나 구성지게 가을 벌레 소리가 들렸다. 그러자 누군가가 애국가를 선창했다. "동해물과 백두산이 마르고 닳도록……." 한 사람의 선창은 곧 우리 모두의 합창으로 이어졌다. 그 자리에서 우리는 애국가 4절을 다 불렀고 저마다 흘러내리는 눈물을 닦을 줄도 몰랐다.

　올해 현충일에는 TV 화면에 동해안 공방전에 참가한 학도병들 이야기가 올랐다. 그 생존자 중 한 사람이 당시의 전투 상황을 말하는 것을 보자 나는 불현듯 6·25가 일어난 다음 해에 내가 본 바닷가에 녹슨 채 버려진 L.S.T 생각이 났다. 마침 PC 앞에 앉은 아내에게 장사리 상륙작전이 올라 있는가를 알아보도록 부탁했다. 아내가 해당 부분을 찾아내었다. 짤막하게 몇 줄에 그치는 것이었지만 거기에는 학도병들의 기습작전이 이루어진 시일과 지점 그 목적 등이 뚜렷하게 밝혀져 있었다. 뿐만 아니라 지금 거기에는 어엿하게 전몰 장병 위령비가 서 있다는 사실도 알게 되었다.

　PC 화면에서 그런 사실들을 알게 된 순간 내 머리에는 불현듯 60년 전에 내가 써본 토막글 몇 줄이 떠올랐다. 조건반사격으로 나는 며칠 간 내가 밤을 새우다시피 하면서 만든 내 습작(?) 원고를 찾아보았다. 이 글 머리에 적힌 「들국화 핀 바닷가에서」는 그런 경위를 거쳐 여기에 올린 것이다.

　나 아닌 사람들에게 이것은 물론 풋내기 문학 지망생이 쓴 함량 미달의 붓 장난에 그칠 것이다. 그러나 나에게 이 치졸한 노래는 60년 전에 내가 가진 가장 절실한 체험의 한 토막을 생생하게 부활시키는 매개체 구실을 한다. 그때 장사리 바닷가로 나를 데리고 간 자형은 이제 이승의 사람이 아니다. 이름도 물어보지 못한 몇몇 동행도 그 후로 전혀 소식을 듣지 못했다. 그러나 우리가 바라본 상륙용 주정의 잔해와 그때 맞은 바닷바람, 고개를 숙인 듯 피어 있던 들국화 송이송이, 마치 전사한 학도병들의 넋을 위로하기라도 하는 듯 구슬프게 운 풀벌레 소리는 아직도 뚜렷하게 내 머리와 가슴에 남아 있다.

이 자리에서 나는 그날 동행이 된 몇 사람의 기억을 되짚으면서 머리를 숙인다. 10대의 중반기를 갓 넘어선 나이로 동족의 총알을 맞고 산화해버린 장사리 기습작전의 주인공들에게도 마음속 깊은 곳에 간직해온 추모의 정과 함께 손을 모으며 명복을 빈다. 올가을에는 반드시 그들의 위령비 앞에 나가 들국화를 바치며 무릎을 꿇고 엎드려 절하고 싶은 심정이다.

3

내 고향과 바다 건너

일기, 여행기록

그해 여름의 일들(2001)

: 선친의 민족운동 자료집 간행 전후

이것은 내가 정년퇴직을 한 다음 해부터 쓰기 시작한 내 일기 가운데 일부다. 이 무렵에 나는 다시 전공 관계 논문을 써보려고 안간힘을 쓰고 있었다. 그쪽에 신경을 쓰다가 보니 일상 겪은 일들은 며칠이 지나면 잊어버리게 되었다. 그 보완책으로 나는 일기를 쓰기 시작했다. 일기라는 것이 대개 그런 것이지만 특히 여기서 나는 신변잡사를 적었다. 그러니까 자연 글로서의 격이 떨어지고 쓸 만한 내용도 담지 못했다. 그럼에도 이런 글들을 활자화하는 것은 오로지 깔끔하지 못한 내 성격에 빌미가 있을 뿐이다.

7월 30일

오늘부터 아버님의 민족운동 자료집 발간이 본 궤도에 오른다. 그동안 정리한 사진과 판결문, 옥중 서간을 정리하여 이번 가을에 책을 내기로 한 것이다. 자료들 중에서 아버님의 옥중 사진을 보다가 당신 몸에 감긴 죄수 번호에 눈길이 가자 나도 모르게 눈물이 솟았다. 그와 함께 반제(反帝) 투쟁자의 반려로 문자 그대로 형극의 길을 걸은 우리 어머님 생각도 났다. 우리 아버님과 어머님이 결혼을 하게 된 것은 두 분이 10대의 중반이 되었을 때다. 그 후 아버님은 곧 상경하시었고 서울에서 새로운 사조를 수용하신 다음 반제 국권 회복 투쟁에 정신(挺身)하는 길을 택하셨다. 그런 서슬 속에서 아버님은 총독부 경찰의 요시찰인이 되어 거듭 연행, 구금, 투옥의 몸이 되셨고 불고가사(不顧家事)의 길을 걷게 되시었다. 우리 어머님은 그렇게 우리 아버님이 집을 비우시게 되자 가냘픈 여성의 몸으로 우리 집 살림을 꾸려야 했고 우리 여섯 남매를 돌보아 키우셨다. 나는 오늘 저녁 제단 앞에서 우두커니 앉아서 옛적 생각을 했다. 그리고 몇 번 망설이다가 아버님의 민족운동을 제재로 한 절구 한 수를 지었다.

> 한마음 목숨 바쳐 적의 소굴 무찌를 제
> 형이요 아우 하며 나눈 정 사무쳤다
> 나라 위해 바친 마음 몸이 먼저 가시다니
> 느껴워라 잃은 나라 평생 두고 못다 하신 일들이여

> 戮力同心突賊城　呼兄呼弟藺廉情
> 盡忠爲國身先死　痛恨平生事不成
> ──「삼가 권오설 선생과 선친이 주고받은 옥중 서간을 읽다
> (敬閱權五卨先生與先親獄中書簡)」

여기 나오는 권오설 선생은 6·10만세를 주동하여 투옥된 다음 법정에서조차 일제를 꾸짖고 민족해방을 소리 높이 외친 일세의 혁명가였

다. 그와 우리 아버님은 고향이 다 같은 안동으로 10대 막바지부터 손을 잡고 국권 회복, 민족해방투쟁을 지향한 사이셨다. 권오설 선생이 6·10만세를 주동하여 서대문형무소에 수감되자 아버님은 제2선을 담당, 그의 후원 조직을 만들고 구호 작전을 펼치셨다. 당시 두 분 사이는 몇 통의 옥중서간이 오고 갔다. 그 가운데 한 통은 철창 밖에 핀 무궁화를 그리는 것으로 시작된다. 오늘 내가 그것을 새삼스럽게 꺼내어 읽다가 목울대에서 치미는 통한의 정을 억누를 길이 없었다. 내 글솜씨가 시원치 않아 오늘 내 시에는 그런 정이 열에 하나도 담기지 못한 것 같다.

8월 2일

북상 중이던 태풍 도라지가 중국 동남쪽에서 소멸되었다고 한다. 오랜만에 하늘이 개고 햇볕도 나타났다. 아침에 뜻밖에도 아내가 살아 꿈틀대는 자라 한 마리를 들고 왔다. 중앙공원에 산책을 나갔다가 길섶에 웅크리고 있는 것을 보고 혹 사람이나 다른 짐승이 해치지나 않을까 걱정되어 쓰고 갔던 모자에 담아 집으로 가져온 것이라고 한다. 큰 대야에 물을 가득히 담아 그 속에 넣어 보니 사지가 듬직하고 생기도 있어 보였다. 눈빛이 뚜렷하고 등에는 붉은빛이 보였으며 몸집이 거의 대접만 했다. 모양도 어렸을 때 내가 시골 개울가에서 본 녀석보다는 한결 좋은 것 같아 기뻤다. 아내가 생선살과 내장들을 잘게 저며서 주니까 신기하게 잘 먹었다. 얼마 동안 돌본 다음 주말에 아들이 귀가하면 함께 중앙공원 큰 연못에라도 놓아주기로 했다.

8월 3일

날씨 여전히 무덥고 간간 비가 뿌린다.

인사동 '예인'에 가서 아버님 항일투쟁 자료집 입력(入力)시킨 것 교정쇄를 받아왔다. 여러 사진 자료와 기타 서간문, 제문 들은 모두 원색으로 뜬 것이며 기타 신문, 잡지에 오른 기록들은 흑백으로 처리했다. 총 면수가 220면에 가깝다. 그래도 아버지의 항일투쟁은 비밀 유지가 최우선이 된 지하운동 형태여서 제대로 남기신 자취는 열에 서넛은 수록되지 못할 것 같다. 옥중 사진과 심문 조서, 판결문 들을 다시 정리하면서 참으로 많이 내 나름의 감회를 가졌다.

집으로 돌아오는 길에 인사동의 한국서원과 종각 쪽의 영풍문고에 들렀다. 한국서원에서는 관동군 참모본부에서 발간한 『적비(赤匪) 토벌 자료집』 복사본이 보이길래 샀다. 접두에서 그 내용을 넘겨보았더니 그 한 갈피에 희귀하게 김일성이 주보중(周保中) 휘하 동북항일연군(東北抗日聯軍) 지대장으로 이름이 올라 있는 것이 보였다. 영풍문고에서는 볼 만한 책이 없었다.

집에 돌아와보니 주말에 귀가한 큰아들과 함께 아내가 이 며칠 기르던 자라를 중앙공원에 가서 잘 살아가라고 빌면서 놓아주었다고 한다. 수고했다. 잘한 일이라고 화답했다. 그러면서 내 마음 한구석에는 서운하다는 생각이 생기는 것을 어이할 길이 없었다.

미물인 자라에 그동안 우리 식구가 정을 붙인 것이다.

8월 6일

오늘부터 아버님의 『독립운동 투쟁자료집』 발간 업무를 맡은 '예인'
이 하계 휴가에 들어간다. 1주일간 쉰다고 하니 다시 일을 시작하는 그
다음 주에 맞추어 내 교정 보는 일을 다 끝내기로 했다. 10여 면이 조
금 넘는 『자료집』 머리에 붙일 해제를 오늘은 끝냈다.

오후에 불곡산(佛谷山)을 종주했다. 주말이 아닌 주초(週初)가 되어서
인지 싱그러운 녹음으로 덮인 산은 인적이 드물어 참으로 고즈넉하고
따뜻했다. 오랜만에 나는 서쪽에 보이는 광교산을 향해서 크게 가슴을
펴고 심호흡을 한 다음 야호도 외쳤다. 얼마 동안 가슴에 서린 울분 같
은 것이 시원하게 해소되는 것 같았다.

집으로 돌아오는 길에 아내와 중앙공원 연못으로 가보았다. 장마가
지나간 다음이어서 그런지 연못 물은 넘쳐날 정도로 불어나 있었다. 내
가 들고 간 먹이들을 뿌려주자 한 무리의 오리들과 함께 잉어들이 모여
들어 야단들이었으나 아내와 유중이가 방생한 자라는 눈에 띄지 않았
다. 아쉽다는 생각을 하면서 눈을 돌렸다.

동남쪽 기슭을 보았더니 거기 보이는 물속 바위 위에 여러 마리의 자
라들이 거짓말처럼 모여 있었다. 그 가운데 우리가 방생한 녀석이 어
느 것인지는 물론 가늠이 되지 않았다. 그러나 우리가 해치지만 않으
면 한갓 미물인 녀석들도 모두가 제자리를 차지하고 저렇게 저희들 나
름의 생을 누리고 있구나 하는 생각이 들어 마음이 적이 흐뭇했다. 우
리가 사흘 동안 길러준 자라는 머리 부분에 채색이 없는 것으로 보아
서 암자라였을 것이다. 이왕 암컷이니 알을 많이 낳아 자손 번성하고
천지의 조화 · 번영에 넉넉히 참여하여 제 나름대로 기여했으면 하는
이야기를 아내와 나누고 홀가분한 마음이 되어 웃었다.

말레이시아 일기(2013)

12월 11일—도착 첫날, 왕궁 참관

어제 저녁 우리 내외가 오랜만에 해외 여행길에 올랐다. 인천국제 공항을 6시경에 출발, 현지 시간으로 밤 12시에 말레이시아의 쿠알라 룸푸르 공항에 도착했다. 공항에는 유중(裕中)이가 마중을 나와 있었 다. 아내는 아들을 보자 두 손을 잡고 반갑다, 반갑다를 연발했다. 유중 이가 모는 차를 타고 쿠알라룸푸르 근교의 신도시인 몽 키아라(Mont Kiara)에 있는 콘도(여기서는 아파트를 그렇게 부른다)에 도착한 것이 새벽 2시경, 우리가 도착하자 며늘아기는 뛰쳐나와 인사를 했으나 손 자 녀석들 둘은 자고 있다기에 깨우지 말라고 했다. 어떻든 우리 내외 는 도착하고 나서 샤워를 하는 둥 마는 둥 곧 잠자리에 들었다.

새벽 무렵 잠결에 할아버지, 할머니가 왔다고 외치는 소리가 들렸 다. 너무나 반가운 소리여서 아내와 나는 동시에 이불을 걷고 일어났 다. 그러자 곧바로 우리 품으로 두 손자들이 풋과일 냄새를 풍기며 뛰 어들었다. 열 달 가까이 해륙(海陸) 수만 리를 사이에 두고 전화기를 통해서야 겨우 몇 마디씩 목소리를 들었던 두 손자와 우리 내외의 해후가 그렇게 이루어졌다. 그동안에 선형(善炯)이, 선휘(善輝)는 현지에 있는 유치원에 입학하여 다니고 있었다.

아침 8시에 에미가 밥을 먹이고는 애비가 운전을 하여 유치원에 등원을 시켰다. 9시경 우리 내외는 아침을 마치고 유중이 안내로 시내 구경을 나섰다. 처음 들른 곳이 말레이시아 왕궁. 우리가 본 왕궁은 조금 높은 언덕에 자리를 차지하고 있었다. 둘레가 돌담으로 된 거기에는 다락집이나 비원 같은 것은 없는 듯했고 규모도 덕수궁 정도가 아닌가 생각되었다. 우리나라 고궁(古宮)과 달리 일반인의 궁성 안 출입은 금지되어 있었다.

현지에 도착하기까지 나는 말레이시아의 지난날과 현재에 대해서 거의 아는 바가 없었다. 말레이시아를 동남아 여러 나라의 하나인 신생 국가 정도로만 생각했을 뿐 그 역사와 문화에 대해 아주 맹목으로 지내온 것이다. 그것이 어처구니가 없을 정도의 몰상식이라는 사실이 도착 직후 곧 드러났다. 포르투갈, 네덜란드의 지배를 받기 전 말레이시아에는 몇 군데에 세력을 떨친 소규모의 왕국이 있었다. 제2차 대전이 끝나고 말레이시아가 영국 식민지 체제를 벗어나 독립되면서 그들 소규모 지역의 왕들에 대한 처우 문제가 생겼다. 이때에 말레이시아는 아홉 개 지역, 곧 아홉 개 주의 왕들의 자리를 그대로 인정했다. 이른바 아홉 개 주의 세습 술탄(Sultan)이 생긴 것이다.

신생 독립국이 되면서 말레이시아는 정치체제로 입헌군주제(立憲君主制)를 채택했다. 이때에 이루어진 말레이시아 헌법은 아홉 명의 세습 술탄과 네 개 주의 주지사가 자리를 같이한 가운데 국왕을 뽑도록 명문화(明文化)한 것이다. 국왕의 선출은 비밀선거에 의거하지만 그 자격을 가진 것은 아홉 개 주의 술탄으로 국한시켰다. 이렇게 선출된 국왕의 임기는 5년이며 임기가 끝나면 그들은 다시 출신 지역 술탄으로 복귀가 가능하다. 하나 특이한 것은 말레이시아 헌법에 "국왕은 말레이인만이 될 수 있다"는 조문이 있는 점이다. 이것으로 중국이나 인도계가 말레이시아 국왕이 될 수 없음을 명백히 한 것이다.

현지에 가서 보니 말레이계에게 국왕의 위상은 절대적인 것 같았다. 그들에게 술탄은 '알라신과 지상의 중재자'인 동시에 '알라의 그림자'로 추앙된다고 했다. 이런 이유로 5년마다 교체되는 국왕의 정치적 영향력은 상상 이상으로 큰 듯했다. 이것으로 다민족, 다문화 국가에서 생기는 갖가지 마찰과 분쟁이 완충, 중화될 수 있다고 들었다.

말레이시아 왕궁을 본 다음 우리가 들른 곳이 국립 모스크(National Mosque) 사원이었다. 이 사원은 쿠알라룸푸르 중앙역 근처에 있는데 본래는 식민지 시대의 영국 교회가 있던 자리에 세워진 건물이다. 말레이시아가 독립한 다음인 1965년 영국인 건축가들의 도움을 받아 건축된 것이라고 하는데 한꺼번에 1만 5천 명을 수용할 수 있는 대형 이슬람 사원이다. 그 지붕이 반쯤 접은 우산 모양을 한 것과 함께 하늘을 찌를 듯 높이 솟은 첨탑(尖塔)이 명물이었다. 그 높이가 자그마치 73미터다. 또한 모스크 중심부의 돔에는 별 모양의 점 열여덟 개가 뚜렷이 새겨져 있다. 이것은 열세 개로 된 말레이시아 연방 주의 숫자와 함께 이슬람의 다섯 가지 원칙, 신앙고백, 기도, 단식, 순례, 이슬람 법식에 따른 시혜(施惠)를 뜻한다는 것이다.

하나 특이했던 것은 이 사원의 예배 보는 공간에 약간 높낮이가 다른 구분이 있는 점이었다. 내가 알고 있기에는 이슬람교의 기본 교리 가운데 하나가 일체의 신분, 계층상 차별을 철폐하는 것이다. 그래 회교 사원에서 예배를 보는 공간은 모두가 구획이나 경계선을 갖지 않는 것으로 알아왔다. 그런데 오늘 우리가 들른 사원은 그와 달리 뚜렷이 입구 쪽 절반 가까이가 조금 낮고 그 내부 쪽이 별도로 높게 되어 있었다. 나는 안내자에게 그 까닭을 물어보았다. 그리고 분명히 그의 설명을 들은 것 같은데 돌아와 생각해보니 그가 말한 내용이 떠오르지 않는다. 나이를 먹은 탓으로 생각되어 서글프다.

시내 관광을 마치고 3시경 콘도 도착, 우리 내외가 차에서 내린 직후에 선형이, 선휘도 유치원 차로 콘도 앞 현관 쪽에 나타났다. 그런데 집에 들어가서 보니 선형이 왼쪽 눈가에 가는 금 정도의 생채기가 나 있었다. 저희 할머니가 놀라고 에미도 어떻게 된 것인지를 물었다. 선형이는 에미와 할머니의 물음에 입을 다물고 도리질을 할 뿐 입을 열지 않았다. 몇 번이나 애비, 에미가 번갈아 물어도 말문이 열리지 않았다. 끝내 선형이의 입이 열리지 않자 에미가 그 나름의 해석을 했다. 어린것이 그래도 큰 잘못이 없는 친구를 생각하는 마음으로 말을 안 하는 모양이라고 했다. 그리고 얼마 전에도 실수를 한 친구의 이름을 말하지 않더라는 것이다. 그런 설명을 듣는 순간 저희 할머니의 얼굴이 활짝 피었다. 덩달아 나도 너무 기뻐서 이 녀석을 안고 공중으로 높이 추켜올렸다.

5시경 큰 우레 소리, 이어 제법 굵은 빗방울이 떨어졌는데 콘도 창가에서 그런 광경을 보면서 이것이 바로 소학교 때 교과서를 통해서 배운 스콜이구나, 라고 생각했다. 어렸을 때 열대성 집중호우라고 배운 스콜은 그 양이 엄청난 것인 줄 알았다. 그런데 오늘 본 그것은 우리나라로 치면 잠깐 지나가는 소나기 정도였다. 15층 콘도 창 너머로 그런 정경을 보면서 나는 가벼운 실망감을 느꼈다.

12월 12일—말라야대학 견학

어젯밤은 선형이가 기침을 하고 열도 있었다. 걱정이 된 저희 할머니가 잠을 설치며 돌보아주었고 애비, 에미가 함께 새벽까지 간병으로 잠을 설쳤다. 3시경 손자 놈들 기침이 멎고 나자 그제서야 모두 잠이 들었다. 그래도 8시가 되자 선형이는 생기를 되찾고 선휘와 함께 유치원으로 갔다. 어린것들이 참으로 원기가 있고 발랄하다.

10시 가까이 집을 나서 유중이가 교환교수로 있는 말라야대학(UM)을 견학하기로 했다. 유중이가 얻어서 쓰는 연구실은 이 말라야대학 동아시아학부 일각을 차지한 것이다. 콘도에서 자가용으로 약 30분 정도의 거리. 대학은 숲이 우거진 언덕과 계곡들 사이에 들어선 여러 개의 건물로 되어 있었다. 우리가 지나본 정문은 지붕이 타원형 평판 모양에 흰 빛깔로 되어 있었다. 그것을 지나자 건물과 건물 사이에 열대 지방 나무들이 솟은 숲과 붉은빛, 분홍빛들의 꽃들이 핀 화단들이 나타났다. 본부는 여러 층으로 된 건물이었으나 겉모양은 다분히 회교의 사원 느낌이 났다. 그 밖에 학부나 연구소 등은 흔히 있는 시멘트 건물로 4, 5층이 대부분이었다. 대학 발행의 편람을 보니 단과대학이 college로 표시된 것이 아니라 한자식으로 학부(學部)라고 되어 있었다.

뒤에 안 것이지만 말라야대학은 단순한 국립대학이 아니라 말레이시아의 역사와 그 맥락을 같이하는 대학이었다. 이 대학은 말레이시아와 싱가포르 지역 최초의 종합대학으로 그 선행 형태는 싱가포르에 세워진 킹에드워드의학전문대학(1905년 발족)과 라플즈대학 인문사회학부(1928년 설립)였다. 그들 두 개의 단과대학이 모태가 되어 1949년에 싱가포르에 말라야 연방 최초의 종합대학인 말라야대학이 발족을 본 것이다. 그리고 1957년 말레이시아 정부의 발족과 함께 쿠알라룸푸르가 그 수도가 되자 우선 말라야대학 분교가 이곳에 설립되었다. 그때까지 싱가포르는 말라야 연방 중의 하나였으므로 싱가포르에는 말라야대학의 본교가, 쿠알라룸푸르에는 그 분교가 운영되고 있었던 것이다. 1963년 말레이시아 연방국이 탄생하고, 그 뒤 싱가포르는 독립하면서 말라야대학 본교는 싱가포르대학(NUS)으로 개칭되었다. 그와 때를 같이하여 쿠알라룸푸르의 분교가 말라야대학(UM) 명칭을 이어받았다.

우리가 들어선 말라야대학은 그 구내의 넓이가 자그마치 750에이커, 구내 여기저기에는 하늘을 향해 뻗은 열대수가 서 있었고 정원에는 갖가지 꽃들이 피어 있었다. 그 가운데 다민족 국가임을 실감하도록 다양한 국적을 가진 듯 보이는 남녀 학생들이 오고 갔다. 또 하나 특이했던 것은 나무나 건물들 사이사이로 원숭이들이 무리를 이루어 출몰하는 점이었다. 그들은 오고 가는 사람들을 아랑곳하지 않고 캠퍼스 여기저기를 돌아다니고 있었다.

유중이의 연구실은 동아시아학부의 한 동 4층 한 자리에 있었고 그 넓이가 두 평가량, 냉방은 잘 가동되고 있었으나 한쪽 벽에는 시멘트 벽돌면이 그대로 드러난 것이 보였다. 그것으로 말라야대학의 가용 공간 사정도 넉넉한 편이 못 되는 것이구나 생각했다.

대학을 방문했으니 정석(定石)대로 도서관에도 올라가보았다. 그러나 생각보다 무더운 날씨에 또한 방학 중이어서 장서 열람 편의는 얻을 수 없었다. 외래 심방자의 편의를 보아줄 인원이 부족하다는 설명이었다. 그런 사정 때문에 우리 내외의 말라야대학 견학은 두어 시간으로 마감을 했다.

12월 13일—바투 동굴

어젯밤은 선형이 기침 소리가 거의 들리지 않았다. 어린것들이라 감기도 잘 걸리지만 치유도 빨리 되는 것이다.

아침에 두 손자들을 유치원으로 보낸 다음 우리 내외는 유중이의 안내로 쿠알라룸푸르 교외 관광길에 나섰다. 처음 우리가 들른 곳은 승용차로 약 한 시간 거리의 시내 북쪽에 있는 종유석 동굴, 그 동굴에는 제2차 세계대전 후에 세운 불교 사원이 들어서 있었는데 그 이름이 바투사원이었다.

사원 입구에는 기단 높이부터가 어른 키를 훌쩍 넘길 정도인 그것도 전신을 황금빛으로 한 불상이 버티고 서 있었다. 거리 여기저기에 화교 사원이 산재한 곳이라 대형 불상을 보게 되니 그것만으로도 이색적이라는 느낌이 들었다. 그러나 중국 여행 때 들른 불교 사원과 대조가 되게 불상 앞에 꽃을 바치고 분향 배례하는 사람들은 별로 없었다. 그것으로 말레이시아에서는 불교의 교세가 이슬람교의 경우보다 떨치지 못하고 있구나 하는 짐작을 했다. 바투사원은 동굴 입구에서 시작되는 경사가 돌계단으로 되어 있었다. 계단의 숫자 272개, 그 계단을 오르면 사방이 종유석으로 이루어진 광장이 나오고 그 한 자리에 몇 기의 불상이 안치되어 있었다. 깊은 동굴 속에 여러 개의 불상이 안치된 것도 이색적인 광경이었는데 그 위에 더욱 장관인 것은 이 동굴의 광장 부분 천정(天井)이 하늘을 향해 크게 열려 있는 점이었다. 그것으로 동굴 바닥에서 푸른 하늘이 보이는 것은 물론 시원한 바람까지가 넘나들었다.

안내원에 따르면 본래 이 일대는 열대 수림이 우거져 있었고 극히 제한된 사람들만이 출입을 한 산속이었다고 한다. 제2차 세계대전이 끝난 직후 동남아 일대에는 반제, 민족해방투쟁을 표방한 좌익들의 게릴라 활동이 여기저기서 일어났고 그 일환으로 말레이시아에서도 공산당이 주도한 좌익들의 무력투쟁이 전개되었다고 한다. 그 무렵 좌익 게릴라 활동이 가장 치열한 지역이 말레이시아 남서부 지역이었는데 이 동굴이 바로 그런 게릴라의 본거지가 되었다는 것이다. 당시 이 동굴에 다량의 무기 탄약이 저장되었던 모양이다. 그것으로 이 동굴 주변에는 게릴라와 토벌대의 유혈 충돌이 벌어졌을 가능성이 있었다. 돌이켜보면 그로부터 70년 가까운 세월이 덧없이 흘러갔다. 그리하여 우리가 둘러본 바투 동굴에는 그 어디에도 지난날 벌어졌을 총격과 살상의 자취가 남아 있지 않았다. 우리가 돌아본 동굴에는 그저 돌벽을 타고 떨어지는 물방울들의 작은 소리만이 들릴 뿐이었다.

12월 14일—푸트라자야 견학

오늘은 선형이, 선휘가 유치원을 쉬는 날이다. 우리 내외는 아들, 며느리, 두 손자들과 함께 푸트라자야에 다녀오기로 했다. 푸트라자야는 쿠알라룸푸르에서 약 50킬로미터 거리에 있는 말레이시아의 신행정수도이다. 우리가 고속도로에 접어들었을 때는 주말이었는데도 교통이 크게 붐비지 않았다. 약 한 시간가량 걸려 유중이가 모는 차가 푸트라자야/자이비지야역에 도착. 거기서 우리 일행은 차를 주차장에 세워 놓고 시내 관광버스를 탔다. 정원이 40인인 관광버스에 우리 셋과 함께 동승한 사람들은 열 명 남짓, 그 덕에 선형이, 선휘는 어른 두 사람이 앉는 좌석을 하나씩 차지하고 이 자리 저 자리를 옮겨 다니며 좋아라 했다.

　우리 손자들이 쉬지 않고 자리를 옮기며 부산을 떨자 그것을 본 관광 안내원이 나에게 말을 건네왔다. 뜻밖에도 그가 쓰는 영어는 한국에서 흔히 듣는 미국식이 아니라 영국 본토 발음이었다. 호기심이 동한 나는 그와 출신지, 학력, 직장 경력 등을 생각나는 대로 주고받았다. 겉보기로 짐작이 간 것처럼 그는 남양 쪽에 일찍부터 살아온 원주민계가 아니라 증조부 때에 복건성 쪽에서 말레이시아로 이주한 화교의 후손이라고 했다. 머리에 검은 것이 드문 것을 보고 나이를 물었더니 처음에는 나보다 상당히 위일 것이라고 대답했다. 내가 지난해로 80을 넘겼다고 했더니 뜻밖이라고 하면서 자신의 나이를 73이라고 밝혔다. 학력은 직업학교를 나왔고 전직은 국가공무원인데 정년퇴직 후 주 정부의 주선으로 관광 안내를 맡고 있다고 했다.

　내가 더듬거리며 그와 말을 주고받게 되자 자기소개에 흥이 난 안내원이 자기 집에는 증조부와 조부가 읽은 한문 서적이 아직도 보관되어 있다고 자랑까지 했다. 그의 이야기에 나도 관심이 생겨 가전장서(家傳藏書)에 『대학(大學)』, 『중용(中庸)』, 『근사록(近思錄)』 등이 포함되어 있는가 물어보았다. 내 영어가 서투른 것이었는지 그런 내 물음에 대한 안내원의 답은 애매모호했다. 조금 뒤에 도연명(陶淵明), 두보(杜甫)의 시 이야기를 해도 명쾌한 반응은 없었다. 그 역시 내 서투른 영어에 빌미가 있었던 것인지 모른다.

　우리가 돌아본 푸트라자야에는 이미 외무성과 재무성, 국가기획국이 이사를 마쳤으며 총리 관저도 자리를 잡고 있었다. 우리가 탄 버스는 이전이 된 정부 부처 몇 곳을 차례로 견학한 다음 널찍하게 터를 잡은 푸트라 광장을 지나 인공 호수 위에 걸린 교량 위에서 멈추어 섰다.

거기서 바라본 푸른 강물과 멀리 가까이의 숲, 그리고 사이사이에 들어선 모스크와 작고 큰 빌딩은 참으로 아름답고 훌륭했다. 일찍부터 말레이시아는 농산자원과 지하자원이 풍부하며 석유는 상당량을 수출하는 나라였다. 안내원은 그런 말을 하면서 말레이시아가 여느 중동 국가나 아프리카 몇몇 나라처럼 정치적인 혼란이나 종교 분쟁이 없는 것을 자랑했다. 한국에서는 전혀 생각해보지 못한 이 신흥 국가의 저력과 강점을 알게 되어 나는 적지 않게 유쾌한 마음이 되었다.

12월 15일 토요일—손자들의 재롱, 현지 수영장 이용

일요일, 쉬는 날이어서 아침을 10시 가까이 먹었다. 식사가 끝나고 선형이, 선휘가 한국에서 가져간 동화책을 들고 나오길래 혹시나 하는 생각에 이제는 책을 막힘 없이 읽을 수 있느냐고 물어보았다. 그러자 선휘가 아동용으로 개작한 『흥부전』을 아주 또릿또릿한 목소리로 읽어 내려갔다.

내가 동명성왕 이야기를 하다가 "임금님이 보검을 내리시고" 하니 내 말을 놓치지 않고 "보검이 무엇인데?"라고 묻기까지 했다. 그 소리를 듣자 곁에 있던 저희 조모의 얼굴이 다시 한 번 환하게 밝아졌다. "우리 손자들 참 총명하다"는 소리를 몇 번이고 되풀이한 다음 두 놈을 번갈아 안았다. 나도 덩달아 일어나서 선형이와 선휘를 안고 거실 천장을 향해 높이 치켜 올렸다.

점심을 외식으로 하기로 하고 여섯 식구가 대형 쇼핑몰인 퍼블리카(Publika)로 갔다. 이 쇼핑몰 지하에는 식당가가 형성되어 있는데 말레이시아와 동남아 여러 나라를 비롯하여 중국과 일식, 서양 요리들이 두루 나오는 여러 점포들이 있었다. 나는 평소 잘 먹는 닭고기에 밥이 딸린 중국 요리를, 아내와 며늘아기는 말레이시아 요리로 육개장 비슷한 것을 시켰다. 아들은 평소 습관대로 토스트에 커피가 딸린 간이 식사를 택했고 집에서부터 부산을 떤 선휘는 도착 직후부터 잠이 들었으며 선형이도 식욕이 없는 듯 내가 먹는 닭고기 튀김을 조금 나누어 먹었다.

식사가 끝나고 같은 건물 위층에 있는 연쇄점을 돌아보았다. 아내와 며늘아기가 식료품부 쪽으로 간 사이 나는 서적부 쪽을 살피기로 했다. 거기 꽂힌 책들은 거의 모두가 영문으로 된 것이었고 그 내용도 요즘 세대들이 읽는 공상괴기소설, 시사물, 레저물 들이 대부분이었다. 내가 찾는 학술서적은 전혀 꽂혀 있지 않았다. 아마도 백화점가에 오는 일반 대중들의 취향에 맞춰서 책을 진열한 것이라 여겨졌다. 조금 있다가 집사람이 와서 선형이, 선휘 보라고 쉬운 영문이 섞인 그림책을 샀다.

귀가 후 유중이가 콘도에 딸린 수영장이 있으니 이용하는 것이 어떻겠냐고 말했다. 그러지 않아도 무더운 날씨에 미적지근한 물이 나오는 샤워가 갑갑하게 느껴진 참이어서 유중이의 말에 귀가 솔깃했다. 서울에서 가져간 수영복에 아내는 흑색 안경까지 꺼내어 쓰고 콘도 5층 일각에 있는 수영장으로 갔다. 수영장은 뜻밖에 실내가 아니라 노천식이어서 머리 위에 눈부신 태양이 쏟아지고 푸른 하늘이 펼쳐진 곳이었다. 맑고 푸른 물이 가득 담긴 풀장은 부속 시설로 탈의실과 샤워실이 있었고 수영 후 이용자가 쉴 수 있도록 직사광선을 막는 널찍한 가림막 공간과 함께 장방형 벤치까지를 갖추고 있었다. 우리가 수영복을 입고 풀장에 들어간 직후 머리 위를 남쪽 나라의 제비까지가 날았다.

우리 내외는 거의 30년 가까이 경험해보지 못한 노천 수영이어서 감격에 가까운 느낌으로 물장구를 치며 좋아했다. 우리의 그런 모습을 지켜보는 외국인 두어 사람, 우리는 그 가운데 누구도 우리를 알아볼 사람이 없으리란 생각으로 오랜만에 하늘을 향해 손을 휘젓기도 하고 소리를 내어 웃기까지 했다.

12월 16일 — 역사도시 말라카 관광

아침 일찍 누군가 우유 냄새를 풍기며 침대에 올라오기에 눈을 떴더니 잠옷 차림의 선휘였다. 한국에서 헤어질 때는 문지방을 넘는데도 신경을 쓰게 한 녀석이 어느새 혼자서 방문을 열고 들어와 할애비 옆자리를 찾아들 줄 아는 것이다. 너무도 기쁘고 놀라워 샤워를 하기 전이었으나 가슴과 두 팔로 녀석을 감싸 안았다. 이어 선형이도 나타나 저희 조모 품에 안겼다. 감격한 저희 조모는 거듭 착하다, 이쁘다, 고맙다라는 말을 되뇌었다.

아침 11시 아들이 모는 차를 타고 우리 내외는 고도 말라카를 향해 관광 여행길에 올랐다. 말라카는 쿠알라룸푸르에서 차로 약 두 시간 거리에 있는 옛 왕조의 고도였다. 일찍부터 인도양을 거쳐 태국과 베트남, 중국에 이르는 바닷길목을 차지한 자리에 있어 해상교역의 요충이 된 곳이다. 14세기 말경(1396) 수마트라에서 그곳에 건너간 파라메스와라(Parameswara) 왕자가 일대의 부족들을 복속시킨 다음 말라카 왕조를 세웠다. 한때 인도와 동남아 간의 교역 중개자 역할을 하여 국세를 떨치게 되었다. 그러나 16세기 초 포르투갈의 침공을 받아 말라카 왕조가 멸망했다. 그로부터 포르투갈의 이 일대 지배는 1641년까지 이어졌다. 이어 말레이시아 서부 해안 지역의 지배자가 네덜란드로 바뀌었다가 그다음을 이어 영국이 그 지배자가 되었다.

아들이 모는 차는 두 시간 남짓을 달려서 고도 말라카의 중심에 위치한 네덜란드 광장 가까이의 주차장에 도착했다. 말라카시의 중심 일대를 현지에서는 구시가지라고 했다. 구시가지는 골목이 좁고 중국계 상점이 많았다. 우리 셋은 그 가운데서 한국식당을 찾아 좀 늦은 점심을 먹었다. 구시가지 입구에는 정화(鄭和)의 대형 초상과 함께 동상이 서 있었다. 널리 알려진 대로 정화는 명나라 때의 이름난 무장(武將)이다. 본래 그는 명나라의 지배계층인 한족계(漢族系)가 아니라 중앙아시아 출신이었던 것 같다. 그는 유럽 열강의 동남아시아 침공이 아직 본격화되기 전에 당시의 황제인 영락제(永樂帝)의 명을 받들어 대선단을 편성하고 해양 탐사의 길에 올랐다. 이때 그의 선단은 중국 남부를 출발하여 베트남과 태국, 말레이시아 반도를 지난 다음 인도양에 이르렀다. 거기서 다시 페르시아, 아프리카, 아라비아 등 여러 지역을 순방하여 그의 발자취를 남긴 바 있는 것이다.

구시가지에서 우리가 들른 곳은 여기저기에 산재한 이슬람의 모스크와 중국계인 도교 사원, 그리고 기독교의 교회 등이었다. 그 사이에는 불교 사원도 있어 말레이시아 반도 서남쪽 일대가 다민족, 복합 문화 지역임을 실감할 수 있었다. 그 가운데 특히 인상적인 곳이 부례객잔(富禮客棧)이라고 한자 표기가 병행된 푸리 호텔(Puri Hotel)이었다. 이 호텔은 2층 목조 건물로 되어 있었는데 그 외관부터가 오랜 세월을 거친 느낌이 들게 고색이 짙었다. 여러 서화들을 벽에 걸어두었고 마당과 뜰에는 중국의 전통 도자기들, 수석 등과 여러 가지 종류의 나무와 꽃들의 분재가 진열되어 있었다. 또한 안쪽 전시 공간에는 포르투

갈과 네덜란드, 영국 식민지 시대의 역사에 관계된 사진들이 전시된 방이 있었는데 그 가운데 눈길을 끈 것이 1942년에서 1945년에 걸쳐 말레이시아에 침공한 일제의 남방군 작전도가 걸려 있는 점이었다. 그 가운데는 우리 또래가 교실 벽과 복도에서 본 화보의 것과 꼭 같은 사진들도 있어 한 가닥 감회 같은 것이 일어났다.

구시가지 관광에 이어 우리 일행은 말라카 시내를 관통하며 흐르는 말라카 강변으로 나갔다. 거기서 유람선을 탔는데 배 크기는 60인승. 한강 유람선의 절반 정도로 생각되는 모터보트였다. 우리가 탄 유람선은 빈자리가 하나도 없을 정도로 만원이었다. 승선 때 안내판을 보았더니 출발점에서 회귀점까지가 500미터. 그러니까 승선한 곳에서 다시 내리기까지의 거리가 1킬로미터 남짓이었다.

우리 일행이 승선을 마치자 유람선은 곧 양측에 2층, 3층 집들이 보이는 물길을 가르며 달렸다. 물가에는 키가 큰 맹글로브 나무들이 서 있었고 그 사이사이로 잘 정리된 집들의 창들이 보였다. 안내자의 말에 따르면 물기슭 나무 그늘에는 밤이 되면 아직도 악어들이 나타난다고 했다.

유람선 선유가 끝나자 다시 우리는 네덜란드 광장 쪽에 있는 주차장으로 이동했다. 거기서 우리는 다시 차를 몰아 말라카해의 푸른 물결이 넘실대는 바닷가로 갔다. 우리가 도착한 바닷가에는 뜻밖에도 흰 빛깔을 하며 일대의 풍광을 지배하는 듯 서 있는 이슬람 사원이 있었다. 바닷가에 선 모스크는 처음이어서 우리 내외는 별 생각 없이 광장을 거쳐 사원 내부로 들어가고자 했다. 그런 우리 발걸음이 모스크의 문턱을 넘어서기 전에 저지당했다. 신성한 사원에 출입할 사람은 반드시 신발을 벗고 맨발이 되어야 할 것은 물론 특히 여성들은 신앙과 종파를 물론하고 예외 없이 히잡을 쓰라는 규칙이 있었기 때문이다. 명백히 이방인이며 이교도임에도 나는 미련 없이 신발을 벗었다. 또한 아내는 안내자가 건네주는 히잡으로 눈만 남기고 머리와 얼굴 부분을 가렸다. 그 모양이 영락없는 아랍 여자와 같다고 하면서 우리는 웃었다. 모스크 서쪽은 말라카해로 마침 해가 기우는 때여서 하늘과 바다가 일망무제로 황금빛이 되어 있었다. 그 잔잔한 물결 위에 마침 갈매기 몇 마리가 날고 있었다. 갈매기가 날아가는 북쪽을 바라보면서 우리는 곧 돌아갈 고국산천과 거기서 이루어질 우리 가족들의 삶을 이야기했다.

하루 종일 여기저기를 들르느라고 저녁이 매우 늦었다. 10시경에야 시내 변두리 일각에 있는 음식 센터에서 중국식 식사를 했다. 11시경 예약을 해둔 스완가든호텔(Swan Garden Hotel) 7층에 투숙. 우리 세 식구는 함께 잘 수 있는 특실을 빌려서 여장을 풀었다. 스완가든호텔은 신장개업이어서 비품은 모두 새것이었고 침구들도 깨끗했다. 그러나 실제 관리 운영에는 적지 않은 문제가 있었다. 샤워실은 배수가 되지 않아 내가 물 빠지는 구멍을 살폈더니 사각형으로 된 배수구가 곰팡이로 꽉 막혀 있었다. 내가 맨손으로 배수구를 뚫어 문제를 해결했다. 종업원이 거의 영어를 모르는 것도 난점이었다.

그럭저럭 자리를 정하고 눈을 붙일까 했더니 또 하나 문제가 생겼다. 바로 호텔 건너편에서 잠을 자는 데 방해가 될 정도로 소음이 들렸다. 창문으로 내려다보니 폭주족으로 생각되는 녀석들 한 떼가 도로와 골목을 점거하고 요란한 소리까지 내며 오토바이 경주를 벌이는 것이었다.

그래도 피곤한 나머지 잠깐 눈을 붙였는데 화장실에 가기 위해 눈을 떴을 때는 녀석들의 광란이 더욱 기승을 부리고 있었다. 3시, 4시까지 폭주족의 광란은 계속되었는데 그중 일부가 번갈아가며 일대의 거리를 마음대로 질주했다. 5시경에야 좀 잠잠해졌다. 내 나라에서는 겪어보지 않은 일을 만리타국에서 당하고 보니 적지않게 기분이 상했다.

12월 17일─말라카 관광, 제2일

어젯밤은 폭주족 때문에 잠을 설쳤다. 그래도 아침에는 내가 먼저 눈을 떠서 시계를 보았더니 8시경. 호텔 1층 식당에서 뷔페식인 아침식사를 했다. 우유에 빵과 각종 남쪽 나라 과일, 소시지 등으로 된 식사였다. 그 가운데 중국식 흰죽이 간이 알맞게 되어 좋았다. 10시 반에 체크아웃, 다시 아들의 안내로 스탯허스(Staadhuys) 언덕 쪽에 있는 네덜란드 총독 공관 자리를 찾아갔다. 건물 앞에 구 총독관저를 허물고 Democracy Government Museum을 만든 것이 있었다.

① 먼저 The Museum of Literature를 보았다. 전시실에는 몇 사람의 시인, 작가 사진과 그들 약력이 보이고 작품집들이 전시되어 있었다. A. Samad Said : He is one of national writers who is very deontological and willing to face up any obstacles challenge and polemics in the literary world.

같은 문학관에는 그림자 연극 코너가 있었는데 유중이의 말에 따르면 말레이시아가 바로 그림자 연극의 발상지라는 것이다.

② 구 총독 관저는 반지하 1층, 지상 2층으로 되어 있었다. 백색의 깨끗한 계단을 오르면 정면에 넓은 방이 나오고 그 복판에 장방형 테이

블이 놓여 있었다. 방 전면에는 군복 정장의 마네킹이 서 있는데 그것이 총독 모형이었다. 좌측에 백색 예장, 우측에 흑색 예장을 한 마네킹도 있었다. 이 방 저 방에는 네덜란드 통치 시대의 총독들 이름과 약력 기록판이 있었고 그와 함께 국왕의 사진도 걸려 있었다.

③ 총독 기념관 뒷문을 나서자 곧 그 길이 세인트폴 성당 자리로 이어졌다. 이 성당은 동방 포교의 개척자인 성 프란시스코 자비에르의 발자취를 되새기기 위해 세운 것이다. 지금 당시의 건물은 옛 모습 그대로가 아니라 벽과 지붕 일부만 남아 있다. 본래 이 성당은 1849년에 세운 것으로 고딕 양식의 건물이었는데 역사의 풍상 속에서 옛 건물이 뼈대만 남기고 서 있는 것이다. 이와는 별도로 언덕 아래 바다가 내려다보이는 자리에 복원된 성 프란시스코 자비에르 성당이 있고 그 건물 앞에는 자비에르의 백색 상이 서 있었다.

④ 프란시스코 자비에르 유해가 안치된 성당을 뒤로 하고 좀 가파른 계단을 내려서자 옛 말라카 왕국의 궁전을 복원해놓은 '말라카 술탄 팰리스'가 나왔다. 서구식 건축들이 벽돌이나 돌, 시멘트로 되어 있음에 반해 이 건물은 규모가 큰 목조 건물이다. 지붕의 물매가 급한 것이 특색이었는데 추녀는 곡선으로 된 중국식 목조 건축과 달리 전체 구조가 정확한 직선과 좌우 대칭으로 되어 있었다. 내부는 문화 박물관으로 개조되었고 진열품은 전통의상이나 장식품들이었다.

여기서 인상적인 것이 왕궁 뜰에 핀 꽃들이었다. 왕궁 정원에는 얼마 안 되는 넓이에 몇 종류의 꽃이 피어 있었는데 그 가운데 뜻밖에도 우리나라 국화인 무궁화가 보였다(뒤에 안 일인데 말레이시아의 국화가 바로 무궁화의 한 종류였다). 그 진홍빛 빛깔이 너무도 선연하여 우리는 그 앞에서 몇 장의 사진을 찍었다. 1시경까지 관람 끝, 곧 쿠알라룸푸르로 길을 잡아 3시 반경 몽 키아라 마을에 도착. 마을 앞 한식집에서 순두부 백반으로 점심을 먹었다.

1박 2일의 말라카 관광을 마치고 4시 반경 콘도에 도착하니 에미와 함께 집을 지킨 선형이, 선휘가 환호작약하며 우리 셋을 반겼다.

12월 18일─귀국 전날

어젯밤에는 에미가 식료품 가게에 갔다가 좀 늦게 돌아왔다. 그런데 선형이가 피자를 잊어먹었다고 야단을 피웠다. 저녁 먹고 에미가 아이들 둘을 데리고 피자집으로 갔다. 9시 가까이가 되어도 돌아오지 않아 걱정이 된 애비가 조모와 함께 찾으러 나가기까지 했다. 두 손자들은 밖에서 무슨 일로 심통이 났는지 집에 돌아와서는 한바탕 야단을 피운 다음 11시경부터 잠이 들었다.

아침에는 준비가 조금 늦어 9시 반경 두 손자를 애비와 조모가 함께 유치원에 데려다주었다. 아내가 아파트 1층 로비 보급대에 비치되어 있는 신문 두 종류를 들고 올라왔다. 한자신문『동방일보(東方日報)』와 일문 Senyum(センキョーム)이다. 일문의 것은 주간(週刊)으로 광고 전문지였다. 미요시(三好良一)의 「독서일기」가 재미있었다. 그 가운데 하나가 「교과서에서 배운 명시」, 시마자키(島崎藤村), 이시카와(石川啄木)와 베를렌, 두보 등의 이름이 올라 있었다. 특히 시마자키의 「첫사랑(初愛)」을 읽으면 눈물이 난다는 내용에 눈길이 갔다. 교포가 내는 광고지에는 이런 교양물로 읽을 만한 것이 담기지 않고 있었다. 이것은 명백히 우리가 일본 측보다 한 발 늦은 것으로 재빨리 보완되어야 할 부분이라고 느꼈다.

『동방일보(東方日報)』는 영자로 Oriental Daily News로 되어 있는 일간(日刊)이다. 2013년 12월 18일 분은 타블로이드판 48면. 내용은 현지 뉴스(全國新聞, 12면까지), 국내경제(國內經濟, 22면까지), 관리천하(管理天下), 상통(商通) 등과 오락, 국제 관계, 북한 관계 기사로 구성되어 있었다. 그 머리에 17일 서울발로 백령도에 대대적인 공격이 있을 것이라는 북한의 협박성 전단이 살포되었다는 기사가 실렸다. 같은 면에 '김정일 서세 양주년 조군경사보 김정은(金正日 逝世 兩周年 朝軍警師保 金正恩)' 제하의 기사가 보였다.

12월 19일—관광 마지막 날 : 서울에서 봐요

오늘은 말레이시아 체재, 관광의 마지막 날이다. 새벽 7시경에 눈을 떴다. 선형이, 선휘는 잠결에서 깨자 곧 어제 사온 조립형 로봇 장난감을 다시 맞추느라고 부산을 떨기 시작했다.

나는 8시경 여기 와서 일과가 된 수영장으로 갔다. 풀장에서는 청소부가 물에 떨어진 나뭇잎을 걷어내고 있었고 넓은 물속에는 어제 오후와 꼭 같이 한 사람도 이용자가 없었다. 푸른 물이 가득 담긴 풀장을 나 혼자 쓰면서 몸을 잠그고 수영 시늉도 해보았다. 구름이 지나간 다음 맑고 밝은 남쪽 나라 햇살이 내리비쳤다. 한 시간가량 수영을 하다가 콘도에 들어서니 두 꼬마들은 아직도 장난감 조립에 골몰할 뿐이었다.

점심시간을 이용하여 아내와 며늘아기가 함께 서둘러 집을 나섰다. 무슨 일인가 유중이에게 물었더니 시어머니가 며느리에게 방문 기념 특별 턱을 한다는 것인데 그 내용이 뜻밖이었다. 두 사람이 함께 가까이 있는 쇼핑몰 쪽에 있는 지압 마사지하는 곳으로 갔다는 것이다.

우리 집은 낙동강 상류 지역에 자리를 잡고 500여 년을 살아온 보수 유생의 후예이다. 우리가 자랄 때만 해도 새로 시집을 온 새댁은 아침 저녁 시부모 방을 찾아 정성(定省)을 드리는 것이 관습이었다. 시어머니와 며느리는 거처하는 방이 따로 있었고 식사 때에도 고부(姑婦)가 마주 앉아 식사를 하는 것을 본 기억이 전혀 없다. 그런 우리 집에서 시어머니인 집사람과 며늘아기가 같은 미용실에 나란히 가서 팔다리를 서로 보이며 마사지를 한다는 말이었다. 세상 참으로 좋아졌다고 생각되어 나는 저절로 웃음이 터졌다. 어떻든 우리 집 고부 사이가 남달리 좋은 것 같아 기뻤다.

12시 반경 손자들과 나는 애비가 모는 차를 타고 고부가 기다리기로 한 지압 마사지실 쪽으로 갔다. 그 가까이 일식집에서 우리 여섯 식구가 가락국수, 메밀국수, 초밥 등으로 점심을 시켜 먹었다. 그 자리에서 아내는 아들과 며늘아기에게 이제 석 달 남짓 남은 해외 체류 기간 동안 건강들 조심하고, 재미있고 보람 가득한 생활을 하도록 하라고 거듭 당부했다.

점심 먹고 귀가한 다음 나는 다시 한 번 콘도 수영장으로 갔다. 거기서 7시경까지 수영장 물에 몸을 담갔다. 다시 우리 식구 모두가 한 자리에 이야기판을 벌이면서 먹은 저녁식사. 식사가 끝나자 우리 내외는 다시 손자들 재롱에 손뼉을 쳤다. 그리고 밤 12시 가까이가 되어 꾸려둔 여행 가방을 들고 귀국길에 올랐다. 콘도 현관을 나서면서 저희 조모는 거듭 선형이, 선휘 머리를 쓰다듬고 얼굴을 감싸 안으면서 뺨을 부볐다. 나도 두 녀석을 번갈아 들어 올린 다음 공중그네를 태워주었다.

우리 집 두 손자는 떠나는 우리를 보고 낭랑한 목소리로 말했다. "할 아버지, 할머니. 안녕히 가세요." 그와 함께 애비, 에미가 시키는 대로 "서울에서 봐요"도 되풀이했다. 그것으로 9박 10일의 말레이시아 여행의 막이 내리게 되었고 우리 내외는 아들이 몰아주는 차로 쿠알라룸푸르 공항을 향했다.

동쪽에 모국어의 땅이 있었네

: 2015년 겨울 중국사회과학원 학술회의 참가기

1. 4박 5일 여정의 시작

우리나라 학술원과 중국의 사회과학원은 해마다 서로 회원을 파견하여 상호 교류를 도모하는 학술 행사를 갖는다. 올해 2015년도에는 그 한국 측 위원으로 인문사회계 제1분과의 오병남(吳昞南) 선생과 함께 제2분과의 내가 지명되었다. 그에 따라 우리 두 사람은 11월 둘째 주인 9일부터 13일에 걸치는 기간 4박 5일의 일정으로 중국사회과학원(中國社會科學院)이 주관하는 세미나 참가를 위촉 받았다. 우리 두 사람은 그 기간에 한중 양국 간 조율에 따른 논문을 발표하였고 또한 전공자들이 참여한 자리에서 서로의 관심사를 피력하고 유익한 의견도 교환할 수 있었다. 그와 아울러 우리는 국자감(國子監)과 자금성(紫禁城) 등 명소, 고적을 찾았으며 북경대학을 심방하여 거기서 한국언어문학계가 주최한 연구토론회에도 참여하였다. 이하의 글은 그 보고서 격으로 작성된 것이다.

2. 11월 9일—여행 제1일 : 출국과 북경 도착

이날 서울 지방의 하늘에는 구름이 깔려 있었고 간간 가을비답게 한기가 느껴지는 빗방울도 떨어졌다. 이런 날씨로 비행기가 제때에 뜰 수 있으려나 걱정을 하면서 공항버스에 몸을 실었다. 우리가 이용하기로 한, 북경행 KAL855편은 11시 반에 이륙 예정이었는데 천성이 부지런한 오병남 선생은 10시에 이미 공항에 도착하여 나를 기다리고 있었다. 우리가 탄 비행기는 한 시간 이상을 연발했고 12시 반이 넘어서야 이륙하여 기수를 서쪽으로 돌린 다음 성층권 위로 치솟아 올랐다. 우리가 예매한 비행기 좌석은 다행하게 오른편 창변 쪽이었다. 타원형에 가까운 기창을 열자 푸른 하늘과 함께 밝은 햇살이 쏟아져 들었다. 그런 비행 시간이 한 시간을 넘기자 짙게 깔린 구름 사이로 간간이 중국 본토의 산과 강이 내려다보였다. 제법 낯이 익은 그런 풍경을 보다가 문득 몇 해 전 같은 항로에서 내가 만든 절구(絕句) 하나가 생각났다.

어절사 구름 타고 한 바다를 건너간다
이렇듯 푸른 하늘 해님이 코앞이네
덧없어라 이내 회포 어느 제에 풀어내랴
돌아보는 내 나라는 북두성 그 언저리

好是乘雲渡海天　蒼穹之上太陽前
無端懷抱生起裏　回首靑丘北斗邊

인천공항에서 이륙이 지연되었으므로 우리 비행기는 한 시간 이상이 늦어져 북경공항에 도착했다. 공항에는 중국사회과학원의 국제합

작국 아주처의 유영상(劉影翔) 처장과 외국문학연구소 소속인 김성옥(金成玉) 연구원이 마중 나와 있었다. 그들과 인사를 나누고 보니 김성옥은 연변 출신의 우리 교포였고 서울대학교 국어국문학과에서 학위를 한 사람으로 한때 내 학반에도 출석한 적이 있는 구면이었다. 두 사람의 안내에 따라 공항에서 한 시간 거리에 있는 건국문내대로(建國門內大街)의 보진반점(寶辰飯店)에 도착했다. 그곳 5층에 예약된 두 개의 방에 여장을 풀고 나자 우리 두 사람의 북경 체재 일정이 시작되었다.

3. 11월 10일―사회과학원 문학연구소 연토회 참가

현지 시간으로 아침 6시 반경 잠자리에서 눈을 떴다. 남의 나라에서의 첫날이라 날씨부터가 궁금했다. 커튼을 헤치고 창밖을 살폈더니 하늘에는 황사기를 머금어 회백색이 된 안개가 짙게 깔려 있었다. 북경 지방의 이런 날씨는 우리가 체재한 4박 5일간 줄곧 계속되었다. 날씨야 어떻든 나는 이날 치러야 할 주제 발표가 있어 그 내용을 검토, 점검하느라고 꽤 긴장했던 것 같다. 아침을 오병남 선생과 5층 식당에서 먹었던 것 같은데 그 기억이 별로 나지 않는다. 9시경 호텔 로비에 나타난 유영상 처장의 안내에 따라 첫 방문이 되는 중국사회과학원으로 향했다. 사회과학원은 호텔에서 7, 8분 거리에 있었는데 지하 2층과 지상 15층의 고층 건물을 쓰고 있었다.

도착과 함께 우리가 얻어 본 안내 책자에는 중국사회과학원의 발족이 1977년도로 되어 있었다. 우리나라 학술원이 1950년도 중반에 설립된 것을 감안하면 두 기관의 발족 연도에는 20년 정도의 상거가 생기는 셈이다. 그러나 실제 운영의 실적을 비교해보면 그런 시간상의 격차는 거의 무의미했다. 지금 한국의 학술원은 연례 행사로 종합연구 발표회와 함께 달마다 정기적으로 모이는 분과별 회의를 가지고 있으며 국제 학술원 간의 회의라든가 기타 여러 나라의 학술기구, 연구기관과도 교류 모임을 가지며 그때마다 특정 주제를 택하여 서로의 의견을 교환한다. 1년에 두 번 인문사회 분야와 자연계의 논문집을 간행 중이며 다른 연구 보고서도 몇 가지가 나온다. 그러나 그 밖의 본격적인 연구 활동은 회원 각자의 재량에 맡기는 자유 방임 형태로 되어 있다. 중국사회과학원과 달리 우리 학술원은 애초부터 전공 인력의 연수, 교육 활동과는 담을 쌓고 지내왔다.

거기에는 문학연구소, 철학연구소, 역사연구소, 경제학연구소, 법률·사회·정치연구소, 국제관계연구소, 마르크시즘연구소 등 여러 분야의 연구소가 있었고 그런 각 연구소 소속 전문 연구 인력이 국가와 정부에서 관장하는 인원만도 1,600여 명에 이르는 것으로 나타났다. 그에 준하는 전문 연구 인원도 그 배수나 되었다. 뿐만 아니라 각 연구소 단위로 교육 인력도 확보하고 있었다. 그에 의해 세부전공 교육을 실시하고 있었으며 대학원 과정, 곧 한국의 석박사 과정에 해당되는 인력도 양성, 배출되는 중이었다. 간행물을 통한 연구 활동 실적을 보았더니 공동 저작으로 된 학술 연구가 4,293권, 과학 논문 54,517, 연구 보고서 7,268, 변역서 2,787, 번역 논문 16,108 등으로 기록되어 있었다.

건국문내대로 5호에 있는 중국사회과학원 건물에 들어서자 우리는 곧 문학연구소의 세미나실로 안내되었다. 그 자리에서 나는 연구소장인 육건덕(陸建德), 북경대학의 동병월(董炳月) 교수 등 30여 명과 인사를 나누고 이어서 곧 발표에 들어갔다. 10시 30분경부터 시작된 주제 발표에서 나는 우리와 중국 측이 서로 의사소통에 한계가 있는 점을 감안하여 한국에서 만들어간 논문을 읽는 방식을 취했다. 내 발표는 단락별로 나누어졌고 그것을 김성옥 연구원이 중국어로 바꾸어가는 방식으로 진행되었다.

발표의 시작과 함께 나는 우리 근대문학의 기점 문제를 말했다. 한국 근대문학의 기점에 대해서는 그것을 영정시대(英正時代)로 잡는 소급론과 19세기 말에 이루어진 개항기로 보는 두 가지 견해가 있다. 그 가운데서 나는 후자를 택했다. 이 시기에 우리는 전근대를 극복하고 근대화를 성공적으로 이룩해내어야 했다. 그와 아울러 일찍부터 우리는 제국주의적 의도가 앞선 서구 열강과 아서구화(亞西歐化)한 일본의 침략 야욕에 노출되어 있었다. 우리에게는 그들을 배제하고 주권을 수호하며, 자주독립, 부강 국가를 세워 나아가야 할 책무가 부과되었다. 그러나 그런 책무는 열강들의 끊임없는 간섭, 방해로 제대로 이루어지지 못했다. 그 가운데도 일제의 한반도 침략 기도가 가장 큰 두통거리였다. 1905년 일제는 을사조약(乙巳條約)으로 우리 정부의 외교권을 빼앗아갔고 동시에 군대도 해산시켰다. 1910년에는 마침내 우리 주권을 전면 침탈하여 한반도를 그들의 식민지로 전락시키는 폭거를 감히 했다.

우리 민족이 근대화 과정에서 맞닥뜨린 이런 역사적 수난상을 중국의 경우에 대비시켜보면 이야기가 어떻게 되는가. 우리보다 한 발 앞서 중국은 아편전쟁을 겪었고 의화단사건(義和團事件)과도 맞닥뜨렸다. 그에 이어 청일 · 러일전쟁을 치른 다음 당시 지구상에 최대의 판도를 가진 대청제국이 붕괴해버렸다. 손문(孫文)이 주도한 신해혁명(辛亥革命)으로 공화제를 채택한 중앙정부가 들어서기는 했다. 그럼에도 중국 본토에는 지역마다 군벌들이 반거했다. 또한 서구 열강과 아서구(亞

西歐) 일본의 영토 조차와 내정 간섭 사태가 꼬리를 물었다. 특히 일본 군벌의 주권 침탈이 1920년대 후반기부터 노골화되었다. 1931년에는 동북 지역에 일제 관동군의 기획 작품인 괴뢰 만주국이 들어섰다. 당시 중국의 국민당 정부는 일제의 그런 침략에 맞서 싸울 힘이 없었다. 그에 반해 일제의 중국 침탈 전략은 그 후에도 끈질기게 진행되었다. 1937년 노구교 사건을 획책한 다음 일제는 그들의 병단으로 대륙 전역을 침공, 장악하려 들었다. 일부 세계사는 이 시기의 중국을 가리켜 반식민지 상태로 기술하기까지 한다.

그러나 한 민족의 역사에서 어느 시기가 반식민지 상태가 되었다는 것과 그 주권이 전면 침탈되어 전 국토가 이민족의 규제, 감독을 받는 완전 식민지가 되었다는 현실 사이에는 근본적인 차이가 있다. 1910년 주권 상실과 함께 우리는 근대 세계사에서 유례를 찾을 길이 없을 정도로 강압적인 일제의 무단통치 체제 아래 놓였다. 특히 1930년대 후반기부터 일제가 한반도 내에 선포한 국민총동원령과 그에 따라 빚어진 한반도 내외의 정치적 탄압과 민족 자체의 말소 기도는 세계사에서 그 유례가 없을 정도로 악랄한 것이었고 포악무도한 것이었다. 이 무렵에 일제의 군부는 대륙 진출과 세계 제패의 야욕을 노골화했다. 그들은 선전포고 없이 진주만을 공격하여 태평양전쟁을 일으켰다. 태평양전쟁 초기에 그들은 전 전선에서 연전연승의 전과를 올리는 것으로 보도, 선전했다. 그러나 미드웨이 작전의 실패가 분수령이 되어 그들의 병단은 대륙과 태평양의 도처에서 패퇴하기 시작했다. 이런 일패도지(一敗塗地)의 사태에 직면하자 일제의 군부가 내린 것이 전선과 후방의 모든 역량을 그들의 침략전쟁 수행에 집결시킬 것을 요구한 국민총동원령이었다.

국민총동원령 선포와 함께 한반도 내의 각급 학교에서는 그 이전까지 수의과목이었던 조선어 교육이 전면 금제가 되었다. 그와 때를 같이하여 일제는 모든 공식석상에서 우리말인 조선어 사용을 금지시켰다. 그들의 말인 일본어를 우리 민족이 언제, 어디에서나 쓰라고 강요한 국어상용령(國語常用令)이 선포되었다. 이와 함께 우리 시인 작가들의 작품에 우리 역사와 문화 전통이 단편적으로라도 내비치는 경우 그것을 범법 행위로 단죄하는 사태가 야기되었다. 나아가 일제는 한반도 전역에 징병제를 실시하고 징용령을 발동하여 우리 민족의 청장년들을 침략전쟁의 총알받이로 내몰았다. 각급 학교에서는 아침 저녁으로 황국신민서사(皇國臣民誓詞)가 복창(復唱)되었다. 그 내용 골자는 우리 민족 모두가 천황(天皇)의 적자(赤子)가 되기를 기하는 것이었다.

국민총동원 체제의 개막과 함께 우리 문단의 시인, 작가들은 한 사람의 예외도 없이 일제 군부의 성전 완수를 위한 북과 나팔이 되어야 했다. 그 전 단계에서 다소간 허용된 정치적인 중립성이라든가 예술성 지향을 전제로 한 순수문학 또는 흥미 위주, 오락성을 띤 작품 활동도 허용되지 않았다. 그럴 경우 그 작자에게는 비국민적(非國民的) 경향으로 딱지가 붙어 연행, 구금 조치가 뒤따랐다. 그에 이어 우리 작가에게는 광산이나 군수공장 등 강제노동 현장이 기다렸던 것이다.

일제 말기 우리 문단에서 야기된 이런 상황을 같은 시기의 중국 문단의 경우와 대비시키면 이야기가 어떻게 되는가. 이미 드러난 바와 같이 이 시기의 중국 역시 국토의 많은 부분이 침략군에 의해 침탈당했다. 중국의 많은 시인 작가가 가정과 직장을 빼앗기고 피난길에 올라 항전 지구로 옮겨갔다. 그러나 이런 상황 속에서도 중국 작가 모두에게 자민족(自民族)에 등을 돌리고 침략전쟁을 찬양, 고무할 수밖에 없는 사태가 몰아닥치지는 않았다. 나는 내 발표의 앞부분에서 한·중 양국 문학에서 빚어진 이런 상황의 차이를 어느 정도 지적해보고 싶었다. 그러나 시간의 제약이 있어 내 의도는 제대로 이루어지지 못했다.

논문 발표 전반부에서 나는 한국 근대문학에 나타나는 양식과 문체, 형태에 대해서도 말하고 싶었다. 모든 문학 활동에서 첫째 전제가 되는 것이 표현 매체의 문제다. 근대문학기에 접어들기 이전까지 한·중 양국의 문학은 매우 근사한 공통분모를 가지고 있었다. 고전문학기의 한·중 양국에서는 다 같이 한자(漢字)와 한문(漢文)을 중요 매체로 문학작품을 썼다. 또한 언주문종체(言主文從体), 곧 구어체(口語體) 글을 쓴 것이 아니라 문주언종(文主言從)의 글, 곧 문어체(文語體) 문장을 사용했다. 그런데 고전문학기에서 근대문학기에 접어들자 한국과 중국의 문체, 형태 해석에는 얼마간의 차이가 생겼다.

근대 시단의 형성 과정에서 중국의 시인들은 고전문학기의 엄격한 음수율이나 정형(定型)의 틀을 배제하고 지키지 않았다. 그런 정형의 틀 대신 그들은 율격에 얽매이지 않는 시, 곧 자유시를 지향했다. 그러면서 그 방법으로 채택된 것이 백화문(白話文)이다. 이에 반해서 한국의 근대시, 특히 개화기 시는 정형성 계승→제1단계, 새로운 외형의 틀 모색→제2단계, 그에 이은 제3단계에서 정형의 배제와 그를 바탕으로 한 자유시의 단계를 거쳐 근대문학과 시가의 본격기를 맞게 된다. 구체적으로 서구적 충격을 받기 전까지의 한국 시가, 곧 고전시가 양식을 대표한 것은 시조와 함께 가사 양식이었다. 개항과 함께 우리 주변에서 새로운 시가 양식이 요구되자 고전 가사의 개혁 형태인 개화 가사가 나타났다. 이 단계에서 양식상 3·4·3·4의 자수율은 제대로 지켜졌다. 다만 그 내용에 새 시대의 요구가 수용되어 문명개화(文明

開化)와 자주독립(自主獨立), 반제의식(反帝意識)을 담은 작품들이 나타났다. 형태로는 구형을 지키고 내용이 새롭게 가미된 개화가사는 다음 단계에서 각 행 7 · 5조를 주조로 한 창가 양식으로 이행된다. 창가에 이은 신체시 단계에서 개화기의 시가는 7 · 5조 또는 6 · 4조 틀을 배제했다. 그와는 달리 작품이 몇 개의 절로 나눠지고 그 각 절의 대응되는 시행의 자수만이 일정하게 되었다. 그와 함께 이 양식의 일부 작품에는 한국어의 고유한 자질로 생각되는 의성어, 의태어 등이 쓰이고 내재율의 기본 요소가 되는 말의 멋도 살린 시들이 나타났다.

개화가사와 창가, 신체시의 이행 과정을 개략적으로 말하면서 나는 중국 근대시의 형성 과정을 그에 대비시키고자 했다. 앞에서 언급한 바와 같이 나는 중국시의 근대화는 절구(絶句)와 율시(律詩) 등의 엄격한 틀을 극복하는 시도와 함께 시도되었다고 말했다. 그에 대체되어 중체서용(中體西用)의 내용에 백화문의 형식이 접합되어 중국의 근대시가 형성된 것이다. 이것은 중국의 근대시가 문체, 형태 면에서 한국과는 달리 중간 과정을 거치지 않고 일거에 고전문학기의 정형시에서 근대적인 자유시의 단계로 건너뛰었음을 뜻한다. 이런 내 나름의 문제 제기는 역시 시간의 제약이 있었고 또한 의사소통의 한계로 제대로 된 검토, 논의의 대상이 되지 못했다. 다만 나머지 시간을 이용하여 내가 말한 한국 근대시 형성 과정에서 생긴 시조의 부흥 문제에 대해서는 동병월 교수의 주목되는 발언이 있었다. 나는 이때 현재 한국의 시단에서 시조는 중국의 절구나 율시와 다르게 일정한 양식상의 개조 과정을 거친 다음 그 나름대로 현대적이면서도 동시에 고전 전통인 품격을 지킨 양식이 된 것이라고 말했다. 그 좋은 보기가 된 것이 정완영(鄭椀永)의 「고목(古木)」이다.

양재동(良才洞) 가는 길에 한 오백 년(五百年) 묵은 고목(古木)

빈 하늘 막대 짚고 알몸으로 아뢰나니

삭풍(朔風)도 몸에 걸치면 가사(袈裟) 아니오리까

　형태만이 아니라 고전시가와 현대시가 사이에는 기법 면으로 보아
도 뚜렷이 나타나는 차이가 있다. 시조나, 가사 등 한국의 고전시가는
그 말투가 진술 형태로 되어 있다. 그에 반해서 현대시를 쓰는 시인들
은 그 기법으로 이질적인 두 요소를 같은 문맥으로 엮어내는 비유를
즐겨 썼다. 정완영의 위의 작품에서 그 표현 형식이 진술 형태에 그쳤
다면 '고목'은 나무의 일종일 뿐이다. 그러나 이 작품 둘째 줄에서 고목
은 의인화되어 불교의 수도승에 수렴되는 심상으로 제시되어 있다. 이
것은 이질적인 두 요소를 한 문맥 속에 일체화한 것으로 그에 의해 참
신한 심상이 제시된 것이다. 이어 제3행에서는 겨울철에 부는 매서운
바람이 승려의 어깨에 걸친 가사가 되었다. 이것으로 이 시조는 이중
비유의 구조에 의한 복합적 심상까지를 갖게 된 것이다. 한국의 현대
시조에는 이와 같이 고전문학기 시조의 외형률을 그대로 계승하면서
내용 면에서 복합적인 구조를 확보해낸 작품들이 있다. 그런 내 해석
이 끝나자 동병월 교수가 한국 시조의 현대성 확보가 매우 인상적이라
는 생각을 피력했다. 또한 기회가 있으면 한국의 현대시를 읽고 시조
에 속하는 작품들에도 관심을 가져볼 것이라는 말을 덧붙였다.

4. 국자감 견학

　한자 문화권에서 국자감(國子監)은 국립으로 국가교육의 최고 기관

이었다. 그 기원은 중국의 수나라 때로 소급되며 한때는 태학(太學)이나 국자감으로 지칭된 바 있다. 한편 북경의 국자감은 원(元)나라 때에 설립된 것으로 일찍부터 천하의 영재를 모아 교육시킨 국립 최고 학부였다. 원나라가 망하자 중원을 차지한 것이 한족(漢族)의 국가인 명(明)나라였다. 명의 영락제(永樂帝)는 통치의 기본을 유학에 구하고 사기(士氣)의 진작(振作)을 기도했으며 그에 따라 국자감도 전면 보수, 확장했다. 지금 북경에 있는 국자감은 청(淸)의 건륭제(乾隆帝) 때 다시 정비, 확장된 것이며 그 경내의 면적만도 2,700여 제곱미터에 이르는 것으로 안내 책자에 기록되어 있었다.

건륭황제는 널리 알려진 대로 청나라의 6대 황제로 등극하여 외정(外征)과 내치(內治) 양면에서 큰 치적을 올린 영주(英主)였다. 그는 그 이전까지 복속과 이반을 번갈아 일삼은 인도차이나, 서장 등을 정벌하여 대청제국(大淸帝國)의 판도에 귀속시켰다. 또한 그는 안으로 호학국주(好學君主)이기도 했다. 『대청일통지(大淸一統志)』, 『서고전서(四庫全書)』 등 거질, 대부서들이 그의 기획, 지휘로 발간된 사실도 새삼스럽게 밝힐 필요가 없는 일이다.

건륭제가 기획, 확장한 북경의 국자감을 우리는 북경 체재 이틀째가 된 날 찾았다. 그날 사회과학원에서 갖게 된 한·중 양국의 문학 분야 연토회(硏討會)가 오전에 끝났다. 문학연구소 측이 마련한 오찬이 끝나자 우리는 시내의 동성구(東城區) 일각에 위치한 국자감을 견학하기로 했다. 사회과학원 측의 안내를 받으며 우리가 들어선 국자감은 국가 지정 유적이었는데 그 정문인 집현문(集賢門)의 왼쪽에는 세로로 '공묘화국자감박물관(公廟和國子監博物館)'이라고 예로 쓴 현판이 걸려 있었다. 정문을 들어서자 곧 국자감의 제2문에 해당되는 태학문

(太學門)이 기다렸고 그에 이어 그 건축미로 이름이 높은 벽옹전(璧雍殿)이 나타났다. 국자감의 중심 건물인 벽옹전은 공자(孔子)의 제례 공간인 선사묘(先師廟)와 나란히 자리하고 있었는데 평소 주의력이 부족한 나는 건물 배치에 적지 않게 어리둥절한 심정이 되었다. 피상적인 내 생각으로는 국자감은 우리나라의 성균관에 해당되는 교육기관이었다. 그런 교육기관이 명백하게 공자를 주향으로 한 제례 공간인 공묘와 어깨를 나란히 하고 배치된 것이 이상하게 생각되었기 때문이다. 그러나 그런 내 지레짐작은 내가 관계 자료를 얻어 읽는 것으로 곧 해소되었다.

본래 정치의 기본 이념을 유학으로 삼은 나라에서는 공자의 제례 공간인 공묘를 국가의 최고 교육기관인 성균관이나 태학, 국자감과 동격으로 잡는다. 그러니까 지금 서울의 명륜동에 있는 성균관 대학 경내에 공자의 추모 공간인 공묘와 제례 공간인 성균관이 함께 있는 것이다. 그런데 공묘와 태학, 또는 국자감의 배치는 시대와 왕조에 따라 조금씩 달랐다. 지금 서울의 명륜동에 있는 한국의 성균관은 교육기관인 성균관이 뒤에 있고 선사묘가 앞을 차지하고 있다. 이것을 우리는 선묘후학(先廟後學) 배치라고 한다. 그와 달리 두 건물의 배치가 전학후묘(前學後廟)로 된 경우가 있고 또한 좌묘우학(左廟右學)이 있는가 하면 그 반대인 우학좌묘(右學左廟)의 경우도 있다. 우리가 견학한 북경의 국자감은 동쪽으로 문이 나 있었고 그 오른쪽에 공묘가 배치되어 있었다. 그러니까 북경의 국자감의 건물 배치는 우묘좌학의 형태가 되어 있는 것이다.

국자감에서 인상적이었던 것은 유리패방이었다. 이 건물은 하늘로 치솟은 높은 용마루에 네 개의 기둥으로 이루어져 있었다. 그 지붕을 이은 기와가 황금색, 녹색 등의 유리로 된 것도 참으로 이채로웠다. 이 건물의 앞과 뒷면에는 굵은 획에 단정한 해서로 된 건륭제의 친필 판액이 걸려 있었다. 대구를 이룬 '환교교택(圜橋敎澤), 학해절관(學海節觀)' 여덟 자가 바로 그것이었다.

이때의 '환교교택' 넉 자 중 '환교(圜橋)'는 유리패방의 건물 상황과 관련을 가진 말이다. 유리패방은 그 둘레가 해자 형태로 되어 있어 물로 채워져 있었으므로 그것을 넘기 위한 다리가 사방에 놓여 있었다. '환교'는 바로 그런 유리패방의 건축 형태를 뜻했다. 또한 『전국책(戰國策)』에 따르면 '교택(敎澤)'은 착한 임금의 가르침이 일반 백성들에 미치는 것을 뜻하는 비유형의 말이다. 그러니까 이 넉 자는 유리패방에서 이루어지는 정신 풍경을 집약시킨 것으로 풀이될 수 있다. 한편 '학해절관'에 대해서는 그동안 우리 주변에서 앞의 두 자 '학해(學海)'를 황제의 강학에 참여한 학생의 숫자를 가리키는 것이라고 본 예가 있었다. 그 숫자가 워낙 많아서 건륭제가 한자리에서 그들과 대좌하지 못했다. 그 나머지 친림(親臨) 자리에서 여러 인원이 몇 개의 단위로 나누어졌다. '절관(節觀)'은 그런 사실을 가리킨다는 해석이다. 나는 이런 해석이 한문 읽기의 기본 원칙에 어긋나는 것이라고 생각한다.

이미 지적된 바와 같이 '환교교택'은 유리패방의 풍경을 물리적인 차원에서 묘사한 것이 아니다. 적어도 그것은 국자감에서 조성된 향학의 열기, 또는 진리 탐구의 정신 풍경을 가리키는 것으로 보아야 한다. 그렇다면 그 대구가 되는 학해절관에서 '학해'가 황제의 강학에 참여한 인원의 숫자를 가리키는 데 그치지는 않을 것이다. 고사성어 사전에도 나오는바 '학해'는 밤낮으로 흘러 바다에 이르는 강물을 비유의 주지로 써서 공부하는 사람의 자자면면(仔仔勉勉)하는 모습을 표현한 말이다.

자전을 찾아보면 절(節)이 제단(制斷)으로 쓰인 예가 있다. 바다로 비유된 학문의 세계는 워낙 무량하며 왕양한 물결로 비유될 수 있다. 설익은 선비가 그 속에 빠져들면 제 나름의 기준을 세우지 못하게 된다. 그에 대한 대비책으로 글을 대하는 정신의 자세에 절제, 또는 짜임새를 가진 마음이 필요하다고 본다면 이야기가 어떻게 되는가. 어떻든 나는 '학해절관'을 학생의 머리 숫자로 보기보다는 국자감이 지향하고자 한 진작의 정신세계로 보았으면 한다.

국자감에서 또 하나 인상적인 것이 그 경내 여기저기에 회(檜)나무가 서 있는 풍경이었다. 회나무는 한국에서 편백이라고도 하는 나무로 사당이나 묘소를 지키는 수목이었다. 그 수질이 단단하여 장수목으로 이름이 있는데 북경의 국자감 것 그 가운데는 둘레가 아름을 넘기리라 생각되는 것이 여러 그루였다. 그 모습들을 보면서 언젠가 곡부(曲阜)의 공묘, 대성문(大成門) 앞에서 본 선사수식수(先師手植樹)가 생각났다. 여기서 '선사(先師)'는 말할 것도 없이 공묘에 봉사된 공자 자신을 가리킨다. 그러니까 대성문 앞의 회나무는 적어도 2천 몇백 년의 풍상을 거친 나무로 내 앞에 서 있었던 것이다. 그런데 그렇게 단순 계산으로 선사수식수의 수령을 계산하는 경우 내 마음속에서 고개를 쳐드는 의문점을 막을 길이 없었다. 대체로 이 세상의 모든 생물은 태어나 자라다가 세월의 풍상을 겪은 다음 늙어 시들고 수명을 다하면 사라진다. 회나무도 분명히 그런 생명체의 일종인 식물이었다. 식물의 일종이었으므로 대성문 앞의 회나무도 기껏해야 그 수령이 몇백 년에 그칠 수밖에 없을 것이었다. 그렇다면 수식수 2천여 년의 계산이 어떻게 성립되는가. 이런 의문이 고개를 쳐들자 곧 나는 구내매점에 들어가 회나무에 관한 정보가 담긴 안내 책자를 샀다. 그것을 펼쳐보자 '선사수식회

(先師手植檜)'가 몇 번 수명을 다하고 다시 식수된 것인가를 밝힌 기록이 있었다.

안내 책자에 의하면 대성문 앞의 회나무는 공자의 당대에서부터 현대에 이르기까지 몇 번이나 다시 식수된 것으로 되어 있었다. 그 일차 고사(枯死)는 진(晉)나라의 영락(永樂) 3년(302) 때로 나타났다. 이때의 고사는 강정 연간에 이루어진 재식수로 끈질긴 명줄을 이어 내렸다. 그 후 이 나무는 금(金)나라 정우(貞祐) 2년(1214) 병화로 불타버린 것을 공묘 내 동무(東廡)에 있는 파생종을 얻어 심어서 회생의 기적을 이루어내었다. 그다음 명나라 홍치(弘治) 12년(1499)에 화재를 입었으나 뿌리에서 새싹이 돋아났다. 지금 곡부의 공묘에 있는 수식회는 청나라 옹정(雍正) 10년(1732)에 새로 심은 것이다. 그러니까 그때로 기산을 하면 그 수령은 500여 년에 지나지 않는다. 다시 말하면 공묘의 대성문 앞 노송나무는 바로 공자가 손수 심은 그 나무 자체는 아니었다. 그러나 그 씨앗을 이어받아서 자랐고, 뿌리에서 새싹이 솟아 오늘에 이르렀으므로 엄연히 그것은 공자의 손에 의해 심은 회나무의 후신이 아닐 수 없다.

나는 북경의 국자감 뜰에 서 있는 회나무를 보며 생각했다. 대체 한 나라가 정치의 기본을 천명(天命)을 받드는 것으로 삼는다는 것은 무엇을 뜻하는 것인가. 더욱이나 그런 고차원의 정신세계 곧 형이상의 차원을 기조로 삼고 그 문화, 전통을 계승, 신장시키기 위해 끊임없이 교학의 기풍을 진작시키며 그를 통해 역사에 길이 남을 정신문화를 구축하려는 시도에는 어떤 의의가 있는 것인가. 그런 생각을 하면서 나는 다른 한편으로 국자감 뜰에 서 있는 회나무의 수령을 다시 가늠해보았다. 그리고 건륭제가 국자감을 새롭게 단장, 보수한 해가 바로 18세기 말경임을 알고는 적지 않게 놀랐다. 앞에서 이미 나타난 바와 같이 공묘의 회나무가 바로 그 몇 해 전에 재생 식수된 것이다. 지금처럼 수송 수단이나 식물 이식술이 발달한 시대가 아니었으므로 북경 국자감의 회나무가 그때 공묘의 것을 그대로 이식, 재생시킨 것은 아닐 것이다. 그러나 국자감을 중수하고 그 국가 통치의 이념을 유학에 둔 점으로 미루어 북경 국자감에서 자라온 회나무에는 명백하게 공자 수식수의 그림자가 드리워져 내려온 것이다. 그런 의미에서 11월 어느 날 오후에 이루어진 나의 북경 국자감 견학은 그 나름대로 매우 유익한 지적 체험의 장이 되었다.

5. 11월 11일―북경대학 한국학 연토회

한국에서 통칭으로 부르는 북경대학의 한국어문학과는 그 정확한 명칭이 한국(조선)어언문화계(韓國(朝鮮)語言文化系)로 북경대학의 외국어학원 소속이다. 우리나라와 달리 중국에서는 종합대학을 대학교라 부르지 않고 대학으로만 부르고 있었다. 그러면서 그 하위 단위인 대학을 학원(學院)이라고 했다. 그에 따르면 북경대학의 여러 단과대학은 법학원, 경제학원, 공학원 등으로 나뉘어져 있었고 한국어언문화계는 그 가운데 외어학원(外語學院), 곧 우리가 말하는 외국어대학에 소속된 한 학과였다. 북경대학의 외어학원에는 우리나라 대학과 비슷하게 영국, 독일, 미국, 프랑스, 스페인, 이탈리아, 러시아와 일본, 중동 지역과 아프리카 등 여러 나라를 전공하는 학과를 거느리고 있었다.

북경대학에서 우리가 맡은 특강은 오후 3시 반 시작이었고 그 장소는 외원(外院) 301호였다. 이날 우리는 중국사회과학원 측이 잡아준 일정표에 따라 서태후의 고사로 이름이 있는 이화원(頤和園)을 견학했다. 나는 그전에 두 번 북경 여행의 기회를 가졌고 그때마다 이화원에도 들러본 터였다. 그러나 이번 여행길이 처음인 오병남 선생은 만수산과 곤명지가 다 같이 자연의 일부가 아니라 인공에 의한 것임을 알고는 적지 않게 놀라는 눈치였다. 더욱이나 그 일대를 덮고 있는 여러 궁전과 누각, 회랑들의 엄청난 규모와 건축미를 보고는 미학자의 전공 의식이 발동되는 듯 눈빛이 달라지고 숨소리조차가 좀 빨라졌다. 그러면서 그것이 서태후가 풍운이 급한 청나라 말기에 중국군, 특히 해군의 주력인 북양함대(北洋艦隊)의 근대화를 위한 전비를 무단 차용하여 조성, 구축한 결과임을 듣고는 (현지 관광객을 위해 마련된 녹음 테이프로 청취된 것임) 적지 않게 놀라는 표정이 되었다. 그 건설과 축조의 이면 설화가 그랬으므로 이화원의 풍경은 우리에게 밝은 심상으로 다가서지 못했다. 날씨 또한 그 무렵에는 짙은 황사기에 안개까지 끼어들었다. 그런 상황이었으므로 우리가 가진 이화원 견학은 한 시간 남짓으로 일단락이 되었다.

이화원 견학이 대충으로 끝나자 우리는 일찌감치 북경대학을 향했다. 그런데 문제가 생겼다. 우리가 들어선 북경대학에서 한국어언문화계가 소속된 외어학원이 손쉽게 찾아지지 않았던 것이다. 우리 안내역을 맡은 중국 사회과학원측의 육영상 처장이나 김성옥은 모두가 그 졸업생이었거나 강좌를 청강한 경력의 소유자였다. 그럼에도 우리는 강연 장소를 찾느라고 북경대학 구내의 여기저기를 묻고 다녔다. 몇 번인가 학생들이나 경비 요원들에게 목적하는 건물의 위치를 묻기도 했다. 그런데 그것을 제대로 알고 있는 사람은 한 사람도 없었다. 무엇보다 북경대학 구내에는 건물 안내판이 보이지 않았다. 한국의 대학 건물이라면 반드시 붙어 있는 고유번호 표시도 붙은 것이 없었다. 그 나머지 특강 장소인 외국학원 한국어문화계에 우리는 거의 3시 직전에 도착을 했다.

예정된 시간을 조금 넘긴 다음 시작된 내 특강장에는 입구와 정면 벽에 감지한국계열문화강좌지33(感知韓國系列文化講座之三十三), 주강인(主講人) 한국학술원원사(韓國學術院院士) 김용직(金容稷), 조기한국현대시대시가형식여풍격적발전급기상관문화전통(早期韓國現代詩歌形式與風格的發展及其相關文化傳統)으로 된 공고 표시가 걸려 있었다. 도착해서 안 것이지만 북경대학의 한국어문학계에는 세 명의 정교수와 같은 수의 부교수 그리고 그 밖의 강사들이 있었다. 그 가운데는 서울대학교에서 학위를 한 학과장 왕단(王丹)과 함께 한국인으로서 전임이 된 금지화(琴知雅) 교수가 있었다. 강연장에 참석한 사람들은 전임교수, 강사와 학부, 대학원 과정 학생들을 포함하여 7, 80명 선이었다. 그들과 함께한 자리에서 학과장인 왕단 교수가 좀 긴 인사 소개를 했다.

얼마간의 예비 과정을 거치는 가운데 한 시간 남짓으로 예정된 내 주제 발표 시간이 더욱 단축되었다. 그런 사정을 감안해서 내 발표 내용은 도입부 없이 본론의 요약으로 시작되었다. 우선 나는 초창기의 한국 근대시가 그 역사적 특수성으로 하여 고전문학기 한국시의 가장 힘 있는 갈래가 된 한시(漢詩)의 전통을 소외시켰다고 지적했다. 그러나 우리가 그런 현상을 피상적으로만 받아들이면 초창기의 한국 근대시를 제대로 이해하는 데 지장이 생기는 것이라는 단서 조항도 붙였다.

서구적 충격과 함께 시작된 한국 근대사는 그 상황의 특수성으로 하여 불가피하게 두 개의 시대적 과제를 거머쥐었다. 그 하나가 반제(反帝) 의식을 전제로 한 자주독립 의식의 진작, 고취였고 다른 하나가 반

봉건, 근대화를 통한 문명개화였음은 이미 앞자리에서 전제된 바와 같다. 그런데 이 결정적 시기에 한국 문단과 언론들은 바로 전자에 속하는 활동에서 손발이 묶인 상태가 되었다. 통감정치 때부터 일제가 광무신문지법(光武新聞紙法)을 제정, 공포하여 모든 간행물에 사전 검열을 실시했기 때문이다. 이때부터 우리 시인 작가들이 발표하는 반일(反日), 반외세(反外勢) 성향의 작품은 한 편의 예외도 없이 일제의 악법에 걸려 압수, 폐기 처분되었다. 그러나 그 표현 매체를 한자로 한 보수 사림(士林)들의 절구와 율시는 그 예외 격이 되어 살아남았다. 이 무렵에 이르기까지 우리나라의 대부분 선비들은 작품들을 한문으로 만든 채 활자화하지 않았다. 활자화하여 간행물에 싣지 않았으므로 보수 사림들의 글들이 통감부와 총독부의 검열에 걸려들지 않았던 것이다. 이런 경우의 좋은 보기가 되는 작품이 황매천(黃梅泉)의 절명시(絶命詩)다.

> 새와 짐승 슬피 울고 산과 바다도 찡그렸다
> 무궁화 핀 내 나라는 이제 사라져버렸구나
> 가을이라 등불 아래 책 덮고 헤아리니
> 선비로 세상 살기 어렵고 어려워라

> 鳥獸哀鳴海岳頻　槿花世界已沈淪
> 秋燈掩卷懷千古　難作人間識字人

여기서 우리가 놓쳐서는 안 될 것이 셋째 줄의 한 부분인 "회천고(懷千古)"다. 스스로를 선비라고 믿는 화자는 그것을 헤아리면서 선비인 그 자신이 나라가 망해버린 세상을 구차하게 살면서 목숨을 이어갈 필요가 없다고 생각한다. 그렇다면 여기서 그 함축적인 뜻은 평면적인 의

미의 천 년에 그치지 않을 것이다. 대체 주권이 침탈당한 상황에서 매천 스스로가 목숨과 바꾸어야겠다고 생각한 이 말은 무엇이었던가. 전후 문맥으로 보아 우리는 이때의 "천고(千古)"를 나라의 강통(綱統)이며 역사 자체라고 볼 수밖에 없다. 이렇게 보면 이 작품의 바닥에는 일제의 주권 침탈에 대한 강한 통한의 정이 깔려 있는 셈이다. 이미 일제의 통감정치 체제 아래 들어간 상황에서 이런 시가 나온 사정은 어떻게 설명될 수 있는 것인가. 한마디로 그것은 이 시가 표현 매체를 한글이 아닌 한자로 했기 때문이다. 나는 한국 근대시의 형성, 전개를 말하는 자리에서 이런 사실들을 말해보고 싶었다. 그러나 이 역시 시간의 제약으로 하여 생략될 수밖에 없었다.

6. 11월 12일—사회과학원 미학연구소 연토회 참가

이화원 견학과 북경대학 연토회 참가 일정이 조금 강행군이었는지 어제저녁은 8시경에 취침하여 온 밤을 내처 잤다. 아침 9시 반 여느 날처럼 유영상 처장이 우리가 투숙한 호텔로 왔다. 그의 안내에 따라 우리는 두 번째로 사회과학원을 방문했다. 우리가 미학연구소의 세미나실에 도착한 것이 10시경, 회의장에는 연구소장 유성기(劉成紀), 연구실장 왕가평(王柯平) 교수 등과 20여 명의 연구자들이 이미 자리를 잡고 우리를 기다렸다. 이날 주제 논문의 발표자는 우리 학술원의 오병남 선생이었다. 그가 한국에서 준비해간 논문 제목은 「동서양 예술 체제의 비교 시론」, 그 부피가 A4 용지로 14면에 달하는 것이어서 본격 논고의 내용을 담은 것으로 짐작이 갔다.

그 실에 있어서 나는 오병남 교수의 이날 논문 발표에 대해서 두 가지 정도의 부채감을 가지고 있었다. 우선 나는 오병남 선생과 학부를 거의 같은 무렵 같은 캠퍼스에서 다녔다. 소속 학부도 같은 문학부였다. 그럼에도 나는 미학의 전제 과목인 음악이나 미술, 무용에 대한 소양을 전혀 가지고 있지 않았다. 우선 미학의 길목을 차지하는 그림을 나는 초등교육 과정에서 도화를 그린 정도로 이해하고 있었다. 뒤에 문학사 쓰기에 걸림돌이 생긴 나머지 두어 종의 한국 고미술사와 전위미술 소개서를 읽어보기는 했다. 그러나 그것은 어디까지나 개설론 수준이어서 본격 미학 이론과는 거리가 먼 것이었다. 특히 음악의 기초 형태인 노래를 나는 음치의 꼬리를 떼지 못한 채 오늘에 이르렀다. 뒤에 내 친구들 가운데는 사교춤에 능한 패가 생겼다. 그들의 권유가 있자 나도 혹 그럴 수 있을까 하여 한 친구에게 그 가능성을 타진한 적이 있다. 그런데 그는 더듬거리며 말문을 열려고 한 내 말을 한 문장도 되기 전에 차단시켰다. 그때 그가 나에게 던진 말이 "야, 이 친구야"를 앞세운 것이었다. 그에 이은 그의 말이 춤은 곧 율동감인데 너 같은 음치는 그것에 아주 백치니까 춤 같은 소리는 아예 하지도 말라는 한 선언성 통고였다. 그런 터수였으므로 오병남 선생의 주제 발표장에 들어서기까지 나는 예술의 이론화로 생각된 미학에 대해서는 아예 청맹이었다.

이와 아울러 북경대학의 '감지한국(感知韓國)' 세미나 자리에서 나는 본의 아니게 오병남 선생에게 다른 종류의 폐까지 끼쳤다. 그날 우리에게 허용된 논문 발표 시간은 모두 합쳐도 한 시간 반 남짓이었다. 내가 먼저 시작한 논문 발표 시간을 대충 나는 40분 정도로 잡았다. 논문 분량이 좀 많았으므로 나는 그것을 요약해서 대충 말하는 방식을 택했다. 그런데 논문의 전반부인 한국 근대시 초창기의 우리말 시와 한문

시의 상관관계를 말하면서 뜻밖에 적지 않은 시간이 소비되었다. 그 결과 오병남 선생의 발표 시간이 상당히 축소되어버렸다.

　오병남 선생은 그 자리에서 서구의 인문학이 인간 교육을 전제로 한 점을 중요시했다. 그들의 인간 교육은 인간성을 개발하는 것이었는데 희랍 시대의 인간성 개발은 야만을 지양, 극복하기 위한 문화화를 가리킨다고 지적했다. 문화화의 방법으로 문예학(Liberal arts)이 채택되었는데 그런 소양을 기르기 위한 교과목으로 삼과(三科)→문법, 수사학, 논리학과, 사과(四科)→대수학, 기하학, 천문학, 음악론이 운영되었다고 밝혔다. 이에 이어 오병남 선생은 우리와 동시대 인문학의 존재 의의와 그 실제 운영 방법을 말했다. 발표 논문 요지를 보면 그것이 물질과 정신을 조화롭게 문맥화하는 것으로 되어 있다. 나는 그것을 지금처럼 인문학이 제 테두리를 고수하는 길을 걸을 것이 아니라 그것을 지양, 극복하고 사회과학과 자연과학을 전향적으로 수용하여 제3의 차원을 개척, 지향해야 할 것이라는 생각이 피력되는 것으로 보았다. 어떻든 오병남 선생의 그런 문제 제기는 나에게 상당히 신선하고 또한 유익한 것이었다. 그것이 의사소통과 시간의 제약에서 오는 발표 여건 때문에 넉넉한 논증 과정을 거쳐 완결되지 못했다.

　오병남 선생은 논문 후반부에서 동양의 미학, 특히 중국의 미학의 흐름을 서구의 경우에 대비시켜서 논했다. 그에 따르면 동양에서는 미(美)와 문예의 개념이 오랫동안 미분화 상태로 있었다는 것이다. 이때의 미의 상위 개념 내지 전제 개념을 도(道)로 잡았다. 다음 미와 예(藝)를 같은 맥락을 가지는 것으로 보면서 오병남 선생은 그런 개념이 바탕이 되어 문예의 개념이 성립된 것이라고 말했다.

예술이란 말이 동양문화 속에서 어떤 의미를 가지고 있는 것인지 즉 우주의 원리는 도(道)요 그러한 도는 본연(本然)의 자연(自然)이요 그러한 자연의 충실한 현상화가 미(美)요, 그러한 미를 구현하고 있는 특수한 영역이 예(藝)요, 그러한 예를 구현하는 능력, 혹은 방식이 술(術)이다.

그 논지로 보아 이날 오병남 선생은 동서양의 이론을 비교, 검토하여 그것으로 오늘 우리 주변의 미학을 재조명, 새롭게 정리하려고 한 것 같다. 그러나 그의 시도는 발표상의 여건 미비로 제대로 이루어지지 못했다. 무엇보다 여러 전문용어와 그 개념 설명이 사전 조정을 거치지 못한 통역으로는 충분하게 전달될 수 없었기 때문이다. 다만 그 자리에서 본 바 중국 측의 세미나 운영 방식은 아주 독특했다. 그들은 애초부터 주제 발표를 중심으로 세미나를 진행시키지 않았다. 일단 인사 소개가 있고 간단한 개회사가 끝나자 곧 유성기 소장이 중국의 미학과 예술 연구 실적을 길게 소개했다. 그에 이어 왕가평, 서벽휘(徐碧輝) 등이 차례로 마이크를 잡고 각자가 전공하는 분야의 연구 동향을 말하고 그에 수반된 연구 성과도 열거했다. 그 자리에서 주목된 것이 중국 연구자들의 최근 동향이었다.

왕가평 교수는 1955년생으로 서양 고대 철학의 전공자였는데 최근 저작으로 플라톤의 『이상국적시학연구(理想國的詩學研究)』(북경대학, 2013), 중국과 서구 예술 이론을 대비 고찰한 비교 연구, 『유통여회통(流通與會通)』(북경대학, 2014)과 함께 Moral Poetics in Platon's Laws라고 영문명이 부기된 『범례적도덕시학(法禮的道德詩學)』(북경대학, 2015) 등을 잇달아 낸 실적을 가지고 있었다. 또한 1963년생이며 중국사회과학원 철학연구소 연구원인 서벽휘(徐碧輝)는 '중국현대성계몽여신세기

미학건구(中國現代性啓蒙與新世紀美學建構)'라고 부제를 단『실천적미학(實踐的美學)』(학원출판사(學苑出版社), 2005)과 함께『미학하위(美學何爲)』(중국사회과학출판사, 2014) 등 두 권의 저서의 저자였다. 이 가운데 주목된 것이 '현대중국마극사주의미학연구(現代中國馬克思主義美學研究)'라고 부제를 단 후자였다. 그 내용은 중국의 마르크시즘 예술론이 1920년대 초의 구추백(瞿秋白)에서 비롯되었다고 밝힌 것으로 시작되었다. 그 실천과 정론에서 모택동(毛澤東)의 연안문예좌담회 강화가 거론되었고 이어 70년대를 거쳐 80년대에 이르면서 본격화된 중국의 마르크시즘 예술론의 전개가 요약, 정리되어 있었다. 여러 사실 소개가 충실한 것이었고 논리 전개도 저자의 차분한 호흡이 느껴지는 책이었다.

그 내용이나 논리 전개로 보아서 유열적(劉悅笛)의『분석미학사(分析美學史)』(북경대학출판사, 2009), 노춘홍(盧春紅)의『동시적여니(同時的與你)』(중국사회과학출판사, 2014) 등도 간과될 수가 없는 연구 성과로 생각되었다. 유열적의 책에는 'The History of Analytic Aesthetics'라는 영문명이 붙어 있었다. 이런 부기로 짐작되는 바와 같이 유열적은 그의 저서를 통하여 비트겐슈타인, 카시러, M.C. 비어즐리 등 절대주의 분석비평가들의 이론을 요약 제시하고자 했다. 이와 함께 노춘홍의 책에는 '가드메어의 해석 문제 연구'라는 부제가 붙어 있었다. 이것은 우리에게도 최신 이론에 속하는 서구의 해석학 이론을 중국 연구자가 수용한 것임을 뜻한다.

사회과학원의 세미나가 끝난 다음 우리는 자금성을 돌아보았다. 오병남 선생은 이화원 견학 때와 똑같이 자금성에서도 그 엄청난 건축들의 규모와 결구미에 입을 다물지 못했다. 그 시각 북경의 하늘은 흐려서 우기까지가 느껴졌으나 옛 제국의 궁전에는 많은 관광객들이 들끓었다. 그 인총 속에 섞여서 뚜렷하게 들리는 우리말에 귀를 기울이다가 나는 거의 본능적으로 먼 동쪽의 하늘을 바라보았다. 거기 내일이면 내가 돌아갈 모국어의 산과 가람이 기다리고 있었기 때문이다.

4

옛 가락,
새로운 정

ᄋ쪼ᅩ구에ᄆ쪼ᅩ구꾸어ᅴ 따ᅌ이아ᄊ어ᄊ네
도ᄋ쪼ᅩ구에ᄆ쪼ᅩ구꾸어ᅴ

『삼국유사』정덕본

우리나라의 고전 중의 고전인『삼국유사(三國遺事)』가 일연(一然)에 의해서 저작된 점은 널리 알려진 바와 같다.『삼국유사』의 초판은 고려 말년에 간행된 것으로 전한다. 그러나 이 책은 그 후 산질이 되어버려 지금 우리가 구해서 참고하는 일은 불가능하다. 그 후 이 책은 조선왕조 초에 간행되었으나 이 역시 완본(完本)으로 현전하는 것은 남아 있지 않다. 지금 우리가 선본(善本)으로 치는『삼국유사』는 중종(中宗) 임신년(壬申年, 1512) 경주부가 주관하여 발간한 중간본『삼국유사』다. 그 시기가 당시 왕력으로 정덕년(正德年)에 해당되어 흔히 이 책을 정덕본(正德本)『삼국유사』라고 말한다.

정덕본『삼국유사』는 당시 경주부윤이었던 이계복(李継複)의 주재로 간행되었다. 이 책은『삼국사기』와 같은 시기에 반포되어 상당 부수가 중앙과 지방의 행정부처와 일반 독서층에 보급되었을 것이다. 그러나 조선왕조는 건국 초기부터 국시로 유교 중심 억불정책(抑佛政策)을 쓰고 있었다. 따라서 일반 사림(士林)들에게 이 책은 패관잡서 정도로 생각되어 선비 집안에서 읽을 책과는 차별이 되었다. 이런『삼국유사』배제 현상이 선조 연간에 일변되었다. 이때 우리 사회는 임진왜란이란 미증유의 대전란을 겪었다. 한때 왜군들은 파죽지세로 북상하여 우리 국토를 거의 장악했다. 이 침략군은 전선 교착으로 철군 귀국하면서 약탈품으로 우리 고서적을 반입해 갔는데 거기에 이 책도 포함되었다. 1920년대 이후 일본의 관학자(官學者)들 사이에 조선학 연구가 시작되자 자연스럽게 임진란 때 건너간『삼국유사』가 검토, 분석의 대상으로 떠올랐다.

일본의 관학자들이 주목하기 전에 우리 학자들 가운데『삼국유사』를 검토한 이가 순암(順庵) 안정복(安鼎福)이다. 그는 조선왕조 정조 때의 실학자로『동사강목(東史綱目)』의 저자이다. 그의『동사강목』은 아직 근대적인 민족주의가 형성되기 전의 저작임에도 우리 겨레의 역사를 체계화해서 제시한 책으로 높이 평가될 수 있다. 그런데 여기서 지나쳐 볼 수 없는 것이 안정복이『동사강목』을 쓰는 과정에서『삼국유사』를 검토, 참고한 사실이다.

안정복 이후『삼국유사』연구, 검토는 간헐적으로밖에 이루어지지 않았다. 그 지양, 극복이 이미 밝힌 바와 같이 일제의 관학자들에 의해 이루어진 것이다. 그런데 이 단계에서 일본 학자들이 열람, 검토한『삼국유사』에 문제가 있었다. 초기의 일본 조선사 연구자 가운데 파손, 결장이 없는『삼국유사』를 본 사람은 한 사람도 없었다. 이에 일본 관학자들은 그들이 참고 가능한 여러 판본들을 비교, 검토하여『삼국유사』의 결정판을 만들고자 안간힘을 썼다. 그 결과로 나온 것이 동경제대 사학연구실의 주관으로 이루어진『삼국유사』교감본이었다. 1920년대 말경에 이르러 순암수택본(順菴手澤本)으로 알려진 정덕본『삼국유사』한 질이 발굴 공개되면서 이런 판본상의 문제가 일거에 해소되었다.

참고로 그사이의 사정을 알아보기로 한다.

정덕본『삼국유사』가운데 한 질이 서적 중개상을 거쳐서 경성제대 사학과 교수 이마니시 류(今西龍)의 손으로 넘어갔다. 그는 곧 그 책의 체제와 내용을 중심으로 하여 논문을 썼다. 그에 따르면 이『삼국유사』는 정덕 연간에 발간된 것이었고 낙장 결자가 하나도 없는 선본이었다. 이마니시가 입수한 이 책은 곧 교토제대의 주재로 콜로타이프 인쇄에 부쳐 복간되었다. 일제의 관학자들은 이것으로『삼국유사』의 결정판이 이루어졌다고 선언했다. 여기서 내가 이런 사실을 자세하게 적은 것은 이 책이 바로 우리 집안에 수장된『삼국유사』였기 때문이다. 그런 사실은 지금 일본 덴리대학(天理大學)에 소장된 정덕본『삼국유사』의 허두 첫장을 넘겨보면 곧 드러난다. 이 책 제목 자리에는 뚜렷이 '선상공가 장서(先相公家 藏書)'라는 도서(圖署)가 있다. 또한 그 아랫자리에 '부의근추기(富儀謹追記)'의 주묵 도장이 나타난다(도판 참조). 여기 나타나는 김부의(金富儀) 공이 바로 광산 김씨 예안파의 3대 선조 가운데 한 분인 것이다.

그동안 우리 학계에서는 여기 나오는 김부의가 누군지 전혀 맹목이었다. 그런데 어느 서적상을 통해 이 책을 입수한 이마니시가 이에 주목했다. 그는 김부의가 자 신중(愼仲), 호 읍청(挹淸)이라고 지적한 다음 그가 퇴계의 고제이며 광산 김씨 예안파에 속하는 사람이라고 인적사항을 밝혔다.

참고로 적어보면 읍청공(挹淸公)의 바로 선대는 김연(金緣) 선생이다. 그는 조선왕조 성종―중종 연간을 산 분으로 일찍 문과에 급제하여 성균관 전적, 사간원 전언을 거쳐 강원관찰사가 되었다. 이언적(李彦迪) 등과 도의정치의 실현을 기하다가 반대파의 탄핵으로 정치적 부침을

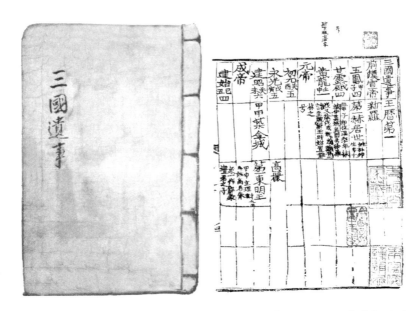

(좌) 『삼국유사』 표지. (우) '선상공가 장서(先相公家 藏書)'라는 도서가 찍힌 『삼국유사』
의 첫째 장. 상단의 작은 글자가 안정복에 의한 것이다.

겪었으며 경주부윤 재직 때 임지에서 병몰하셨다. 조선왕조의 직품에
따르면 관찰사는 종2품이다. 그에 따라 아드님인 읍청공이 아버님을
높여 선상공(先相公)으로 추존한 것이다. 다만 이마니시는 『국조인물지
(國朝人物誌)』를 참고하는 데 그쳐 거기에 김연 공이 강원관찰사 다음으
로 부모 시봉을 위해 스스로 경주부윤이 되어 부임한 사실을 지적하지
는 못했다. 그 나머지 이마니시는 선상공이 이계복 등과 같은 시대의
인물일 것이라고만 추정했다. 이것으로 우리는 얼마간의 추측을 할 수
있다. 우리 집안에 『삼국유사』가 수장된 것은 경주부윤을 거친 김연 선
생 때였을 것이다. 그의 도서를 인계한 읍청공이 김연 선생 사후 그 표

지에 도서를 만들어 찍었을 것으로 추정이 가능하다. 그것이 어느 계제에 순암 쪽으로 넘어갔고 이마니시가 입수한 것은 바로 그 책이었던 것이다.

이것으로 정덕본『삼국유사』 한 질이 우리 집안에서 수장되어 내려온 것임에는 의심의 여지가 없다. 그러나 이 책이 어떤 경로를 거쳐 순암의 손에 들어갔는지는 여전히 의문으로 남는다. 우리가 자랄 때까지 선비 집안에서 선대(先代)가 갈무리한 책은 목숨처럼 소중하게 간직하는 것이 후손의 도리였다. 특히 얼마간의 보수를 받고 선대의 장서를 남의 손에 매도하는 일은 도무지 있을 수가 없는 일이었다. 이런 사정이 감안되면 이 책이 순암의 손으로 넘어가게 된 경위는 더욱 오리무중이다. 여기서 제기되는 의문을 풀기 위해 나는 순암의 교유 관계에 혹 우리 문중의 어른들이 떠오르지 않을까 조사해본 적이 있다. 이제까지 내가 검토해본 자료로 판단되는 한 그런 판단을 가능케 하는 근거 자료는 발견되지 않는다.

이제는 작고한 부산대학교의 유탁일(柳鐸一) 교수가 내 궁금증에 대해 실낱같은 단서가 될 기록을 제공해주었다. 작고하기 몇 해 전 그는 『대산집(大山集)』14권째에 나오는「답안백순(答安百順)」을 복사하여 보내주었다(백순(百順)은 순암의 자다). 거기에 순암이 대산(大山) 이상정(李象靖)에게 동국 역사에 대해 물은 사실이 적혀 있었다. "상정소매사학(象靖素昧史學), 어동사우몽(於東史尤懜)——상정은 사학에 대해서 아는 바가 전혀 없고 동국의 역사는 더욱 캄캄합니다." 이런 기록을 통해 나는 대산 이상정이 순암을 위해 우리 선대부터 전해 내려오는『삼국유사』를 얻어서 보내주었을 가능성이 있지 않을까 생각해본 적이 있다 『동사강목』을 쓰기 위한 자료를 모으고 있었을 순암에게 그럴 가능성은 어느 정도 열려 있었을 것이라고 보아야 한다.

　대산 이상정은 본이 한산(韓山) 이씨로 영조 11년 대과에 급제하여 벼슬은 형조참의로 끝났다. 그러나 도학, 특히 사단칠정(四端七情)론을 깊이 파헤쳤으며 퇴계 선생의 학통을 이은 마지막 학자로 평가되고 있다. 지금으로서는 그와 순암의 교우 관계를 통해 우리 문중의『삼국유사』한 질이 멀리 서울 쪽에 갔으리라고 추정을 세워볼 수밖에 없다.

　이마니시의 손에 넘어간 우리 문중 수장본『삼국유사』는 지금 우리나라에 없다. 8·15와 함께 일제가 물러갈 때 이마니시는 그 자신과 함께 한국에서 입수한 장서를 일본으로 가지고 갔다. 다른 수많은 문화재와 함께 그 후 일본 사람들이 반입해간 문화재는 반환되지 않았다. 그 갈피에 섞여 한때 우리 문중에서 수장된 정덕본『삼국유사』는 지금 일본 덴리대학 소장으로 되어 있다.

한시, 방송극과 제일원리
: 우리 시대의 문학과 문화에 대한 생각

1

내가 한시(漢詩) 창작 모임인 난사(蘭社)에 참여하게 된 것이 1983년 늦가을의 일이다. 그 무렵까지 내 한시에 대한 소양은 문자 그대로 걸음마 단계에도 이르지 못한 상태였다. 그런 수준으로 난사가 발족되자 겁도 없이 나는 그 자리에 나가는 만용을 부렸다. 발족 당시 난사의 구성원은 이우성(李佑成), 김동한(金東漢), 조순(趙淳), 이헌조(李憲祖), 김호길(金浩吉)과 나 등 여섯 사람이었다(그 후 고병익, 김종길 선생과 유혁인(柳赫仁), 이용태(李龍兌), 이종훈(李宗勳) 등이 잇달아 참여).

여섯 사람 가운데 이우성 선생은 청소년 때부터 한문을 익히고 한시를 지어 그 분야에서 이름을 떨치게 된 분이었다. 김동한, 조순 선생과, 이헌조 형도 한문과 경학에 상당한 조예를 지닌 터였다. 자연과학도 출신인 김호길 군 역시 한문 소양은 나보다 한 수 위였다. 그런데 나는 어렸을 때 『소학(小學)』을 읽다가 그만둔 수준이었고 고시(古詩)와 금체시(今體詩)의 구별도 제대로 못한 푼수로 난사에 참여하여 그 말석을 더럽히게 되었다.

2

　난사를 시작하고 나서 얼마 동안 동인들은 칠언절구(七言絶句) 짓기를 과제로 했다. 초기에 우리는 정기적으로 한 달에 한 번씩 모임을 가졌다. 모임이 있기에 앞서 운자(韻字)를 정하고 작품 제목이나 소재는 자유로 했다. 동인들은 그에 따라 각자 칠언절구나 오언절구(五言絶句)를 한 수 이상 지었다. 약속한 날짜, 장소에 그것을 들고 나가면 되었다. 그러면 이우성 선생이 좌장 겸 지도교수가 되어 동인들 작품을 검토, 논의하는 합평회가 열렸다.

　참가 초기에 난사에서 나는 갖가지 망발과 실수를 범했다. 두루 알려진 바와 같이 칠언절구나 오언절구는 고시가 아닌 금체시의 한 갈래에 속하는 양식이다. 그에 속하는 작품을 제대로 지으려면 각행의 자수와 운자만 지킬 것이 아니라 작시에 필요한 여러 전고(典故)를 알아야 했고 또한 그에 요구되는 격식, 특히 글자의 평측(平仄)에 밝아야 했다. 그런데 난사에 나가기까지 나는 문(聞) 자와 문(問) 자가 다 같은 소리인 줄로만 알고 있었다. 생각 사(思) 자와 말씀 사(辭) 자가 음운상 어떻게 다른지도 몰랐다.

　몇 번이나 거듭된 시행착오를 거치는 가운데 내 한시 짓기에도 다소간의 진전이 있었다. 구체적으로 1980년대 막바지경부터 나는 아주 까다로운 운자가 아닌 경우에는 자전만 있으면 같은 자리에서 두어 수의 작품을 꾸릴 수 있게 되었다. 그러나 난사에서 내가 누린 그런 봄날은 오래 계속되지 않았다.

　1993년은 난사가 발족하고 꼭 10주년이 된 해였다. 이해 여름 어느 날 이헌조 형이 내 가슴을 덜컥 내려앉게 하는 제의를 했다. 그는 먼저 이제 열 돌을 맞이했으니 난사의 한시 창작에도 새 차원이 구축되어야 한다고 전제했다. 그 실현 방법의 하나로 그가 제의한 것이 절구(絶句)와 병행하여 율시(律詩)를 만들어보자는 것이었다. 이미 거론된 바와 같이 율시는 절구와 꼭 같은 금체시의 한 양식이다. 금체시에 속하기 때문에 각 행의 기본이 되는 평측을 어김없이 지켜야 한다. 그뿐 아니라 절구가 4행임에 반해 이 양식은 8행으로 이루어진다. 그 운자도 절구가 세 개임에 대해 다섯 개로 불어나는 것이다. 그 위에 율시는 절구와 다른 양식적 특성도 갖는다.

절구는 4행으로 이루어지며 그 구성은 기, 승, 전, 결로 집약이 가능하다. 율시에는 이에 추가되어 3, 4행과 5, 6행이 서로 한 짝이 되어야 한다. 4행인 절구와 달리 율시는 1, 2행이 기(起)이며, 3, 4행이 승(承), 5, 6행이 전(轉), 7, 8행이 결(結)의 구조를 갖는다. 그런 율시에서 3, 4행과 5, 6행은 철저하게 짝이 되는 말들을 써야 하는 병치 형태가 되어야 한다. 구체적으로 3행이 수난홍귀복(水暖鴻歸北)이면 4행이 산명월상동(山明月上東)으로, 그리고 5행이 청산수홀서창외(靑山數笏書窓外)일 것 같으면 6행이 홍일삼간화각동(紅日三竿畵閣東)과 같이 대가 되는 말들이 반드시 짝을 이루어야 하는 것이다. 이런 율시를 만들려면 절구의 경우보다 그 힘이 갑절 이상 든다. 그럼에도 이헌조 형이 율시를 짓자는 충격적 발언을 한 것이다.

아닌 밤에 홍두깨격인 이헌조 형의 제의가 있자 나는 어안이 벙벙해졌다. 그 자리에서 나는 곧 그 실시 보류를 말해볼까 하는 생각을 했다. 그러나 그런 내 생각은 발설도 되기 전에 봉쇄되어버렸다. 이헌조 형의 발언이 있자 나를 제외한 난사 동인 전원이 쌍수를 들어 율시 짓기를 환영하고 나선 것이다.

억지춘향 격으로 시작된 내 율시 짓기는 처음 몇 회 동안 목불인견(目不忍見)의 꼴로 비틀거렸다. 처음 얼마 동안 내가 지어 간 작품에는 예외 없이 주필(朱筆)이 들어갔다. 그런 사태에 직면하자 나는 생각다 못해 율시를 만들지 못하고 절구만 한두 수를 더 지어 간 적도 있다. 그렇게 비틀걸음이 계속된 다음 나는 내 나름대로 하나의 꾀를 쓰기로 했다. 그것이 기법에서 생기는 불리함을 내 나름의 소재 내지 제재 이용으로 보완하려는 시도였다.

한시는 그 특성으로 하여 전통 내지 관습적 측면이 매우 강한 양식이다. 난사 동인의 작품들에도 그런 한시 나름의 습벽이 알게 모르게 스며들어 있었다. 그리하여 동인들이 만드는 작품은 절구나 율시 할 것 없이 서경적인 것이 많았고 그에 더하여 회고조의 말들이 섞여 들었다. 그런 작품은 대개 말이 동태적이지 못하고 정적이 된 느낌이 있었다. 그런 생각이 들자 나는 다른 동인들과 달리 내 작품을 일종의 변종으로 만들 수 없을까 생각했다. 가령 같은 인물을 제재로 쓰는 경우 나는 정통 한시에서 흔히 다루는 명인, 달사(達士)를 피했다. 그 대신 내가 택한 것이 기인이라든가 민초 출신의 인물들이다. 그 결과 나는 김삿갓을 제재로 한 작품을 만들었고, '광화사(狂畵師) 장승업(張承業)'이란 제목을 붙인 작품을 썼다. 이런 내 엉뚱한 시 쓰기는 다른 난사 동인들과 같은 정통주의자들에게 이단의 짓거리로 생각되었을 것이다. 그러나 그런 경우에도 난사 동인들은 대범했다. 객기를 부린 내 율시에 대해 상당히 덤이 붙은 상태였지만 재미있다는 평이 나왔다. 그것으로 나는 한시 창작에서 사잇길, 또는 대피 통로를 하나 마련하게 된 것이다.

3

내 최근작의 하나인 「전시기중견황진이독무(電視器中見黃眞伊獨舞)」
도 위에 말한 것과 같은 내 임기응변식 한시 짓기가 만들어낸 결과물
가운데 하나다. 제목으로 이미 드러나는 바와 같이 이 작품은 지난해
얼마 동안 TV를 통해 방영된 방송극 〈황진이〉에서 그 제작 동기를 얻
은 것이다. TV를 중국에서는 전시기(電視器)라고 한다. 이 작품의 제목
은 거기서 얻어낸 것이다.

> 펄럭이는 소맷자락 하늘 가려 새가 되고
> 구름 겯고 땅 밟으니 고운 모습 꽃이련 듯
> 다함 없는 그 가락은 님 그리는 곡조인데
> 한 번 떠난 정든 사람 구중궁궐 님금 신하
> 물소리가 가얏곤가 북쪽 성틀 감아 돌고
> 피리 소리 노을 되어 동녘 샛별 빗겨 난다
> 제 비록 노래와 춤 질정 없이 못할지나
> 슬기 없는 참된 풍류 누항 잡속 씻어낸다

> 舞袖翻空似鳥人　伴雲着地作花身
> 無端聲律思君曲　一去情郞侍帝臣
> 流水和琴連北郭　浮霞入笛向東辰
> 雖云有弊梨園事　脫俗風騷超陋貧

얼핏 보아도 나타나는 바와 같이 이 작품의 운자는 인(人), 신(身), 신
(臣), 진(辰), 빈(貧)이다. 이런 운자를 난사에서 받고 처음 내가 생각한
제재들은 물론 한둘에 그치지 않았다. 한 차례 모색 단계를 끝내고 내

가 생각해본 것이 인물을 다룬 작품이었다. 그 동기가 된 것이 첫째 운자인 인(人) 자였다. 그다음 단계에서 내 뇌리를 스친 것이 황진이었다. 그는 내가 청소년 때 탐독한 이태준의 소설 『황진이』의 주인공이었다. 또한 나에게 저작을 보내준 김탁환 교수도 같은 제목의 소설을 썼다. 뿐만 아니라 홍명희의 손자인 홍석중도 『황진이』라는 작품을 만든 바가 있다. 홍석중은 내가 읽은 이북 소설 가운데는 거의 유일하게 재미를 느끼게 한 작품을 쓴 작가였다. 다소간의 우여곡절을 거친 다음 내 「황진이」 쓰기 제목이 결정되자 나는 곧 작품을 만드는 데 필요한 정보 수집에 착수했다.

황진이에 관한 기록으로 우리가 참고할 만한 것에는 『어우야담(於于野談)』, 『수촌만필(水村漫筆)』, 『파수집(破睡錄)』 등이 있다. 그들에 따르면 황진이는 서얼 출신이다. 어려서 노래와 춤을 배우게 되자 곧 그 솜씨가 무리에서 빼어났다. 또한 여류의 몸이면서 한시를 익혀 그 솜씨가 주변의 선비를 능가하게 되었다. 그 위에 빼어난 미모를 지녔고 속류들이 감히 범접할 수 없는 기품도 있었다. 그의 주위에는 당대의 시인, 묵객들이 모여들었고 그에 곁들인 화제도 끊이지 않았다.

황진이의 여러 재주 가운데 특히 이색적인 것이 한시를 짓는 솜씨였다. 소세양(蘇世壤)과 그의 이야기는 그런 사실을 증명하는 사례의 하나로 전한다. 소세양은 일찍 뜻을 수기(修己)와 잠심찰물(潛心察物)을 통해 높은 차원의 정신세계를 개척하려는 데 두고 있었다. 평소 그는 사대부 집안의 남자가 여색(女色) 때문에 자신이 할 일을 게을리하거나 인생 행보(行步)를 그르치는 일은 있을 수 없다고 장담을 하며 다녔다. 그런 그가 송도에 이르렀다가 황진이와 자리를 같이하게 되었다. 처음 그는 한 달간만 개경에 머물며 황진이와 정을 나누다가 떠날 것이라

고 말했다. 그런데 일단 황진이와 같이하는 자리가 거듭되자 그 자신
도 모르게 그의 매력에 취해버렸다. 자신이 발설한 한 달간이 문자대
로 꿈결처럼 흘러가버렸다. 그 나머지 그 스스로가 말한 바 선비의 본
분을 잊고 작시(作詩), 가무, 강산풍월(江山風月)에 빠져버렸다. 그것이
감정이입 상태가 되자 황진이도 그의 정감에 화답하는 시를 썼다. 오
언율시 한 수가 그런 정을 바탕으로 이루어졌다.

> 달빛 젖은 뜨락에 오동잎 지고
> 서릿발 속 들국화도 시들었구려
> 다락은 높아 높아 하늘에 닿고
> 오고 간 잔 돌고 돌아 술이 천 잔
> 흐르는 물소리가 가얏고인가
> 매화 향기 스며든 피리 소리여
> 내일 아침 우리 서로 헤어진대도
> 정이야 길고 푸른 물결 되오리

> 月下庭梧盡　霜中野菊黃
> 樓高天一尺　人醉酒千觴
> 流水和琴冷　梅花入笛香
> 明朝相別後　情與碧波長

— 「奉別蘇判書世壤」

　여기서 물소리가 가얏고에 어울려 서늘하다든가 매화 향기가 피리
소리에 섞여 향기롭다는 표현은 공감각(共感覺)의 차원이다. 그것으로
시각과 청각, 후각과 촉각 등의 영역이 서로 섞여들고 어울리면서 감
각의 혼융이 이루어졌다. 야담에 따르면 송별의 자리에서 이 노래를

들은 소세양은 크게 감탄했다고 한다. 그 나머지 그는 그동안 친구들 앞에서 거듭한 공언을 뒷전으로 돌리고 사흘을 더 머무르면서 황진이와 정을 나누었다.

4

내가 시청한 방송극 〈황진이〉에서 가장 높은 평점을 줄 수 있는 부분은 도입부와 그에 이은 전반부 일부였다. 이 방송극의 주인공은 물론 황진이이다. 그런 황진이를 제작진들은 노래와 춤, 그리고 풍류를 스스로 만들어내는 인격적 실체로 부각시켜내었다. 이 부분에서 가장 인상적인 것이 황진이의 가야금을 뜯는 솜씨였고 춤을 익히기에 전심전력하는 모습이었다. 그것을 제작진은 황진이 나름의 걸음걸이, 앉음새와 말, 행동거지로 표현했다. TV를 보면서 나는 황진이의 그런 모습이 그가 입은 의상의 선과 빛깔, 그것들이 빚어낸 양감과 질감과도 상관관계가 있지 않나 생각해보았다.

우리 전통사회에서 여인들, 곧 딸네와 새댁네가 입은 옷은 그 빛깔과 모양새가 크게 두 가지로 구분이 가능하다. 하나는 무명이나 삼베 등을 감으로 하고 만든 검정이나 회색 계통, 황토색의 치마저고리들이다. 그리고 그 다른 하나가 명주와 비단으로 만든 옷이다. 이들은 그 빛깔을 청홍, 녹황 등을 주조로 한다. 이들 옷을 우리네 딸들과 새댁들은 나들이나 잔치 마당에 입고 나갔다. 그에 반해 전자는 일종의 생활복이다. 생활복이기 때문에 그 빛깔은 검정이 아니면 때가 묻어도 눈에 잘 띄지 않도록 잿빛이나 황토색으로 되어 있었다. 그러나 나들이나 잔치 마당에 입고 나갈 옷들은 그와 전혀 달랐다. 그것은 때로 색동저

고리가 되기도 하고 모란꽃이 점 찍히듯 수놓인 치마가 되기도 했다. 그런 옷으로 우리네 딸과 새댁네들은 집안과 마을을 꽃밭으로 바꾸어 내고 청신한 바람과 햇살이 가득한 축연의 자리로 만들 수 있었다. 나에게는 방송극 〈황진이〉에 등장한 주인공의 의상이 바로 그런 감각에 상관된 듯 느껴졌다.

다시 적어보면 황진이는 여느 가무의 자리, 또는 여럿이 모여서 재주를 겨루는 연희 마당에는 한껏 화려한 빛깔의 옷을 입고 나섰다. 그러나 살뜰하게 생각하는 정인을 만나는 자리나 제 나름대로는 품격을 갖추어야 할 선비들의 시회, 격식과 예법을 따질 수밖에 없는 제례(祭禮)와 법식(法式)의 공간에서 그는 원색이 아닌 간색 계통이나 때로 순백색 의상을 택해서 입었다.

이런 경우의 좋은 보기가 되는 것이 송도 교방의 행수가 죽음을 맞이했을 때다. 방송극의 등장인물 가운데 한 사람인 교방의 행수는 황진이의 파격적 행동을 비호, 두둔하다가 주검이 되어버린 인물이다. 그의 장례식에 황진이는 흰색에 가까운 청회색 계통의 치마와 미색의 저고리로 임했다. 그런 차림으로 그는 먼 산과 가까운 땅을 빗질이라도 하듯 휘젓는 손길로 춤사위를 벌였다. 그 반주가 된 가락은 부드러운 가운데 가늘게 길게 늘어지고 가녀리며 구슬픈 음색을 띤 것이었다.

우리에게 죽음이란 그 어느 경우이고 슬픔 그 자체이다. 더욱이 송도 교방 행수는 황진이가 목숨으로 받드는 춤과 예술의 유일무이한 스승이었고 그의 목숨을 지키기 위해 대신 죽어간 사람이다. 그런 자리에서 황진이는 마땅히 피를 토하는 울음을 울어야 했다. 땅을 치고 통곡하면서 몸부림으로 그의 죽음을 슬퍼할 수밖에 없었다. 그런데 방송극 〈황진이〉에서 황진이는 그런 우리 통념과는 거리를 가지는 모습을 보였다. 높은 소리로 울부짖는 통곡 대신 그는 순색에 가까운 옷을 입고 그 자리에 임하여 느릿하면서 조용하다고 생각되는 동작으로 그의 슬픔을 표현했다. 강물과 산을 향해 뻗친 손길로 죽은 자의 한을 담아 풀어내고자 했다. 해를 가리키며 땅과 물과 푸나무들을 휘젓는 몸짓으로 망자의 한을 달래려 들었을 뿐이다.

나는 방송극 〈황진이〉의 가장 큰 노림수 가운데 하나가 이야기와 사건을 뒷전으로 돌린 가운데 우리 주변의 기쁨과 슬픔을 심상으로 제시해내고자 한 점이 아닌가 한다. 방송극도 하나의 연극이다. 연극이기 때문에 그것은 바로 종합예술 양식이다. 방송극 〈황진이〉는 그런 양식적 특성을 춤과 가락, 등장인물들이 벌이는 행동과 그것을 바탕으로 한 사건을 통해서 십분 살려내어야 했다. 그런데 방송극 〈황진이〉는 연극의 정석(定石) 대신 이야기의 각 단위들을 흐르는 가락, 등장인물이 만들어내는 몸짓과 그를 통해 빚어내는 정서로 바꾸어 제시해놓고 있었다. 그러니 방송극 〈황진이〉에서는 이 극작의 정석이 제대로 지켜지지 않았던 것이다. 거기서는 등장인물이 만들어내는 사건과 이야기가 부차적인 것이 되고 그 대신 슬픔이나 기쁨 등 우리 자신의 정감이 심상이나 율조로 대치된 상황이 전개되었다. 이렇게 보면 이 작품은 극작의 기본 속성인 서사예술이기 전에 서정시에 가깝다고 보아야 할지 모른다.

5

이야기 방향이 빗나가버렸다. 다시 내 한시 쪽으로 말머리를 돌린다. TV극인 〈황진이〉를 본 다음 그에 자극되어 나는 내 작품을 "무수번공

(舞袖飜空)"이라든가 "번운착지(飜雲着地)" 등의 말로 시작했다. 합평회 자리에서 이 두 줄 가운데도 논란거리가 된 부분이 있다. 첫줄의 마지막에 쓰인 조인(鳥人)이 그것이다. 이 말이 중국의 당시나 우리 고전문학 작품에 쓰인 예는 거의 나타나지 않는다. 우리가 쓰는 한시에서는 전례가 없거나 격식에 맞지 않는 말들이 나오면 그것을 어거지 글귀로 보고 생문자(生文字)라고 한다. 황진이의 춤을 그리기 위해 그런 말을 쓰면서 나는 난사에서 그런 말이 나오지 않을까 걱정을 했다. 그런데 정작 합평회 자리에서는 이 말이 일본식 한자어지만 허용이 될 수 있겠다는 판정을 받았다.

이와 함께 내가 또 하나 신경을 쓴 부분이 경련에 나오는 "유수화금연북곽(流水和琴連北廓)"과 "부하입저향동진(浮霞入笛向東辰)"의 구절이다. 얼핏 보아도 드러나는 것과 같이 이 구절들은 황진이의「봉별소판서세양(奉別蘇判書世壤)」의 경련을 패러디화한 것이다. 단 내 작품에서 '매화(梅花)'가 '부하(浮霞)'로 바뀐 데는 그 나름의 까닭이 있다. 본래 이 구절은 '유수(流水)'의 짝이 된 부분이다. 그런데 다음 행의 '매화'는 명사만으로 되어 있어 엄격하게 따지면 수식어+명사인 '유수'와 적절한 짝이 아니다. 또한 황진이의 원시에서 이 구절 하단 석 자는 '입저향(入笛香)'이다. 그것으로 이 행이 '매화'로 시작되어도 무리가 없는 문맥이 된다. 그러나 내 시에서와 같이 '향동진(向東辰)'이 후반부에 오는 경우 '매화입저(梅花入笛)'는 적지 않게 이상한 말이 되어버린다. 여기에 내가 '매화'를 그대로 쓰지 않고 '부하'로 바꾼 까닭이 있다.

이 작품을 만들면서 내가 가장 신경을 쓴 부분이 마지막 두 줄이다. 현대시에도 그런 것이지만 한시, 특히 절구나 율시에서는 처음과 가운데 부분이 그럴듯해도 마지막 작품의 어세에 긴장감이 빠져버리면 그 작품은 성공적인 것이 못 된다. 나는 중국의 한시 중 두보(杜甫)의 것을 가장 좋아한다. 그 가운데서도 절창으로 생각되는 두 수를 고르라 하면 오언시로「춘망(春望)」을, 그리고 칠언시로는 "옥로조상품수림(玉露凋傷楓樹林)"으로 시작하는「추흥(秋興)」중 하나를 들고 싶다. 앞의 것은 "국파산하재 / 성춘초목심(國破山河在 / 城春草木深)"과 함께 경련의 "봉화연삼월 / 가서저만금(烽火連三月 / 家書抵萬金)"의 비감에 찬 말투가 아주 좋다. 또한 후자에는 "강간파랑겸천용 / 새상풍운접지음(江間波浪兼天湧 / 塞上風雲接地陰)"과 함께 "총국양개타일루 / 고주일계고원심(叢菊兩開他日淚 / 孤舟一繫故園心)"이 있어 절창으로 평가된다.

이 두 작품 가운데서 꼭 하나만을 골라보라는 경우가 생각될 수 있다. 그럴 경우 나는 아무래도「춘망」보다는「추흥」쪽으로 손이 뻗칠 것 같다. 그 이유는 별로 복잡한 데 있지 않다. 널리 알려진 대로 위의 두 작품은 당시(唐詩)의 중요 유형에 속하는 변새시(邊塞詩) 가운데 하나다. 흔히 이 유형에 속하는 작품들은 난리로 고향을 등지고 멀리 변경을 떠도는 화자의 심경을 바탕으로 삼는다. 그런데 이때 토로된 화자의 비장한 심정은 그 정도로 보아「춘망」이「추흥」보다 앞섰으면 앞섰지 뒤처지지 않을 것이다. 그런 감정을「춘망」은 "흰머리 다시 긁으니 새삼 짧게 느껴지고 / 그 모두 다 모아도 비녀를 꽂을 양도 못 되네(白頭搔更短 / 渾欲不勝簪)"로 막음했다. 변새시의 성격에 비추어보면, 이 작품의 어세는 이 부분에 이르러 다소간 해이해진 느낌이 있다. 그런데 이에 대비되는「추흥」의 마지막 두 줄은 "겨울철 옷 마르재는 가위 자소리 여기저기 들리는 철 / 솟아 높은 백제성에 저무는 해 다듬이 소리(寒衣處處催刀尺 / 白帝城高急暮砧)"이다.

「춘망」의 마지막 두 줄이 두보의 개인적 감정 토로에 그친 데 반해

「추흥」의 이런 결말은 그 목소리가 사적인 차원에 그치지 않고 좀 더 그 뜻이 공적인 쪽으로 뻗어나 있다. 적어도 여기에는 난리 속에서 겨울 지낼 차비를 하는 사람들의 창망한 생활 감정이 피부에 닿을 정도로 내포되어 있는 것이다. 특히 백제성을 이끌어 들인 다음 거기에 한 해가 저물고 어둠이 깃드는 정경과 함께 성급히 두드리는 다듬이 소리를 곁들인 솜씨는 일품이다. 이것으로 「춘망」의 경우와 달리 「추흥」의 결말에는 작품의 어세가 상당히 기능적으로 살게 되었다. 이런 보기에서 얻을 수 있는 교훈은 명백하다. 그것이 한시의 많은 작품, 특히 금체시의 절구나 율시의 성패를 결정하는 중요 요소의 하나가 결구인 점이다.

이미 드러난 바와 같이 내가 만든 황진이 시는 첫 줄에서 여섯째 줄까지가 춤과 노래, 시를 소재로 한 것이다. 끝자리를 차지하는 종련에서 작품의 마지막 어세를 결곡된 말로 끝맺을 필요가 있었다. 뿐만 아니라 이때의 선결 조건 가운데 하나가 종결행의 운자로 '빈(貧)' 자를 써야 하는 점이었다. 얼마간의 검토 과정을 가진 다음 나는 춤과 노래, 풍류, 연희를 아우르는 개념으로 이원(梨園)이 있음을 생각해내었다.

두루 알려진 것처럼 이원은 당나라의 현종이 손수 설립한 왕립 예술 학교였다. 유난히 풍류 가무를 좋아한 현종은 관계자들에게 명하여 일종의 배우 양성 기관을 만들고 그 이름을 '이원(梨園)'이라고 하였다. 제왕의 신분임에도 그는 때로 그곳에 나가 손수 거문고를 타고 춤사위도 시범 보였다고 한다. 이런 사실에 생각이 미치자 나는 내 작품에 이 말을 써보기로 했다. 또한 마지막 운인 '빈(貧)'을 소화하기 위해 나는 가무, 연희를 두 종류로 나누어보았다. 음주, 가무가 정신의 높이를 지닌 가운데 이루어지면 그것은 정악(正樂)의 갈래에 속하게 된다. 그때 우리는 성정(性情)을 도야할 수가 있고 소재 상태의 감정, 곧 희, 노, 애, 오를 다스릴 수가 있다. 이와 다른 유형의 가무, 연희에 속악, 일악(佚樂)이 있다. 우리가 그런 것에 빠져들면 마음이 미란스러워지며 비루한 생각을 품게 된다. 이런 개념들을 이용하여 나는 황진이의 예술을 질악이 아니라 정악의 갈래에 드는 것으로 판단했다. 그 결과 "수운유폐이원사/탈속풍소초누빈(雖云有弊梨園事/脫俗風騷超陋貧)"의 두 줄을 별로 힘을 들이지 않고 쓸 수가 있었다.

6

내가 만든 황진이 시에는 작품 자체로서만이 아닌 외재적 사실, 또는 일종의 객담 같은 것도 곁들이게 되었다. 방송극 〈황진이〉에는 실재 인물이 아닌 허구상의 인물로 김정한이 등장한다. 그는 조정의 벼슬아치로 송도에 들렀다가 황진이를 만났다. 한 번 황진이와 만나자 그는 곧 황진이의 미색과 재주에 매료되었다. 그 나머지 임금과 조정의 기대를 저버리고 직분을 저버리고 방치하는 과실을 범해버린다. 대간과 반대파들이 그것을 놓칠 리가 없었다. 그는 체포, 구금되어 죄인으로 서울에 압송되었다. 황진이가 그를 구하기 위해 임금 앞에 나갔다. 마침 왕이 친림하는 연희의 자리에 그는 연꽃 모양의 가마를 타고 나가 한 수의 시조를 바친다. 이 예기치 못한 사태에 임금이 어리둥절해하고 조정 신하들 모두가 놀란다. 황진이가 이때 왕에게 바친 작품이 시조「동짓달 기나긴 밤을」이다(소설『황진이』의 원작자 김탁환 교수의 말에 따르면 이런 내용은 그의 소설에는 없는 것으로 방송작가가 각색 과정에서 만들어 넣은 것이라고 한다. 김정한이란 인물 자체가 원작에는 없는 인물이다).

우리가 알고 있는 한 방송극도 소설과 꼭 같이 엄연한 창작 양식이다. 창작에서는 등장인물이 반드시 실재한 사람일 필요는 없다. 그런 양식에서는 필요한 경우 얼마든지 가공의 인물을 등장시킬 수가 있고 또한 허구로 사건을 만들어낼 수가 있다. 그러나 그런 경우 허구가 터무니없는 말이나 행동으로 그쳐서는 안 된다. 창작에서 허구의 조건에는 꾸민 것이지만 실재 이상의 진실이 거기에서 느껴져야 할 것이라는 단서가 붙는다. 내 생각으로는 TV극에서 황진이가 어전에 나아가 시조를 바친 일은 이런 창작의 기본 원리에 비추어 어느 정도 틈새가 나는 일이 아닌가 한다.

두루 알려진 것처럼 조선왕조의 지도 이념이 된 것은 주자학적 이데올로기이다. 주작학적 이데올로기에서 뼈대가 된 것은 인격 도야를 통한 자아 완성이었다. 이때의 자아 완성이 삼강오륜을 기본 강목으로 한 계율 지키기에 직결됨을 망각해서는 안 된다. 그것은 매우 강하게 반감각주의 행동 철학을 낳고 희, 노, 애, 오를 다스리는 쪽으로 작용했다. 이런 행동 이념에 따라 조선왕조는 그 전 기간을 통해서 우리 사회를 일종의 금욕주의 일색으로 도색했다. 특히 이성 간의 애정 표시는 매우 사소한 것이라도 금기의 대상이 되었다. 한마디로 조선왕조 시대에는 일체 남녀 관계가 윤리, 도덕적 기준에 의한 법식으로 재단되었고 감정의 자연스러운 방출은 극도로 제한, 배제된 것이다. 속류, 천민이 아닌 남자와 여자는 그 어느 자리에서도 직설적으로 애정 표현을 할 수가 없었다. 포옹이나 접순은 절대 금물이었다. 그런 일을 당시의 지배계층인 사족(士族)들은 남녀상열의 행위로 규정하고 타기할 폐습으로 보아 단호하게 배제해버렸다.

위와 같은 상황, 여건에 비추어보면 황진이가 기습적인 행동으로 대궐에 들어가 임금 앞에서 시조를 바친 장면은 허구의 이론이 성립될 수 없는 경우다. 황진이가 신원(伸冤)을 꾀한 김정한은 나라의 법도를 어긴 죄인이었다. 그를 건져내기 위해서는 그의 죄과를 상환하고도 남을 만한 사면의 명분이 제시되어야 했다. 그런데 그 자리에 나타난 황진이가 명백히 남녀상열지사(男女相悅之詞)에 지나지 않는 시조 「동짓달 기나긴 밤에」를 바쳤다. 그것을 읽고 검토할 왕과 대신들은 모두가 예외 없이 유학적 계율을 금과옥조로 지킨 환경에서 태어나 자란 사람들이다. 그들에 의해 황진이의 시조는 타기할 치정 사건의 자료로 해석될 수밖에 없었다. 그 결과는 너무도 뻔하다. 그 자리에서 김정한은 선비가 아닌 시정잡배로 격하되었을 것이다. 또한 유례가 없는 탈선 행위로 해석될 수밖에 없는 황진이의 김정환 구명 운동도 아예 성립될 여지가 없었던 것이다.

내가 본 방송극 〈황진이〉에는 인물 설정에도 평가될 수 있는 부분과 그렇지 못한 부분이 있었다. 이 방송극에 등장하는 중요 남자주인공들은 글방 도령과 악사장, 벽계수, 김정한, 서화담(徐花潭) 등이다. 이 가운데 글방 도령은 그 성격과 행동이 매우 성공적으로 부각되어 있다. 그는 한 번 본 다음 좋아하게 된 황진이에게 순진무구한 사랑을 바친다. 그러고는 봉건 유습의 희생양이 되어 목숨을 잃는다. 그와 황진이의 사랑은 방송극의 첫머리를 장식하기에 족할 정도로 애틋하며 서정적이다. 악사장에게도 비슷한 이야기가 가능하다. 송도 교방의 음악을 주재하는 그는 예술을 사랑하고 인간으로서도 따뜻한 정을 가진 사람이다. 그는 황진이의 재주를 아껴 극진한 배려를 가하다가 죽음을 맞는다. 그런 인간상이 잘 부각된 점에서 방송극 〈황진이〉의 악사장 그리기도 성공적이다. 참고로 밝히면 방송극 〈황진이〉에서 악사장의 원형으로 추정되는 사람은 『어우야담』에 선전관으로 나오는 이사종(李士宗)이다. 그는 황진이가 매료될 정도로 '소리를 잘하는 사람(善歌者)'이었다. 그의 노래 솜씨에 반하여 황진이는 스스로 청하여 그와 살림을 차렸다.

이에 대비되는 벽계수는 조선왕조의 어엿한 핏줄을 이은 종실의 몸이었다. 『금계필담(錦溪筆談)』에 따르면 그는 뛰어난 재주를 가진 피리의 명장이었다. 그런 그가 친구인 이달(李達)과 내기를 한다. 이달은 황진이에게 마음을 둔 벽계수에게 말한다. 성정이 도도한 황진이는 기개를 지니지 못한 사람이면 거들떠보지도 않는다, 그런 그와 눈이 마주쳐도 자네가 아랑곳하지 않을 수 있겠는가, 그럴 수 있으면 황진이가 자네를 따라올 것이라고.

그런데 실제 방송극에서 벽계수는 황진이를 보게 되자 그 아름다운 모습에 혹하여 그에 앞선 호언장담과는 전혀 다른 감정에 사로잡힌다. 그 나머지 노새를 타고 황진이를 따라가다가 노새에서 떨어져버린다. 이것으로 그는 황진이의 마음을 얻는 데 실패했다. 방송극에서는 그런 그를 여성 유린의 폭군으로 부각시켰다. 부수적인 인물이지만 이것으로 벽계수는 방송극에서 원형과 상당히 동떨어진 인물이 되어버린 것이다.

방송극 〈황진이〉에 등장하는 남성역 가운데 아쉬움을 가장 많이 남기고 있는 것이 서화담이다. 그와 황진이의 이야기를 전하는 대표적 문헌이 『어우야담』과 함께 허균의 문집이다. 이 두 책을 보면 두 사람의 관계는 황진이가 서화담을 먼저 찾아간 것으로 시작한다. 황진이는 그전에 화담의 높은 이름을 들은 터였다. 그런 서화담을 황진이는 짐짓 몸집의 곡선을 뚜렷하게 드러내는 차림을 하고 찾아갔다. 그런데 화담은 웃음으로 그것을 넘기며 응하려 들지 않았다. 황진이는 서화담의 그런 금도와 품격에 크게 감복했다. 그 나머지 송도삼절(松都三絕)을 말하였다. 그 첫째가 박연폭포이며 두 번째가 서화담 선생, 셋째가 황진이 자신이라고 한 말은 지금까지 우리 주변에서 설화로 전해 내려온다.

7

방송극의 서화담과 황진이의 관계 설정에서 자칫하면 우리가 무심하게 넘겨버릴지 모르는 부분이 있다. 처음 화담을 찾았을 때 황진이는 허리에 띠를 둘렀다. 그의 옆구리에는 유학의 기본 경전 가운데 하나인 『대학(大學)』이 있었다. 유가, 특히 사대부들에게 허리띠는 선비의 길을 걷고자 하는 결의와 각오를 상징한다. 대학의 허두는 "명명덕 재신민 지어지선(明明德 在親民 止於至善)"의 구절로 시작한다. 이때의 '명덕(明德)'이나 '지선(至善)'은 선비가 지향하는 궁극적 정신의 경지다.

이제 문제되어야 할 황진이의 서화담 심방은 두 가지 크게 상반되는 각도의 해석이 가능할 것이다. 그 하나가 지족선사의 경우와 같이 그를 시험해보려는 심사로 그렇게 했을 경우다. 우리 사회에서 기녀들은 오랫동안 신분상의 차별을 받았다. 사족 출신인 선비나 벼슬아치 또는 부를 가진 상인들은 기녀들이 아니꼽게 볼 대상들이었다. 기회가 있으면 그들을 유혹하여 위선의 탈을 벗기고 체면을 구기게 만들고자 하는 생각들이 기녀들 가슴에는 내장되어 있었다. 분명히 황진이도 기녀의 한 사람이었다. 그런 그에게는 선비 중의 선비로 일컬어진 화담을 유혹하여 위선의 껍질을 벗기고 내동댕이쳐보려는 심사가 있었을지 모른다.

위의 경우와 달리 우리는 황진이의 서화담 방문을 다른 차원에서 파악할 수도 있다. 이미 지적된 바와 같이 황진이는 가곡과 춤, 시를 포함한 풍류로는 당대 일류의 경지에 이른 기녀였다. 그다음 단계에서 그에게 풍류나 예술이면서 그 이상의 차원을 추구하고 싶은 욕망이 일어나지 않았을까. 여기서 우리가 다시 되짚어보아야 할 것이 황진이가 가진 벽계수와의 관계이며 지족선사와의 설화이다.

이미 드러난 바와 같이 벽계수는 피리로는 그의 오른쪽에 나설 사람이 없을 정도로 당대의 명인이었다. 그런 그가 미색에 매혹되어 노새에서 실족하자 기다리기라도 한 것처럼 황진이는 그를 팽개쳐버렸다. 방송극에서 황진이는 그에게 변변한 말조차 걸지 않은 채 돌아선 것으로 나타난다. 이것은 황진이가 벽계수에게 기대한 것이 풍류, 예술 이상의 것이었음을 뜻한다. 지족선사의 경우에도 이와 꼭 같은 해석이 가능하다. 황진이가 신분 차별에서 얻은 울분을 풀기 위한 대상으로만 그를 택했다면 그 선택은 현명하지 못했다. 승려들이 상당한 명예, 권세를 누린 것은 고려 시대까지였다. 조선왕조에 접어들면서 그 국시는 숭유배불로 바뀌었다. 그에 따라 하루아침에 승려의 지위는 격하되었다. 조선왕조 중기에 이르자 몇몇 고승대덕을 제외하고 그들은 서민들에 대비될 정도의 대우밖에 받지 못했다. 지족선사는 황진이의 설화에 나올 뿐 우리나라의 어떤 승보론, 불교 법통사에도 그 이름이 나타나지 않는다. 그렇다면 그의 파계에 따른 사태 해석에는 재해석의 여지가 생기는 셈이다.

여기서 우리는 황진이가 서화담을 찾은 시기가 벽계수와 지족선사

를 거친 다음임을 주목해야 한다. 그 무렵에 이르러 황진이에게 노래
와 춤 등 외표적(外表的)인 생활에 회의가 고개를 쳐든 것이라고 볼 수
는 없을까. 두루 알려진 것처럼 불교는 철저하게 인간과 세계의 궁극
을 화두로 삼은 종교이다. 거기서는 세속적인 영예와 부귀가 모두 티
끌이나 먼지 같은 것이다. 풍류와 예술도 그 예외는 아니다. 한 차례의
창작 활동 다음 그것을 초극할 길이 없을까를 모색한 황진이가 그다음
자리에서 그런 회의를 품게 되었다면 우리 이야기가 어떻게 되는가.
풍류와 예술 이상의 경지를 지향한 황진이가 감각적 세계를 넘어 제일
원리(第一原理), 한마디로 그것은 심미적 차원에 그치는 예술 활동을 지
양, 극복하고자 했음을 뜻한다. 또한 그런 그가 무아(無我), 초공(超空)
의 문을 두드리고자 한 것은 형이상, 제일원리의 차원에 관심을 가진
것으로 해석이 가능할 것이다. 그런데 상당한 기대를 걸고 찾아간 지
족선사는 당시 황진이가 가진 정신적 갈증을 풀어낼 만한 존재가 아니
었다. 그는 오히려 비루한 짓거리로 황진이를 희롱하고자 했다. 이에
황진이가 그를 박찬 것이라고 보아야 한다.

　이제 우리는 황진이가 서화담을 찾은 까닭을 위의 보기와는 전혀 다
른 시각에서 찾아내어야 한다. 새삼 밝힐 것도 없이 서화담은 회재(晦
齋) 이언적(李彦迪)과 함께 조선왕조 중기에 쌍벽을 이룬 큰 선비였다.
두 사람 가운데 이언적은 한때 도의정치의 실현을 기하고 현실 정치에
관계했다. 이에 반해 서화담은 평생을 산림에 묻혀 경학의 깊은 이치
를 궁구하고자 했다. 그가 필생의 화두로 삼은 것이 무극이태극(無極而
太極)으로 시작하는 송학(宋學)의 제일원리 탐구였다. 『근사록(近思錄)』
의 허두에 집약되어 있는 바와 같이 송학은 사물과 우주, 삼라만상의
본질을 파악하기를 기한 본체론(本體論)으로 시작한다. 그 세계를 파헤

처 터득하기 위해 서화담은 유학의 기초 경전인 사서삼경(四書三經)까지를 부차적인 것으로 돌렸다. 그가 파고든 것은 격물치지(格物致知)를 통해 터득하기를 기한 인간과 세계의 근본 원리였다. 이것을 다른 말로 하면 철두철미한 형이상의 차원, 제일원리 지향이 될 것이다. 우리가 서화담의 모습을 위와 같이 파악하고 보면 황진이가 그를 찾은 까닭이 저절로 밝아진다. 황진이는 풍류와 예술의 막다른 골목에서 사상, 철학을 향한 정신적 비약을 꾀하지 않을 수가 없었다. 그런데 당시 그가 알고 있는 그 분야의 최고 권위가 서화담이었다. 그의 생각이 이에 미치자 황진이는 서화담의 문을 두드린 것이다.

이제 우리는 황진이의 본체론 터득이 과연 성공한 것인가를 살필 단계에 이르렀다. 그 재주로 보아 황진이가 『대학』과 『중용(中庸)』, 『근사록』 등으로 이어지는 유학의 경전을 읽고 익히고자 하지 못할 바는 아니었을 것이다. 그러나 글을 말이나 문자로 읽는 것과 그 참뜻을 파악해내는 일은 동일한 차원의 것이 아니다. 거듭 확인한 바와 같이 예술 이상의 세계를 지향하고자 했을 때 황진이에게 요구된 것이 제일원리의 차원을 터득하는 일이었다. 그것은 성리학의 본질을 파악하는 일이었고, 주기론(主氣論), 주리론(主理論)의 경지를 넘보며 터득해야 할 경지였다. 아마도 말년에 이르기까지 황진이는 그런 경지에 이르기에는 성공하지 못했던 것 같다. 우리가 거듭 확인한 대로 그의 남다른 재주는 노래와 춤, 언어예술을 통해 발휘되었다. 끝내는 사변적이기보다 감각적인 체질의 소유자로 생각되는 황진이가 그런 경지를 벗어나 이기철학(理氣哲學)의 높은 경지를 터득해내는 일은 쉽지 않았을 것이다.

끝으로 지금 우리는 도도한 상업지상주의의 시대를 살아가고 있는 중이다. 상업주의를 지배하는 기본 교의는 수요, 공급의 지수에 밀착

되어 있다. 수요, 공급의 지수를 결정하는 것을 우리는 시장성이라고 말한다. 시장성의 양과 질을 결정하는 것은 불특정 다수 대중이다. 그런데 우리 시대의 다수 대중이 요구하는 바는 격조가 있는 정신문화의 형성, 전개가 아니다. 그들에게는 그런 차원의 문화보다 현란한 빛깔로 집약되는 육감적 세계의 파장이 더욱 매력적이다. 그 연장 형태로 우리 주변의 예술과 문화도 강하게 탈정신, 자극 계열이 강한 성향의 작품들을 선호한다. 그러나 키에르케고르가 말한 바와 같이 쾌락의 윤작(輪作)은 우리를 타락시켜 죽음에 이르는 병을 갖게 한다. 언제나 우리에게 약이 되는 문화는 냉철한 이성의 개발과 함께 이루어지는 세계 인식의 자리에서 피어난다. 그 가운데도 유무상생(有無相生), 인간과 우주, 삼라만상을 아우르는 철리를 탐구하는 일은 우리가 어느 때 어느 자리에도 포기할 수 없는 우리 모두의 존재 방식이다. 방송극 〈황진이〉를 본 다음 나는 생각했다. 다시 이런 유형의 작품이 기획, 제작될 때는 감각적 차원에 그치는 예술이 아니라 그 지양 극복 형태인 형이상의 경지에 이른 창작극이 될 수는 없는 것인가. 화제가 우리 시대의 문화예술에 기울면 문외한에 지나지 않는 내 생각은 가지에 가지를 치고 잎새를 달아 그칠 줄 모른다.

해묵은 부대, 새로운 포도주
: 난사(蘭社)와 나의 한시 수련

1. 한시의 물줄기, 또는 전통의 맥락

내가 평생을 전공해온 것은 한국 현대문학이다. 그 가운데도 나는 현대시를 전공으로 택해서 그 역사를 쓰고 개별 시인들에 관한 담론의 자리도 가졌다. 한국 현대문학을 전공하기로 한 초입에서 나는 내 전공이 한문(漢文)이나 한시(漢詩)와 별 관계가 없는 줄 알았다. 그런 지레 짐작으로 나는 서구의 근대 문예이론을 익히려 했고, 개화기나 일제시대의 자료들을 읽고, 분석하는 일에 주력했다. 그러나 한 차례 공부를 진행시키는 가운데 나는 그런 내 생각에 한계를 느꼈다. 현대문학이라고 하나 내가 다루어야 할 것은 모두가 서구나 일본의 것이 아닌 한국 문학 작품이었다. 그 기능적 이해를 위해서는 창조적 면과 함께 우리 문학 속에 흐르는 전통을 익힐 필요가 있었다.

우리 문학사는 적어도 2천여 년 이상의 전통을 가진 거대한 실체였다. 그런 한국문학의 전통 가운데 가장 힘 있는 갈래 가운데 하나가 한자를 표현 매체로 한 한시였다. 내가 이런 생각을 막연한 상태가 아니라 명확한 테두리로 인식하기 시작한 것이 40대를 넘기고 50대가 중반기에 접어들었을 때부터다. 일단 이런 생각을 갖게 되자 나는 구체적으로 한시를 익힐 방법을 찾지 않을 수 없었다. 얼마간의 방황과 모색기가 있었다. 그런 다음 나는 한시 창작을 위한 동호인 모임에 참여하게 되었다. 이때부터 나는 그 이전까지의 자습 상태에 그친 한시 수련을 지양·극복했다. 주로 암송과 해석에 그친 한시 학습이 창작 활동 병행 형태로 바뀌었고 그와 아울러 작품 자체에 대한 분석·검토를 겸한 합평회(合評會)에도 참여했다. 이때부터 나는 동북아시아의 고전시가 양식이면서, 세계 문학사의 큰 물줄기를 이룬 한시의 진면목을 살피는 길에 접어들었다. 그를 통해서 서구 편향주의의 부작용을 어느 정도 극복할 수가 있었다. 우리 현대시의 참모습과 위상을 파악하는 일에도 새로운 시각을 얻어낼 수 있었고 아울러 내 담론의 근시안적인 체질도 어느 정도 극복할 힘이 생겼다.

2. 난사의 발족 전후와 동인 구성

내가 지각해서 참여하게 된 한시 모임의 이름은 난사(蘭社)다. 이 모임의 이름에서 난(蘭)은 금란지계(金蘭之契)를 뜻한다. 금란지계는 선비가 사람을 사귀되 그 사이가 유달리 굳으며 또한 품격이 있어 난초와 같이 향기도 풍기게 됨을 가리킨다. 그 출전은 유준(劉埈)의 「광절교론(廣絶交論)」이다. 그 한 구절이 "파비지영, 금란지교(把臂之英, 金蘭之交)"로 되어 있는데 그에 곁들인 주석으로 "제왈, 금란유교통, 기견여금, 기방여란(濟曰, 金蘭喩交通, 其堅如金, 其芳如蘭)"으로 되어 있다. 이것을 풀이해보면 '금(金)'과 '난(蘭)'은 사람이 사귀는 길의 비유로 쓰인 것이다. 선비의 올바른 사귐이란 "그 굳기가 금석(金石)과 같은 것이며 그 향기롭기가 난초의 그윽한 향기와 같은 것이다"로 된다. 이로 미루어 난사의 발족 당시 정신적 지향이 어디에 있었는가가 각명하게 드러난다. 한마디로 난사는 한시를 짓고 평가하는 가운데 기품을 가지면서 매우 도타운 친교를 기한 문우들 모임으로 시작되었다.

난사를 이루는 데 매우 중요한 기틀을 만들어낸 것이 이제는 고인이 된 지헌(芝軒) 김호길(金浩吉) 군이다. 그것은 1983년 10월 1일의 일이었다. 당시 김호길은 오래 머문 해외 생활을 접고 귀국하여 럭키금성에서 설립하기로 한 진주공과대학 발족 준비 작업에 여념이 없었다. 그의 임시 거처가 압구정동 쪽의 현대아파트에 있었다. 마침 가을철에 평소 염두에 둔 선비의 고장을 몇몇 동호인들과 함께 돌아보았으면 하는 생각을 그가 했다. 그런 생각을 하게 되자 김호길은 곧 이웃 아파트에 사는 나를 전화로 불러냈다. 그러고는 선언을 하듯 이렇게 연휴가 되는 좋은 때에 집에서 무위도식을 할 것이 아니라 영남과 충청도 쪽의 유학 성지를 찾아보아야 할 것이라고 통고했다. 그 자리에서 그는 또한 현주(玄洲) 김동한(金東漢), 벽사(碧史) 이우성(李佑成), 소천(少泉) 조순(趙淳), 모하(慕何) 이헌조(李憲祖)에게도(연령순, 경칭 생략) 차례로 연락을 취했다. 마침 이분들은 모두가 연휴 기간 동안 다른 약속이 없었다. 그리하여 일행 여섯 명이 1983년 10월 첫 주의 주말 아침 일찍 두 대의 자가용에 분승하고 영남 쪽을 향해서 유학 관계 연고지의 답사 여행을 떠났다.

일행 여섯 명이 압구정동 현대아파트 앞에서 출발하여 잡은 노정은 충주를 거쳐 새재를 넘는 길이었다. 당시 새재는 아직 수안보와 문경 사이의 터널이 뚫리기 전이었다. 이화령 입구에서 일행은 차에서 내려 구도로를 택해서 도보로 새재를 넘었다. 일행이 된 우리 여섯은 새재를 북쪽에서 넘어 제3관문, 제2관문을 거쳐 영남 쪽의 제1관문인 주흘관(主屹關)에 이르렀다. 지금은 역사물 연극의 무대로 이용되는 옛날 제1관문과 그 옆자리에 있는 역원 앞에서 기념 촬영을 하고 김동한 선생의 문화 유적에 대한 자세한 이야기도 들었다.

그날 우리 일행이 첫날 목적지인 지례마을에 도착한 것은 그날 저녁 무렵이었다. 일행이 갈 것이라는 연락은 그 며칠 전에 지헌 김호길이 이미 해두고 있었다. 지헌 본인을 포함한 여섯 명이 도착하자 지헌 댁에는 이미 답사반을 맞이할 준비를 두루 갖추어놓고 있었다. 지헌의 어른인 운전(雲田) 김용대(金龍大) 옹은 손아래 사람들로 구성된 일행을 맞이하여 익숙한 태도로 술상을 내어오고 이어 저녁도 마련해주셨다. 그 자리에서 자연스럽게 한시 이야기가 나왔다. 나중에 알려진 것이지만 이때의 한시 창작 이야기는 그 처음 발설자가 모하 이헌조였다. 그는 당시 럭키금성의 본부 기조실장이었는데 그가 관장한 사무 가운데 하나가 진주에 세우기로 한 공과대학 설립이었다. 그가 쓰는 방도 지헌 김호길과 이웃해 있었다. 그런 관계로 자주 두 사람 사이에는 유학 관계 이야기와 함께 한문과 한시에 관한 화제가 오고 갔다 한다. 그 사이사이에 마음 맞는 사람들끼리 한시 짓기의 동호인 모임을 가졌으면 하는 말들도 섞여든 모양이다.

지례의 지헌 댁 사랑채에서 저녁을 먹은 다음 그에 이어 다과가 나왔다. 그 자리에서 한시 이야기가 나오자 평소 지헌이나 모하와 내왕이 잦은 소천 조순 선생이 이왕 이렇게 모였으니 벽사 이우성 선생을 좌장으로 하고 정식으로 한시를 짓는 모임을 갖도록 하자고 발의를 했다. 그에 대해서 일행이 기다렸다는 듯이 찬동했다. 이렇게 난사는 영남과 충청권 선비 고장 순례의 부산물로 생긴 것이다.

한편 이때 일행은 수몰지구가 된 예안과 도산 쪽을 들르고 군자리와 분천(汾川), 도산서원도 돌아보았다. 이어 소수서원을 거쳐 단양을 답사했다. 처음 계획대로 우역동(禹易東)과 농암(聾巖) 이현보(李賢輔), 퇴계(退溪)와 안향의 유적지를 두루 본 셈이다. 이때에 한시 모임 난사의 첫 회 일자가 결정되고 작품 쓰기에 필요한 운자도 정해졌다.

난사의 첫 회 모임은 1983년 10월 27일 소천 조순 선생 댁에서 열렸다. 처음 난사는 동인들 집을 차례로 돌면서 시회를 개최하도록 했다. 그 첫 모임을 소천 조순 선생이 자진해 맡기로 했던 것이다. 이 자리에서 비로소 우리 모임의 이름이 '난사(蘭社)'로 결정되었다. 또한 조금씩 다른 것으로 되어 있었던 동인들 호가 벽사 이우성 선생의 의견에 따라 정리·확정되었다. 구체적으로 나는 난사 전에 자작으로 운남(雲南)이란 호를 두어 번 썼고 김호길은 지파(芝坡)라고 했다. 그것이 벽사에 의해 향천(向川), 지헌(芝軒)으로 바뀌게 된 것이다. 또한 이헌조는 모하(慕何)와 함께 그가 태어난 신산(新山)을 별호로 생각하고 있었는데 역시 벽사 선생이 모하(慕何)가 더 좋겠다고 하여 그렇게 되었다.

막상 난사가 시작되었어도 동인들의 한시 짓는 솜씨는 대개 걸음마 단계를 면치 못한 상태였다. 그것을 성가시다고 생각하지도 않은 채 1 : 1의 상태에서 지도해간 것이 벽사 이우성 선생이다. 그는 모하가 골라본 운자 시(時), 지(遲), 지(知)로 동인들에 칠언절구를 짓게 했다. 그의 지도에 따라 첫 회에 동인들은 각자 몇 수씩의 처녀작들을 지어냈다. 지금 『난사시집(蘭社詩集)』을 보면 이때 김동한 선생은 「남유, 유조령 심방지례(南遊, 踰鳥嶺 尋訪芝禮)」, 「조령(鳥嶺)」, 「지례(芝禮)」, 「오천신기(烏川新基)」, 「단양선유(丹陽船遊)」, 「축지파군진주행(祝芝坡君晉州

行)」 등 여섯 편의 작품을 만들어내었다. 벽사가 「안동귀로(安東歸路)」 이하 일곱 편, 소천(少泉)이 「지례유감(芝澧有感)」 한 편, 모하(慕何)가 「하조령(下鳥嶺)」 등 세 편, 향천(向川)이 「방문향지례유감(訪文鄉芝澧有 感)」 등 두 편, 지파(芝坡)가 「도연유감(陶淵有感)」 등 두 편이다. 난사가 시작되기 직전까지 김호길이나 나 자신은 한시 창작의 경험이 전혀 없 었다. 벽사장을 제외한 다른 동인들도 한시 작성에 필수 요건이 되는 평측(平仄)이나 기타 격식 맞추기에 생소하기는 차이가 없었다. 그럼에 도 우리는 운자를 받고 한 주 기간의 여유를 가진 상태에서 위와 같은 시편을 만들어내었다. 이것은 당시 난사 동인들의 한시 창작에 대한 열의를 단적으로 드러내는 일이다. 참고로 난사 첫 회에 내어놓은 조 순 선생과 이헌조, 김호길 형 등의 작품은 다음과 같다(의역 필자).

> 아홉굽이 맑은 강물에 사시사철 흐르는 곳
> 한 마을 그윽한 정 해거름도 느긋하다
> 옛 마을 끼친 예속 천 년을 거쳤음에
> 높은 선비 예 있음을 만인이 모두 안다

> 九曲淸流無四時　一村幽情暮光遲
> 古里遺風千歲史　高材今日萬人知

— 趙淳, 「芝澧有感」

> 늙어 있는 홰나무는 노승처럼 옛말 하고
> 석양에 갈맥 황새 제 깃을 알고 찾네
> 지초는 신령하여 한 해에 세 번 피니
> 바람결에 이는 향기 만고를 일러낸다

老檜如僧語昔時　夕陽鷗鷺返巢遲
靈芝此地年三秀　風動香傳萬古知

— 李憲祖,「芝澧有感」

와룡산 자락 아래 석양이 젖어들 제
천 리 길 뚫아 온 벗 느지막이 닿았구나
수레를 멎게 하고 물보라 치는 폭포 보니
하늘 땅 열린 이치 물어서 무엇하랴

臥龍山下夕陽時　千里高朋到得遲
停車路上飛仙瀑　地闢天開問孰知

— 金浩吉,「陶淵有感」

3. 난사 발족 직후의 일들

난사가 시작하고 나서 얼마 동안 우리는 격월로 모임을 가졌다. 만 1년이 된 1984년 10월 24일은 그 6회째였다. 이때부터 난사는 절구 짓기를 지양하여 칠언율시도 병행해서 짓도록 약속했다. 다음 11회부터는 창작 양식 목록이 또 하나 추가되었다. 오언절구를 시험하도록 한 것이다. 당시 나는 시작한 지 얼마 안 된 칠언절구에도 익숙하지 못했다. 그 무렵에 나는 월간지에 연재 중인 『한국 근대시사』 제2부의 원고 쓰기를 강의와 병행 상태에서 진행 중이었다. 뿐만 아니라 당시 새롭게 맡게 된 한국 현대시론의 교재로 쓸 원고도 만들어야 했으므로 전혀 곁눈질을 할 입장이 아니었다. 그 무렵 학원 내에는 군부독재에 반대하는 학생들의 시위가 격화 일로로 치달리고 있었다. 당연히 그쪽에도 신경을 써야 하는 것이 내 입장이었다. 내 일상은 문자 그대로 눈코 뜰 겨를이 없었다. 그런 틈바구니에도 나는 난사에는 성실하게 참석했다. 다음은 이 무렵에 내가 쓴 것으로 초기의 작품 수준을 잘 보여주는 것들이다.

> 신나무 붉은 나루 비 그친 새벽
> 설핏 본 강기슭에 새들이 난다.
> 해 뜨자 솟는 것은 보랏빛 연기
> 두어 집 마을에는 인적이 없다.

> 楓津霽色曉　　忽見江邊鳥
> 日出淡煙生　　疎村人跡少

　　　　　　　　　　　　　—「강마을의 새벽(江村曉景)」

> 나랏말씀 받들어 왜땅 간 그 님
> 한 몸 던져 도적굴에 뛰어들었다
> 헤아림은 슬기로워 왕자 구하고
> 임금님 근심 걱정 씻어드렸네
> 날개 없어 살아서는 못 돌아온 분
> 죽어서 그 충성이 길이 전한다
> 백두산 밑 우리 겨레 모두 목메어
> 그 뜻과 그 넋을 길이 받든다

> 奉吾赴狄歃州師　　不顧安危陷敵期
> 設策奏功歸玉葉　　補天一役斷微疑
> 生無飛翼可飛師　　死作精魂歸有期
> 白下蒼民皆泣伏　　焭焭至節孰爲疑

　　　　　　—「박제상의 충절을 기리는 두 마디(頌朴堤上忠節 二首)」

난사는 그 다음 해 동인들 일행이 진주, 서부 영남 답사 기회를 가졌다. 벽사와 현주를 필두로 한 일행이 남명의 유적지인 덕산서원, 문익점(文益漸)과 박연암(朴燕巖)의 연고지인 안의와 함양, 허성재(許性齋), 곽면우(郭俛宇)의 고장 등을 들러본 것이 이때다. 당시 지헌은 진주에서 연암공전의 학장으로 있었다. 1985년 5월 난사 동인 일행은 그의 사택에서 일박했다. 그러고는 위에 적은 바와 같은 여러 선인들의 유적지를 돌아본 것이다.

난사는 2주년이 되면서 경주(慶洲) 유혁인(柳赫仁)을 새 동인으로 맞이해 들였다. 그는 본디 김호길이나 나와는 죽마고우였고 위로 이우성, 김동한 선생과도 세교가 있는 집안 출신이다.

4. 지헌 아버님의 회혼례식장

난사가 발족하고 한 해가 지나자 지헌의 어른인 김용대 옹의 회혼례가 있었다. 회혼례란 부부가 인연을 맺고 나서 60주년이 된 것을 기념하는 잔치다. 이런 잔치에는 행사의 일환으로 축시가 낭송되는 것이 통례였다. 영남 유가의 출신이므로 김용대 옹의 회혼례에는 한시로 된 송축시를 몇 사람이 짓기로 된 것 같다. 그러나 우리말로 된 것은 마련이 없었다. 여기에 생각이 미치자 지헌은 느닷없이 나를 보고 송축시를 만들어 오라고 했다. 알 만한 사람은 모두 아는 바와 같이 나는 한국현대시를 연구하는 사람이지 창작을 하는 사람이 아니었다. 처음에 나는 그런 사실을 말하면서 완곡하게 거절을 했다. 그러나 김호길이라는 사람은 그런 경우 한 번 내어놓은 주장을 거두어들일 줄 모르는 성격의 소유자다. 며칠 기간을 남긴 채 나에게 막무가내로 당일 한글로 된

축시를 네가 지어 와야 된다고 윽박질렀다. 이에 억지춘향 격으로 나는 그의 부모님 내외분 회혼례에 읽을 작품을 만들지 않을 수 없었다. 다음은 내가 지헌의 강요(?)에 의해 쓴 것으로 당일 축하연 자리에서 등에 식은땀이 배는 것을 느끼며 읽은 축시다.

옥빛 꼭두서니 학춤을 추랴

얼사절사 어절사 얼사 저절사
절사절사 저절사 얼사 저절사

아, 이 희한하게 신나는 잔치 마당에
우리는 얼사절사 춤이나 추랴
골라잡아 한마당 춤이나 추랴

그날 푸른 하늘을 나는 구름 되어
죽령(竹嶺) 고개 단숨에 넘어 초행길 가신 분
사방 삼십리(三十里) 하마(下馬)의 땅을
꽃가마 타시고 새댁으로 오신 분
오늘 회혼(回婚)의 큰 상 받으시니
철철 잔 넘치게 동배주 드시니
얼사절사 우리는 춤이나 추랴
옥빛 꼭두서니 학춤을 추랴

돌이키면 수많은 나날 발걸음마다
쌓이셨을 사연
해묵은 잣나무처럼 높은 가통(家統) 이으셔
단양한 햇살로 집안 가꾸어

어지러운 세월
가파른 역사의 마디마디를
외곬으로 외곬으로 사람의 길 닦으며
살아오신 분들

아, 가멸다. 이웃들 넘본 바 없으시고
어려워도 비루한 말은 입에 담지 못하신 분들

도타운 뜻 넉넉한 헤아림은
노상 마을과 마을, 고을을 샘물 되어 푸른 가람처럼 적셔내려

이웃과 먼 고장까지 흐르는 인정의 강 이루게 하시고
일가친척 지나가는 길손에게까지
그 은정 핫옷이 되시고
따뜻한 아랫목 구실도 하신 분들

참된 공덕은 갈무리려도 하늘이
밝혀내신다 하니
차라리 오늘 우리는 말을 삼가며
얼사절사 한바탕 춤이나 추랴
공작(孔雀)춤 남만(南蠻)의 부채춤 추랴

얼사절사 저절사 두리둥둥
여기 이 희한한 잔치, 아드님 따님,
다시 그 아드님 따님, 따님 아드님,
모두 손 맞잡고
그날의 원앙을 뫼셨으니
하나가 하나처럼 기쁨과 보람에 흥겨웠으니

오늘 이 광경은
숲일진대 청청한 하늘을 향한
왕대나무 숲 아니랴
꽃밭일진대 찬연한 빛깔로 해를 쏘는 황금색(黃金色)
해바라기, 해바라기 빛깔의 밭이 아니랴

절사절사 저절사 얼사 저절사
이 눈부신 채색(彩色)과 경관(景觀) 앞에서
오늘 우리는 꽃등이나 달고
둥둥 두둥둥 설장고 울리며
착한 삶은 이렇다고 춤이나 추랴
어진 생은 성한다고 손벽을 치랴

중모리 자진모리 골라잡아서
옥빛 꼭두서니 학춤을 추랴

　　그날 내가 읽은 이 시에는 얼마간의 배경설화 같은 것이 담겨 있었
다. 김호길의 안어른은 경주 양동의 여강 이씨 출신이다. 막상 결혼식
날짜를 받아보니 어머님이 본집인 양동에서 혼례를 치르는 것이 좋지
않다는 괘가 나왔다. 그래서 마침 서울에 별서가 마련된 것을 이용하
여 김호길의 안어른과 가족이 그쪽으로 옮겨 앉았다. 옛날 풍속에 따
라 아버님이 안동 땅에서 그리로 장가를 드신 것이다. 축시의 셋째 연
둘째 줄에 "죽령(竹嶺) 고개 단숨에 넘어"라고 한 것은 그런 사실에 근
거한 것이다.

5. 동인들의 작품 활동

1986년 10월 난사는 만 3주년을 맞이했다. 이 17회의 난사 모임을 지헌이 새로 부임한 포항공대 학장 사택에서 열었다. 이때 지헌은 개교 준비를 진행 중인 포항공대 이곳저곳을 동인들에게 견학시키고 또한 공관에서 푸짐한 대접을 했다. 이 모임에서 그가 피력한 것이 「아주체육대회(亞洲體育大會)」, 「재방상항(再訪桑港)」 등 두 수의 절구다. 그 가운데 후자는 다음과 같다.

> 상항(桑港) 금문교에 저녁해가 붉은데
> 돛단배 기운차게 맑은 바람 맞받았다
> 지난해 여기 와서 꽃 피는 것 보았는데
> 이 가을에 다시 오니 잎들이 떨어지네

> 桑港金門夕日紅　帆船簇簇溯淸風
> 昔年曾到花開處　今歲重來葉落中

난사가 18회에 이르자 동인들 집을 순배하면서 모임을 가지는 것을 지양하게 되었다. 이때부터 차례가 된 동인이 당번으로 음식점을 선정해서 시회를 열게 된 것이다. 18회는 경주(經洲)의 차례였고 우리가 모임을 가진 장소는 청담동 소재의 목향(木香)이었다. 그다음으로부터 두어군데 장소가 옮겨진 다음 곧 조계사 뒤에 있는 유정옥(有情屋)으로 장소가 고정되었다. 1987년 6월달에 난사는 새로운 동인으로 행파(杏坡) 이용태(李龍兌)를 맞이해 들였다. 그는 서울대학교 문리과대학 물리학과 출신으로 지헌이나 경주와는 중학교 동창이었다. 재령 이씨 북부 영남의 대종가 종손으로 출입도 퇴계 종가 쪽이었다. 어려서 조부를 모시고 한문을 배운 실력이 있어 지각해서 난사에 참가했음에도 시작 솜씨가 아주 생소하지 않았다.

한편 이용태의 참가 직후에 석하(石霞) 김종길(金宗吉) 선생도 난사의 일원이 되었다. 그는 김호길과 같은 마을의 이웃집 출신이었고 가학으로 어려서부터 어깨너머로 어른들의 한시 짓기를 보면서 자랐다. 영문학이 전공인 그였지만 평소 한시에 대해서도 상당한 조예를 가지고 있었다. 또한 그는 현대시를 써온 시인이어서 시 자체에 대한 감각이 남달랐다. 그의 참여로 난사의 시에 대한 인식의 차원이 한 단계 높아졌다. 칠언절구로 그의 작품 가운데 하나를 고르면 다음과 같은 것이 있다.

> 느린 발길 잎 진 숲 속 해그림자 긴데
> 가지 끝 단풍잎은 반나마 시들었네
> 이 한 해 가을도 이제는 저무는가
> 성긴 머리 거친 살결, 이리도 늙었구나

> 散策疎影日影遲　枝頭紅葉半成虧
> 今年又此秋光暮　短髮衰膚竟若斯

> 어머님 모시는 밤, 때는 이리 더디 가고
> 하늘 가득 내린 서리, 달은 이운 기망이라
> 말로만 들은 당신 모습은 모릅니다
> 두 돌 때 남은 아들 그만 목이 메입니다

> 慈主諱辰更漏遲　滿天霜氣月初虧

但知有母非知母　再晬遺孤正恨斯

1992년 5월에 난사는 33회의 모임을 가졌다. 이때에 서울대학교 문리과대학 학장과 총장을 거친 녹촌(鹿村) 고병익(高柄翊) 선생이 난사의 동인으로 참가하게 되었다. 녹촌은 일본의 동경대학을 거쳐 서울대학교 문리과대학 사학과를 나왔다. 학부 때부터 전공이 동양사였고 특히 중국사가 전공이었다. 학력부터 그는 한문과 한학에 대한 조예를 자타가 공인하는 실력을 가지고 있었다. 뿐만 아니라 한시 창작에 임해서 매우 근면하고 성실한 자세로 임했다. 처음 그는 한자의 평측에 대해서 익숙하지 못했다. 얼마 동안 그는 그의 시에 쓴 글자 곁에 일일이 평측 표시를 해놓았다. 한문 자체에 대한 소양은 전공 관계로 단연 동인 가운데 발군의 실력이었다. 그 위에 평측 관계가 틀리지 않도록 노력을 기울인 것이다. 회를 거듭하면서 그의 작품의 양이 기하급수격으로 불어났고 질도 또한 그에 부수되어 향상되었다. 합평회 자리에서는 농담으로 이런 추세라면 녹촌이 동양사 연구에 끼친 공적보다는 한시 작가로서의 이름이 더 높아질 것이 아닌가 하는 이야기가 오고 갔다.

6. 지헌 김호길의 일들

1994년 초부터 김호길은 난사에 자주 결석을 했다. 그 무렵에 그는 포항공대에 부설로 만들기로 한 방사광 가속장치의 완성과 그 운영 경비를 조달하기 위해 적지 않게 마음의 부담을 느낀다고 했다. 뿐만 아니라 건강에도 문제가 생겨 기억력의 감퇴도 피부로 느낀 것 같다. 어떻든 이따금 서울에 나타나서는 평소의 그 의기에 다소 감퇴가 온 듯한 말들을 했다. 1994년 4월 26일에 난사는 49회의 합평회를 열었다. 그 자리에 지헌이 들고 나온 작품이 「요즘의 소회(近日所懷)」였다.

이대도록 나는 내 마음 추슬러왔는데
평소에는 화기 내고 늙어서는 시름 없길
늘그막에 내 마음의 맑고 밝지 못함이여
천 길 높은 바위 끝에 내가 선 듯 섬직하다

昔我多年心斂收　生平和氣老無愁
晚來未獲襟懷朗　千尺如臨岩壁頭

이 작품을 남기고 그 며칠 뒤인 4월 30일에 지헌이 급서해버렸다. 그날 포항공대에는 교내 체육대회가 열렸다. 그 자리에 지헌은 족구 경기에 참가했다. 공을 찬 다음 달리다가 옹벽에 머리를 부딪쳤다. 그 자리에서 그는 숨을 모아 절명해버렸다. 지헌의 전공은 물론 물리학이었다. 그러나 그는 기회가 생기기만 하면 유학의 진흥을 역설했고 그와 아울러 한문과 한학에도 적지 않은 관심을 가지고 있었다. 난사에 참여하면서 그가 한시 짓기에도 남다른 성력을 쏟은 것은 그런 그의 행동 철학에 근거한 것이었다. 83년 10월에 첫 작품을 낸 후 그가 남긴 한시 작품은 모두 30여 수다. 그 가운데 수작(秀作)으로 꼽힐 만한 것으로는 「아들 정호와 함께 고향을 방문하고 느낌이 있기에(與家男定鎬訪故鄕有感)」가 있다.

시메 산골 깊은 산중 노루가 뛰노는데

영지산 아흔 굽이 물이 감도네
솔바람 거문고 가락 내 고장에 가득하고
높은 절개 고사리 노래 언덕 위에 들린다
천년의 우리 고장 창상의 변이 있어
부자는 할 말 잃고 모래톱을 바라는데
조상이 끼치신 덕 어느 곳에 이어갈까
서산으로 지는 해에 나그네는 수심겹다

嚴壑幽深麋鹿遊　靈芝九曲水長流
松風琴韻盈村里　高節薇歌在岳丘
有變滄桑千古地　無言父子萬年洲
祖先遺業承何處　落照西山使客愁

　　내가 지헌 급서의 비보에 접하고 그의 빈소로 달려간 것은 그 다음
날 오전이었다. 집사람과 몇 번 가본 적이 있는 포항공대 건물을 바라
보면서 나는 몇 번인가 그의 급서 소식이 와전이기를 바랐다. 그러나
임시로 꾸민 빈소에서 그는 검은 띠를 두른 사진으로만 웃고 있었다.
그 자리에서 나는 그의 육신이라도 보기를 간청해보았다. 잠든 그를
흔들어서 내가 왔다고 말하면 유난히 잠이 많은 그가 여느 때처럼 몸
을 털고 일어나지 않을까 생각이 된 것이다. 그러나 나의 그런 희망은
아랑곳도 하지 않은 채 끝내 그는 돌아오지 않는 먼 나라로 가버렸다.
그의 관을 고향인 지례 뒷산에 묻고 돌아서면서 나는 몇 가지 일을 골
몰하게 생각했다. 우선 그를 위해서 내가 할 수 있는 일이 무엇인가. 기
념사업은 포철이나 포항공대에서 한다는 말들이었다. 그래 나는 그의
평생을 추모하는 문집을 평소 그를 아끼는 친구, 선배, 친지들의 글을
모아 발간키로 작정했다.

그러면서 내가 못내 망설인 것이 난사에 계속 나갈 것인가 말 것인가였다. 난사에 내가 참석한 근본 동기는 한시 공부였다. 그러나 그 계기를 만든 것은 지헌이었고 작고할 때까지 나는 지헌이 없는 난사를 생각한 적이 없었다. 그런 그가 얼마간이 아니라 영원히 난사를 등져버린 것이다. 그가 간 다음 한 달을 거르고 난사는 다시 계속되었다. 그 자리에 나는 차마 나갈 수가 없어서 참석하지 않았다. 그러다가 돌아간 사람을 위해 비탄에만 잠겨 있을 것이 아니라 우선 제대로 된 추모시라도 고인의 영전에 바쳐야겠다는 생각이 들었다. 그래서 그해 한여름부터는 다시 난사에 참석하기로 했다. 다음은 그동안 내가 쓴 일곱 편의 지헌 추모시 가운데 두 편이다.

밀물 소리 일어나자 물과 바다 갈라지고
깎아지른 묏부리엔 차운 구름 두어 송이
이때는 어느 땐가 꾀꼴 제비 돌아온 철
어이하여 세 해 가도 못 오는가 옛 친구야

潮水聲中海陸分　巖峰數點雍寒雲
佇看鶯燕同歸節　底事三春不見君

———「포항을 지나면 지헌을 생각하고(過迎日 憶芝軒)」

가을 호수 아득하여 하늘 땅 한가진데
서녘에 해 기울고 골짜기에 바람 인다
어디 갔나, 옛 친구야 물음을 던져봐도
하늘 땅, 참 이치가 가고 옴이 같다 하네

秋湖漠漠水天融　白日之西數壑風

爲問故人何處在　乾坤眞理死生同

—「무인해 가을 지헌의 무덤 앞에서 지례 마을을 바라보면서

(戊寅秋 芝軒墓前 望知禮村趾)」

앞의 것이 1996년 이른 봄에 쓴 것이다. 그때가 마침 문학의 해여서
한국문인협회가 주동이 되어 갖게 된 행사의 일환으로 시인, 작가들이
한일 간에 영토 시비가 끊이지 않는 독도를 찾기로 했다. 나도 그들 사
이에 끼어 1박 2일의 여정으로 바닷길에 나섰다. 그날 우리가 탄 배는
부산항에서 출발하여 점심 무렵에 포항 앞바다를 지났다. 날씨가 잔
뜩 흐리고 파도도 높은 날이었는데, 그래도 어느 지점에서 멀리 육지
가 보이고 그것이 영일만 어름이었다. 그래서 불현듯 나는 이런 뱃길
이 돌아간 지헌과 함께였더라면 이 길이 얼마나 재미있을까 하는 생각
을 했다. 그런 생각을 난사에서 지정된 운에 맞추어 만들어본 것이 이
작품이다.

그다음 것은 작년 가을에 만든 것이다. 이해는 지헌의 4주기가 되는
해였고 그 행사의 하나로 산소 앞에 묘비 제막식을 했다. 그때 생각을
88회 난사의 운으로 적은 것이 "蕭瑟平生舊夢存/聲聲杜宇恨黃昏/松
花滿壑君何處/只有單碑向岫雲"이다. 그런데 이 작품은 수사가 앞서고
고인을 그리는 정은 얼마 담지 못한 것 같아서 불만이었다. 그런 참에
안동시가 주최하는 국제 탈춤대회가 열렸고 거기에 지방 관광 활성화
를 주제로 한 학술 토론 요청이 왔다. 우리 일행에는 별도로 기념 강연
을 맡은 이어령(李御寧) 교수도 있었다. 그래 전후의 일을 생각해보다
가 이왕 숙소를 정할 것이면 안동 정취가 깊이 느껴지는 지례 창작촌
이 좋겠다는 생각을 가지게 되었다. 그래 하루 저녁을 우리 일행은 김

원길 시인이 경영하는 지례의 지산서당(芝山書堂) 창작촌에서 묵었다. 지헌의 무덤은 바로 지례 창작촌에서 얼마 안 되는 거리에 있다. 그날 나는 안동대학 한문학과 주승택(朱昇澤) 교수와 함께 지헌의 묘소에 올라가보았다. 마침 산과 호숫가에는 단풍이 물들어 있었고 거기서 바라보는 임하댐의 한 부분이 그림 같았다. 거기서 얻은 정서를 칠언에 담아본 것인데, 마지막 줄에 인생의 어떤 면이 이야기되지 않았나 생각되어 앞의 작품을 쓴 뒤의 불만을 어느 정도 해소할 수 있었다.

포항공대를 만들어나가기 위해 지헌은 문자 그대로 성력을 다했다. 포철에서 재정적 지원은 예정되어 있었으나 국제적 공과대학을 만들려는 그의 계획에 쐐기를 박으려는 움직임도 있었다. 포항 쪽에서는 일반에게 널리 문이 열린 종합대학을 요구하는 사람들도 있었다. 그런 여론들을 무릅쓰고 지헌이 고급 인재 양성을 기도하니까 지방 인사들 사이에는 지역사회에서 숙원 사업처럼 생각된 고등교육 기회를 차별하는 일이라고 반발도 생겼다. 또한 한국에서 대학이 지방을 기피하는 경향도 문제였다. 그 무렵에 같은 대학의 이름을 달고 있어도 학생과 부모, 교원들이 수원이나 인천보다는 서울 시내를 택하기 일쑤였다. 그런 상황 속에서 수도권이 아닌 포항에서 일류대학이 실현될까도 의문이었다. 이런 역기류를 무릅쓰고 지헌은 교사를 짓고 교수요목을 짰다. 또한 국제적 교수요원을 확보하기 위해 미주와 유럽 쪽을 두루 누비고 다녔다. 그 무렵 그의 생각을 담은 시에 다음과 같은 것이 있다.

큰 바다 얼음 들판 만리 길 넘나듦은
어진 이 초빙 중하고 내 몸은 가볍기에
타는 정성 뜨거운 불길, 강철도 녹여내리

학교 이름 떨칠 것을 서로 맹세하여보네

大海永原萬里行 招賢事重屈身輕
赤誠熱焰鎔鋼鐵 相約三韓振學名

    비단 포항공대만이 아니라 지헌은 그가 시도하는 일이라면 어떤 것이든 혼신의 힘을 기울여 그것을 수행해나가는 열정을 가졌던 사람이다. 그 위에 그는 남다른 우정으로 내 길잡이가 되어주고 때로는 동기와 다름없는 정을 베풀어주었다. 그런 그의 서거는 지금도 내 가슴에 메울 길이 없는 적막감을 불러일으키며 지나가는 바람 소리가 된다.

7. 소남 이종훈

    김호길이 가고 나자 그 자리가 오래 비어 있었다. 그러다가 우리는 그 빈자리를 메울 적임자로 소남(少南) 이종훈(李宗勳) 형을 맞이해 들이자는 데 의견의 일치를 보았다. 소남은 고향이 안동으로 그의 조부와 부친이 다 같이 한학자인 집안 출신이다. 그는 서울대학교 공과대학을 나와 한전에 입사했다. 마침 원자력 발전이 계획되자 그 일선에 나서 우리나라 원자력 발전소의 제1회 작품인 고리(古里) 원자력 발전소 건설본부장이 되었다. 이후 그는 한전의 사장을 역임하면서 원자력 발전소만 열세 개를 세워낸 실적 보유자가 되었다. 나는 처음 그를 난사 동인으로 이야기하면서 얼마간의 걱정도 했다. 가학으로 어깨 너머에서 한시 짓기를 보았다고 하지만 그의 전공은 전기공학이었다. 그런 그가 과연 한시 창작 모임인 난사에 참여하여 잘해나갈 수 있을까를 걱정한 것이다. 그러나 소남은 근면, 성실이 체질화가 된 사람이다. 얼마간의 견습 기간이 끝나자 그는 곧 창작 한시에도 능숙한 솜씨를 발휘하기 시작했다. 지금 그는 난사의 간사직을 맡고 있으며 자세한 주석을 붙인 한시집을 두 권이나 가지고 있다.

8. 경주 유혁인

1998년에는 지헌에 이어 경주(經洲) 유혁인(柳赫仁)이 이승을 떠났다. 그는 지헌과 같이 청소년기부터 내 친구였고 대학도 서울대학교 문리과대학을 전후해서 입학하여 다닌 사이였다. 그가 위독하다는 기별을 듣고 연세대 병원으로 달려간 것이 그에 앞서 약 보름 전이었다. 그때 경주는 이미 혼수상태여서 내가 그 곁에 가도 알아보지를 못했다. 병실 문을 닫고 돌아서면서 그래도 그의 건강이 회복되어 난사에서 다시 만나기를 바라고 빌었다. 그랬는데 서울 지방에 흰 것이 뿌리는 날 그의 작고 소식을 들었다. 평소 그와 가깝던 몇 사람의 친지들에게 연락을 한 다음 나는 그의 몸이 안치되어 있는 삼성병원으로 달려가면서 생각했다. 옛 어른들의 법식에 따르면 이런 경우에 내가 쓴 만사를 들고 가야 할 것 아닌가, 그러면서도 나는 그의 영정 앞에 흰 국화를 바쳤고 또 별실에 마련된 술자리에서 마실 줄 모르는 술도 몇 잔을 들이켰다. 그러고는 집에 돌아와서 얼마간을 뒤척인 다음 그를 추모하는 칠언절구 두 수를 만들었다.

옥처럼 맑던 모습 깁 같던 그대 마음
일찍이 뜻 이루어 이름도 드날렸지

밝은 별 문득 지고 등잔불 이우는 밤
느꺼워라 뫼와 가람 눈송이가 내린다네

美玉形姿質若紗　早登雲路振聲華
奎星忽晦殘燈夜　悽絶山川降六花

풍류 예속 이름난 집 대대로 글이었고
갈고 닦은 곧은 조행 재화도 아울렀지
봄바람 낙동강에 노닌 것은 언제였나
오늘은 한갓되이 흰 국화를 바친다네

詩禮名家連絳紗　淸修雅操并才華
春風洛水前年事　此日空呈白菊花

　　　　　―「경주 유혁인을 그리며(挽經洲柳赫仁)」

　난사는 관례에 따라 동인들의 길흉사가 있으면 시를 지어서 드리기
로 되어 있다. 그리고 이때에는 반드시 벽사 선생의 교열을 받도록 한
다. 그런 관례에 따라 이 시도 선생님에게 보여드렸다. 이때에 둘째 수
의 첫 줄과 셋째 줄이 고쳐졌다. 처음 나는 "시체명가(詩體名家)" 다음
에 무슨 사(紗)라고 하여볼까 하는 생각을 했다. 생각다 못해 '연홍사
(連紅紗)'라고 얼버무려서 냈는데 이때 '홍사(紅紗)'라는 말로 홍패를 받
은 집안, 글을 잘하는 집안 정도가 될 수 있을까 해서 그런 것이다. 그
것을 벽사 선생이 '강사(絳紗)'라고 고쳐주셨다. 또한 나는 경주의 별세
소식을 듣고 너무 기가 막혔다. 그런 심정을 낙동강에서 물놀이를 한
옛일에 기탁해서 "춘풍낙수동주제(春風洛水同舟弟)"라고 했다. 그래야
다음을 이은 "차일공정백국화(此日空呈白菊花)"와 문세가 어울릴 것 같

앞기 때문이다. 그런데 이 역시 첨삭 과정에서 '전년사(前年事)'가 되었다. 제대로 된 한시 작법에 따르면 절구에서는 전(轉) 부분이 가장 중요하다. 그런데 내 초고에는 그런 작법이 무시된 채 그것이 결(結) 부분에 수렴되어 있는 것이다.

9. 녹촌 고병익 선생

녹촌(鹿村) 고병익(高柄翊) 선생이 난사에 아주 지각한 상태로 참여한 사실은 이미 밝힌 바와 같다. 녹촌은 생년이 1924년으로 나보다 여덟 살이 위였다. 일제시대에 휘문중학을 거쳐 일본의 후쿠오카고등학교를 마치고 이어 도쿄대학 사학과에 들어갔다. 때는 태평양전쟁의 막바지에 이르러 있었다. 그런 상황으로 선생님은 학병에 나가야 했다. 8·15가 되자 새로 발족한 서울대학교에 편입학이 되어 사학과를 다녔다. 내가 학교를 다닐 때 선생님은 동국대학 전임으로 서울대 문리대에는 시간만을 맡고 있었다. 내 전공도 역사가 아니었으므로 학부 재학 때에는 끝내 가르침을 받을 기회를 얻지 못했다.

내가 선생님을 가까이에서 모시고 제대로 이야기를 들을 기회를 가지게 된 것은 1960년대 후반기부터다. 그 무렵 나는 새로 발족한 서울대학교 교양과정부에 나가고 있었다. 당시 교양과정부는 공릉동에 있는 공과대학 구내에 있어서 시내에서 가려면 학교 버스를 이용할 수밖에 없었다. 어느 날 내가 버스에 올라탔으나 그날따라 이용자가 많아 거의 빈자리가 남아 있지 않았다. 부득이 서서 갈 자세를 취한 나에게 손짓을 하는 분이 있었다. 그분이 바로 고병익 선생님이었다. 나는 고맙습니다라고 인사를 한 다음 이건호(李建鎬) 군을 자주 만나느냐고 물었다. 참고로 밝히면 이건호 군은 내 초등학교의 동창으로 고병익 선생에게 손아래 동서가 되는 사람이었다. 그러자 평소 아주 말수가 적을 것이라고 짐작해온 선생님의 자상한 이야기가 시작되었다. 선생님의 고향 이야기, 내가 자란 마을에 대한 두어 가지 물음, 그리고 일제 말기에 학병을 가기까지의 사실들이 그 내용이었다. 그때 받은 내 인상이 식민지 체제를 산 우리 선배 가운데도 이렇게 여유를 가지고 세상을 사는 분이 있구나 하는 생각이었다.

그 후 나는 선생님을 문리대 학장실로 찾아뵈온 적이 있고 총장이 되셨을 때도 이건호 군과 함께 인사를 갔다. 어느 땐가는 대학신문의 기획 좌담회에 참석하여 우리 근대화 과정을 주제로 한 좌담의 자리도 가져보았다. 선생님이 난사에 참여했을 때까지 나는 미처 한시 짓기의 초심자 수준에 머문 채로 있었다. 그때마다 지어 가는 작품이 칠언절구나 오언절구, 한 두 수가 고작이었다. 그런데 선생님은 늦게 참가했음에도 모임이 있을 때마다 대여섯 수씩 작품을 만들어 왔다. 얼마간의 기간이 지나자 그 질적 수준 역시 눈에 띄게 높아졌다. 다음은 『난사 시집』에 수록된 선생님의 작품들이다.

> 노고지리 높이 솟아 그 소리만 남아 있다
> 소나무 숲 시내 골짝 한낮에도 어득하네
> 개나리 철쭉꽃은 산과 들을 덮었는데
> 누구라 내 나라가 구름에 덮였다나

> 雲雀遠飛聲尙存　松林溪谷晝猶昏
> 連翹躑躅遍山野　誰嘆吾邦惟闇雲

> ──「봄소풍(春遊)」

녹문이란 그 이름이 왜 붙은지 몰라 해도
좋은 이름 좋은 말씀 우리 마을 더불었네
맹호연이 숨어 산 곳 달빛 젖은 내가 있고
미불(米芾)이 제멋 겨워 먹 얼룩에 흥이 난 곳
소리치는 맑은 시내 질펀하게 들 적시고
삼삼히 솟은 나무 바람 막아 따뜻했지
상산(商山)의 네 신선들 의좋게 노니었고
녹리 선생 숨어 사니 넋은 넉넉 편안했다

末識何由稱鹿門　嘉名嘉話屬吾村
孟仙隱映月烟處　米子喜歡衣墨痕
虢虢淸流霑野洽　森森老樹捍風盜
商山四皓又相近　甪里幽棲應安魂

—「녹문리(鹿門里)」

선생님의 이 작품에는 여러 개의 주석이 붙어 있다. 그에 따르면 맹선(孟仙)은 맹호연을 가리키며, 또한 미자(米子)는 송나라 때의 명필이며 화가이기도 하다. 그의 자는 원장(元章), 호를 해악외사(海嶽外史), 또는 녹문거사(鹿門居士)라고 했다. 고병익 선생의 주에 의하면 녹리(甪里)는 선생에게 증조부가 되는 고성겸(高聖謙) 선생의 호였다.

2003년경부터 선생님은 건강에 이상이 생겼다. 혈소판에 고장이 생겨 투석으로 피를 거르지 않으면 안 되었다. 그 기간이 자꾸 짧아지더니 거의 매주 병원 신세를 질 정도가 되었다. 그럼에도 학술원의 연구 보고서를 불편한 몸으로 완성시켰다. 그때 있었던 연구 논문 발표장의 정경을 나는 아직도 잊지 못한다. 선생님은 이미 완성된 원고를 단상에 올라가서 읽을 기력이 없었다. 그것을 제자인 서울대학교의 김용덕

(金容德) 교수가 대독을 했다. 그 자리에 선생님은 흰 마스크를 쓰고 와서 발표가 끝날 때까지 앉아 있었다. 그런 모습은 우리 시대 연구자의 한 귀감이 될 수 있을 것이다.

서거 직전 선생님이 난사에서 보여준 모습 역시 우리 주변의 화제가 될 만한 것이다. 당시 선생님은 이미 건강이 크게 악화되어 난사에 참석할 수 없게 되었다. 그달이 바로 선생님이 모임을 주최해야 할 차례였다. 우리는 선생님의 건강을 생각해서 식사에 드는 비용을 다음 차례로 옮겨 처리하기로 했다. 이헌조 형이 그런 뜻을 선생님에서 알려드리고 양해를 구하려 하자 선생님의 단호한 음성이 들려왔다. 무엇때문에 전례를 어기고 그런 편법을 쓰느냐는 말씀이었다. 이것은 평소남에게 폐를 끼치거나 신세를 지는 일을 극력 삼가면서 사신 선생님의 행동 철학을 단적으로 드러내는 일이었다. 선생님의 부고를 듣고 나는 짧았으나 참 가슴이 따뜻해오던 선생님의 말씀들이 생각나서 허전하기 그지없었다. 명색이 만사라고 쓴 것이 다음과 같은 절구 세 수다.

1.
뒤따르기 몇 해였나 꿈결인 양 지난 세월
불시의 타계 소식 이 무슨 변괍니까?
상도노래 한 자락에 천대는 아득하고
갈라진 이승저승 통한이 넘칩니다

承海長年若夢過　山頹不日訃音何
薤歌一曲泉坮遠　忽隔幽明痛恨多

2.
일깨우고 갈고 닦아 공경으로 사시었고

빼어난 말과 글들 보람에 넘치셨다
모시고 노닌 난사(蘭社) 차마 어이 잊을 줄이
역력한 모습일래 그리움이 더합니다

敎學生平持敬過　不群論著意如何
從遊蘭社那能忘　歷歷遺眞感慨多

3.
학을 타고 구름 속을 가뭇없이 떠나시니
불러 백천 번에 돌아올 줄 모르시네
허위허위 명정 가는 산길은 쓸쓸한데
바라보는 서녘 하늘 노을만이 불탑니다

喚鶴乘雲渺渺過　千呼其奈不歸何
遲遲丹旋空山路　瞻望西天夕照多

　　　　　　—「삼가 녹촌 고병익 총장 영전에(拜輓鹿邨高柄翊總長)」

정격(正格)과 파격(破格), 그 거리와 구조화
: 한분옥의 시조에 대하여

1. 특질 하나 : 탈피상성

시인들이 사물을 대하는 눈길은 범속한 사람들과는 근본적으로 다르다. 우리가 무심하게 대하는 산과 시내 하늘과 별이나 꽃과 사슴들에 그들은 기상천외라고 할 수밖에 없는 의미와 의의를 부여한다. 그것을 우리는 시인의 으뜸가는 자격으로 창조성이라고 말한다. 한분옥 시인의 작품에도 바로 이와 같은 단면이 내장되어 있다. 그와 아울러 거기에는 여느 시인에게는 잘 나타나지 않는 특질 같은 것이 추가되어 있다. 그것이 작품 바닥에 깃든 사물 해석의 탈피상성(脫皮相性)이며 내면 공간(內面空間)이 확보된 점이다.

2. 작품, 「머리 맡의 백자」 읽기

이 자리에서 우리가 주의할 것이 있다. 그것이 한분옥 시인의 작품이 형태 해석과 제재 선택에서 안정적인 점이라는 것이다. 여기서 안정적이라는 말은 이 시인의 작품이 그 기법 면으로 보아 온건한 쪽임을 가리킨다. 그러나 이 말이 곧 이 시인의 시가 보수적이며 활기에 차 있지 못하다는 뜻은 아니다. 표층 구조로 말하면 이 시인의 시가 유별나게 전위적이 아닌 것은 사실이다. 그러나 의미 구조의 면으로 보면 이 시인의 시는 적지 않게 실험적이며 그와 아울러 치열한 작가의식이 그 저층을 이루고 있는 것이다.

> 속살이 희고 차면 외로움을 탄다는데
> 물을 닮았는가 희고 찬 물을 닮아
> 시리게 건너온 아침 머리맡에 앉는가
>
> 날마다 속으로 당먹을 갈았다가
> 꽃 피면 꽃 곁에서, 잎 피면 잎 옆에서
> 저 혼자 당홍인 봄을 붙잡고만 있는가
>
> 무참히 그 생살로 화염을 차고 나와
> 불꽃을 찢고 나와 얼음꽃에 멱감는가
> 확 데인 불의 흔적에 속울음을 삼킨 채
>
> ─「머리맡의 백자」 전문

얼핏 보아도 드러나는 바와 같이 이 작품은 그 음성 구조에서 부드러운 가락, 그윽한 울림을 가지고 있다. 그와 아울러 의미 구조로 이야기될 수 있는 소재 해석에 있어도 제 나름의 몫이 뚜렷하게 간직되어 있다. 우리가 갖는 일상적 생활 공간에서 백자 항아리는 사기 그릇의 일종에 지나지 않는다. 소재 상태에서 그것은 단순한 객체로 의식 작용을 갖지 않는 사물일 뿐이다. 그런 사물을 화자는 인격적인 실체로 바꾸어 머리맡에 앉게 했다. 그에 이어 화자는 그것을 고즈넉한 내면세계를 갖는 여인으로 둔갑시켰다. 셋째 연에 이르면 그런 여인은 안으로 불꽃을 간직한 인격적 실체가 된다. 그리하여 그 나름대로 세파에 시달리는 일상을 살면서 인생의 어느 길목에서 남다른 고통도 맛보는 것이다. 일찍이 우리 시조 작단에서 이렇게 날카로운 눈길로 우리 자신의 내면세계를 파헤친 예는 많지 못했다. 이것으로 우리는 한분옥의 시조가 표층 구조에서 나타나는 온건성과는 달리 내면 공간 개척 면에서 적지 않게 독자적이며 또한 거기에 의식의 열기가 간직된 경우임을 실감한다.

3. 하나의 대비

돌이켜보면 우리 시단에서 시조의 현대화 운동을 본격화시킨 것은 1920년대 중반기경에 형성된 국민문학파에 의해서였다. 그들의 문학 운동은 식민지 체제하에서 맞닥뜨린 일제의 민족 말살 정책에 대응하고 카프로 대표되는 외래 사상 추수 경향에 대해서도 버팀목이 되어야 했다. 그 전략으로 '민족이 있고 민족을 위한 문학' 운동을 시도했고, 그 방편으로 우리 고유 양식인 시조 부흥 운동을 전개한 것이다. 또한 그 길로 국민문학파는 즐겨 국토 산하를 제재로 택했으며 더러는 그 정신의 닻줄을 역사, 전통의 물기슭에 정치시켰다. 그러나 국민문학의 활동 노선에는 긍정적으로 평가될 부분과 함께 반드시 지적되어야 할 한계점 같은 것이 내포되어 있었다. 구체적으로 국민문학파의 창작 시조 활동에서 주도적 역할을 한 것은 가람(嘉藍) 이병기(李秉岐)와 노산(鷺山) 이은상(李殷相)이었다. 그런데 이들 시인의 창작 활동에는 오늘 다시 검토되어야 할 세대의 한계 같은 것이 나타난다.

가람은 등단과 함께 '새 술은 새 포대에'로 집약된 시조 개혁 운동을 벌였다. 그는 그 길로 시대에 걸맞은 새 말과 새 표현을 그와 동시대의 시조 시인들이 써야 한다고 주장했다. 그는 그 스스로가 그런 견해와 함께 그 이전에는 이루어지지 않은 아름다운 심상의 시를 제작, 발표했다. 그 대표적인 보기가 되는 시가 그의 초기 작품인 「봄」, 「오동꽃」, 「아차산」, 「난초」 등이다.

한편 가람과 같은 시기에 노산은 「금강송」이나 「가고파」를 통해서 우리말의 울림을 최대한 기능적으로 살린 작품을 썼다. "금강이 무엇이뇨 돌이요, 물일러라 / 돌이요 물일러니 안개요 구름일러라 / 안개요 구름일러니 있고 없고 하더라." 이런 노산의 시조가 갖는 특색을 우리는 그 나름대로 흥청거리는 가락이라고 할 수 있다. 그것으로 그의 시조는 그와 동시대의 작품들과 대비시키는 경우는 물론 후세까지 길이 남을 울림을 지니게 되었다.

그러나 이와 같은 장점과 함께 가람과 노산의 작품들에는 그 나름의 한계점 같은 것도 있다. 무엇보다 거기에는 현대적인 인간의 생활상이 잘 나타나지 않는다. 본래 우리 자신은 태어나면서부터 무거운 짐을 지고 비탈길을 오르며 땀투성이가 되고 고통받으면서 삶을 엮어가는 인간들이다. 그런 우리의 세상살이에서 가람과 노산의 시조에는 인생 자체가 무엇인지를 캐어묻는 생활의 현장성이 잘 나타나지 않는다. 그런데 한분옥의 사화집에는 놀랍게도 가람과 노산의 반대 범주에 속한다고 생각되는 작품이 담겨 있다.

홍두깨에 감긴 채로 다듬잇돌 위에 눕다

온몸에 매질하는 방망이질 소리 끝에
아픔도 그 아닌 아픔, 적모란이 벙근다

참다 참다 못해 피륙이 찢어진다
어혈진 자리마다 꽃잎이 다 터진다
퍼렇게 부러진 꽃대궁, 내 아픔이 감긴다

—「다듬잇돌 위에 눕다」 전문

　표층 구조만을 문제 삼으면 한분옥 시인이 이 시의 서장에서 다루어
낸 것은 우리 복식 문화의 한 단면인 다듬이질의 정경에 해당된다. 그
런데 여기서 이 시인은 그런 다듬이질 과정의 하나인 방망이질에 나름
의 정신 상태를 수렴시키고 있다. 우선 여기서 시인은 다듬이질 때의
복식 자료가 되는 옷감을 바로 화자 자신과 동일하게 만들었다. 그렇
게 옷감이 되어버린 화자는 그에 이어 바로 자신이 마구잡이로 난타당
하는 상황을 현장화한다. 거기서 그는 살점이 찢기고 핏발이 낭자해지
기까지 한다. 봉건왕조의 현장에서 벌어진 태형이 그에게 가해진 것이
다. 이런 정경의 의식 상태는 비참 그 자체라고 할 수밖에 없다. 그것이
심의현상(心意現像)에 그치는 것이라고 하더라도 그것은 비극적이며 끔
찍한 일이다. 그런데 그것을 시인은 모란의 개화에 수렴시킴으로써 살
벌 그 자체인 비극적 체험을 채색도 선명한 심미적 정경으로 바꾸어내
었다. 이것은 좋은 시의 자격 요건이 되는 일상적인 체험 내용의 채색
도 선명한 심상화로 평가될 일면이다.

4. 형이상시의 가능성

　지난 세기의 중반기 이후 우리 주변의 현장 비평에서 강하게 자극 계열의 구실을 한 것이 절대주의 분석 비평의 갈래에 드는 영미계의 신비평 이론이다. 신비평의 한 이론에는 전체 시를 세 유형으로 나누어 보는 시각이 있다. 거기서 시는 물리시, 관념시, 형이상시 등으로 구별된다. 먼저 물리시는 사물과 현상을 있는 그대로 노래하는 시다. 거기서 시의 소재는 질적인 변화를 갖지 않은 채 그대로 노래된다. 우리 현대시사에서 그 보기가 되는 것이 정지용의 작품들이다. 정지용의 「향수」에서 첫째 소재가 되고 있는 것은 시인의 고향이다. 거기서 시인이 그려낸 고향은 화자가 태어나서 자란 마을과 그곳에 있는 시내나 황소, 바람 소리나 하늘빛으로 대체되어 있다. 그들을 그 나름의 선명한 감각적 실체로 제시한 것이 지용의 시편들인 것이다. 물론 그들 매체들에도 시인의 목소리가 개입하기는 했다. 그러나 그 자체가 내면화되어 관념이나 철학의 범주에 드는 사유의 단면을 띠게 된 경우는 아니다. 이런 의미에서 정지용의 대표작들에는 물리시의 딱지가 붙을 수밖에 없다.

　물리시와 달리 관념시와 형이상시는 다른 속성을 가진다. 관념시는 나무나 들과 산, 시내 같은 자연을 그 자체로 쓰지 않는다. 이때의 소재는 거의 모두가 사상, 관념을 가지게 된다. 시인은 그것을 노래하되 거기에 질적인 변화를 일으키게 하는 기법을 개입시키지 않고 그대로 노래한다. 우리 시가사에서는 정몽주의 「단심가(丹心歌)」나 정송강의 「훈민가(訓民歌)」의 일부가 그 범주에 들 것이다. 이들 작품에서 작자들은 충군애국이나 수신제가(修身齊家), 출사지치(出仕至治)를 행동 강목으로 한 주자학적 이데올로기를 시의 내용으로 삼았다. 관념이 관념에 그치고 그것들이 감각적 실체화 단계에 이르지 못했기 때문에 이들 시는 관념시인 것이다.

관념시의 생경한 철학적 의미 내용을 지양시켜낸 것이 형이상시다. T.S. 엘리엇은 그의 「형이상시인론」에서 이 유형에 속하는 시를 가리켜 사상, 관념을 노래했으면서도 그것이 장미의 향기처럼 느껴질 수 있게 만든 시라고 정의했다. 이 경우 '장미의 향기'가 뜻하는 것은 사상, 관념을 감각적 실체로 변용시켰음을 가리킨다. 엘리엇은 그 보기가 되는 시로 존 던, 앤드루 마블 등의 작품을 들었다.

여기에 이르러 우리 이야기가 얼마간 곁길로 빠져버렸다. 다시 화제를 본론화하면 한분옥 시인의 시조는 내면 공간을 가진 점에서 물리시에 그치지 않는다. 우리 자신이 일상에서 방황, 갈등을 하고 거기서 빚어지는 고통받는 모습을 다룬 점에서 거기에는 사유 공간이 내장되어 있는 것이다. 그러면서 이 시인의 시는 사유나 관념을 소재 상태로 노래한 것이 아니다. 그의 대표작을 보면 이 시인은 사상이나 관념을 우리 자신의 감각 가운데도 그 자극 계열이 가장 강한 통감각으로 제시한 것이 있다. 그런 의미에서 이 시인은 의미 구조 면에서 무사상의 상태가 되기 쉬운 우리 주변의 시조에 이색적인 국면을 열어낸 셈이다.

이미 제시된 바와 같이 현대시론에서 형이상시의 개념을 정립시킨 것은 신비평이다. 그런데 거기서 논리의 전제가 된 시각에는 꼭 하나 의문이 제기되는 부분이 있다. 그들의 형이상 시론에서는 작품의 제재가 된 사상, 관념이 질적 차원의 구분이 없이 거론되어 있다. 두루 알려진 바와 같이 존 던이나 앤드루 마블의 시에서 주제 격에 해당되는 것에 '사랑'이 있다. 그런데 이때의 '사랑'이 내포하고 있는 개념에는 보다 높은 차원의 '사랑'과, 그에 대비시킬 때 저차원에 속하는 그것 사이에 등차 개념이 전제되지 않았다. 다시 말하면 거기에는 범속한 인간의 애정과 예수의 '사랑'이나 석가모니의 '대자대비(大慈大悲)' 사이에 개재하는 등차 개념이 나타나지 않는다. 그 결과 신비평가들의 시론에는 우리 자신의 일상적 생활에 수렴되는 사상, 관념과 역사, 전통이나 제일원리의 그것이 동격으로 거론된 느낌이 나는 것이다. 신비평의 이와 같은 입장이 일으키는 부작용은 심각하다. 신비평의 시각에 따르면 우리 자신의 근본적 존재 방식을 캐어묻는 의식의 차원이 대중이 일상생활의 차원에서 갖게 되는 감정이나 관념 사이에 등차가 없다. 아예 문제가 되지 않는 것이다. 그런데 얼마간의 과잉 해석이 개입될 여지를 무릅쓴다면 한분옥의 시조에는 이 문제에 대한 대응 전략이 될 수 있는 작품이 있다.

> 가령 여기 이 물속의 숭어 한 마리가
> 허공을 향해서 솟구쳐 오른다 한들
> 비늘과 지느러미만 뙤약볕에 마를 뿐
>
> 그냥 그런 일상으로는 한발짝도 닿지 못할
> 아득한 저 수평선 눈부신 바람 속인 걸
> 그곳이 간절하다는 그 말 끝에 뛰는 숭어!
>
> ―「숭어」 전문

　　얼핏 보아도 나타나는 바와 같이 이 시에서 1차 소재가 된 것은 물고기의 일종인 '숭어'다. 이 작품의 서장에서 그 숭어 앞에는 가정법을 전제로 하는 말로 '가령'이 붙어 있다. 시인은 이 말을 통해 그의 숭어가 일상적인 소재 차원에서 쓰이는 것이 아님을 암시하고 있다.

이 작품 둘째 수에서 나오는 '허공'에 대해서도 우리 나름의 주석이 필요하다. 실제 숭어는 인간이 아닌 물고기이다. 물을 떠나서는 살 수가 없는 물고기이므로 그것은 허공으로 치솟는 순간 목숨이 끊기고 주검이 된다. 그럼에도 '숭어'는 그다음 자리에서 바람과 햇살로 표상된 허공을 사무치게 지향한다. 대체 이것은 무엇을 뜻하는가. 여기에는 우리 자신이 한결같이 지망하는 인간 조건의 굴레 벗어나기와 그 표리 관계로 생각되는 자유에 대한 욕구가 있다. 그러니까 이 시의 실질적인 제재가 된 것은 '허공'으로 집약된 관념이다. 그리고 그런 '허공'은 이 작품의 의미 구조로 보아 화자가 절대적 의의를 부여한 관념으로서의 '자유'와 등가물이다. 이렇게 보면 이 시조는 '물고기'의 노래가 아니다. 그 내면적인 의식 구조로 보아 이 시는 그 반대로 화자의 탈속박, 자유를 향한 관념을 주제로 한 작품이다. 그런 의도를 물고기의 일종인 숭어를 매체로 해서 선명한 심상으로 제시한 것이 이 작품이다. 이것은 이 시가 우리 자신의 존재 방식을 다룬 본격적 형이상시일 수 있음을 뜻한다.

이야기가 여기에 이르렀으니 이제 우리는 소박한 수준의 결론을 내려야 할 차례다. 이제 명백해진 바와 같이 한분옥 시인의 시조는 그 표층 구조, 곧 형태 면과 저층 구조를 이루는 의미 구조 사이에 균열이 있는 듯 보인다. 형태 해석에서 이 시인은 매우 온건하며 착실한 단면을 드러낸다. 그러나 의미 구조를 가늠자로 하는 경우 이 시인의 시는 그 나름대로 상상력의 폭과 깊이를 가지고 있다. 이것을 정리, 요약하면 한분옥의 일부 시조는 내면 풍경과 표층 구조에 균열, 또는 모순 충돌하는 면을 가진다. 그러면서 이 시인의 몇몇 작품은 두 요소를 한 자리에 엮어내고 있는 것이다. 다시 신비평의 교의에 따르면 현대시는 숙명적으로 서로 모순 충돌하는 이질적 요소들을 한 문맥과 구조 속에 엮어나가야 하는 양식이다. 그런데 한분옥의 대표작에는 바로 이런 현대시의 요구를 넉넉하게 충족시키고 있는 것들이 있다.

이제 우리가 내릴 결론의 테두리가 정해졌다. 앞으로 이 시인의 시조가 단단한 구조의 언어가 되는 동시에 우리 문단 전체의 수준을 제고시키는 가작, 명품의 대명사가 되기를 바라며 기대한다.

우리 시대 고전 해석의 한 이정표
이장우. 장세후 공저『퇴계시 풀이』

1

이장우 교수가 해독을 맡아 간행 중에 있는『퇴계시 풀이』는 그 총 면 수가 1,445면이다. 이 책에서 번역과 주석이 이루어진 퇴계의 시는 모 두 1,545편에 이른다. 이제까지 우리 주변에서 한 시인의 작품 풀이가 한꺼번에 이렇게 방대한 양으로 이루어진 예는 흔하지 못했다. 이것은 『퇴계시 풀이』가 분량에서부터 같은 유형에 속하는 책들을 압도하고 남을 것이라는 평가를 가능하게 하는 일이다.

우리가 기억하는 바 이장우 교수가 퇴계시의 우리말 풀이를 시작한 것은 지난 세기의 80년대 초부터다. 처음 그의 번역, 해석 작업은 퇴 계연구원 발행의『퇴계학보(退溪學報)』를 통해서 이루어졌다. 그 이후 오늘에 이르기까지 그 연재 횟수가 75회로 나타난다. 이 작업에서 이 장우 교수가 매회 소비한 원고의 양은 200자 원고지로 셈쳐보면 300 매 안팎이다. 여기서 우리가 그 총량을 셈해보기로 한다. 300매×75회 =22,000매라는 답이 나온다. 이렇게 나타나는 숫자 자체가 우리에게는 놀라운 일이 아닐 수 없다.

2

　내가 다섯 권으로 된『퇴계시 풀이』를 처음 받은 것은 2007년도의 여름 어느 날이었다. 책을 받은 다음 곧 나는 이장우 교수 댁의 전화번호를 눌렀다. 그는 출타 중으로 통화가 되지 않았다. 그것으로 나는 인사말을 뒤로 미룬 채『퇴계시 풀이』의 첫째 권을 펼쳐서「의주잡제(義州雜題), 12절」의 한 부분을 살펴보았다.

　　　　구룡연(九龍淵)의 구름 기운 새벽되니 서늘한데
　　　　송골산(松鶻山)은 하늘을 찔러 밝은 해도 낮게 보이네
　　　　앉아서 산성의 문이 닫히기를 기다리고 있자니
　　　　호각 소리 부는 소리 들려오네 압록강의 서쪽에서

　　　　龍淵雲氣曉凄凄　鶻岫摩空白日低
　　　　坐待山城門欲閉　角聲吹度大江西
　　　　　　　　　　　　　　　　　　—「의주잡제」셋째 수, 전문

　참고로 밝히면 퇴계 시집에서 이 작품은「산천형승(山川形勝)」으로 그 제목이 붙어 있다. 그러나 그동안 우리 주변에서 간행된 한시 명시선에는 이 작품의 제목이「의주(義州)」로 나온다.
　내가 퇴계의 시를 대하는 순간 그 어느 작품보다도 이 한 수를 먼저 펼쳐본 데는 거기에 내 나름의 까닭이 있다. 나는 본래 꽤 해묵은 시골 유생의 집안에서 태어났다. 우리 고장에서 조금 연조가 있는 유생의 집에는 흔히 찰물(察物)과 수기(修己) 풍류 공간으로 마련된 다락집이 딸려 있다. 내가 태어난 집도 그 예외가 아니었는데 우리 집에 부속된 다락집의 이름은 탁청정(濯淸亭)이라고 했다.

어렸을 적에 나는 아침저녁으로 탁청정을 오르내렸다. 탁청정에는 그 낙성연에 참석하여 축하의 뜻을 담아서 읊은 명류, 석학의 시가 판각이 되어 벽상에 걸려 있었다. 그 가운데는 제목이 「기제 김유지 탁청정 주인(寄題金綏之濯淸亭主人)」으로 된 퇴계의 원운시가 포함되어 있었다. 천자문을 뗀 단계에서 나는 그런 퇴계의 시를 여러 번 보았다. 그러나 그 말들이 어려워 도무지 그 뜻을 가늠할 수가 없었다. 그것으로 마음이 편치 못했던 나는 어느 날 탁청정 벽상시의 먼지를 털고 게시는 숙부님을 뵈었다. 그 자리에서 나는 퇴계 선생의 벽상시는 너무 어려우니 좀 손쉽게 알 수 있는 시가 없는지를 사뢰보았다. 그 다음날 숙부님은 먹글씨로 쓴 퇴계시 하나를 나에게 건네주셨다. 그때 받은 것이 바로 「의주잡제」 가운데 한 수인 「산천형승」이었던 것이다.

그후 나에게는 퇴계시가 나오는 자리에서 언제나 「의주잡제」가 있나 없나를 살피는 버릇이 생겼다. 얼마 동안 그런 상태가 유지된 다음 나는 아주 뜻밖의 사실을 발견했다. 한국 명시선(한문선)에 수록된 시 번역에 아무래도 요령부득이라고 생각되는 주석이 붙어 있었기 때문이다.

용연(龍淵) : 못 이름(백두산의 천지를 말함).
골수(鶻岫) : 봉우리 이름(백두산을 가리켜 한 것임).

우리가 알고 있는 한 퇴계 선생은 청명(淸明)과 수직(守直)을 몸소 실천하면서 평생을 사신 분이다. 그런 그의 신조는 시문을 통해서도 뚜렷하게 나타난다. 퇴계 선생은 그가 지은 모든 글에서 필요 이상의 문식(文飾)을 삼갔으며 특히 지나친 과장법을 쓰지 않았다. 이런 시각에서 보면 「의주잡제」의 번역에 나오는 위와 같은 주석에는 아무래도 의문부가 찍힌다.

이장우 교순의 『퇴계시 풀이』를 손에 들게 되자 내가 조건반사격으로 「의주」 부분을 펼쳐보았다. 그런데 이 책에 나타나는 즉석은 오랫동안의 내 불만을 깡그리 불식시키기에 족할 정도로 산뜻하고 명쾌했다.

용연(龍淵) : 의주 북쪽 8지 지점에 있는 구룡연(九龍淵)을 말함.
골수(鶻峀) : 압록강 건너편에 있는 송골산(松鶻山)을 말함.

대체 이 정확한 해석의 근거가 된 것은 무엇인가. 그런 생각과 함께 나는 전화기를 들어 이장우 교수를 불러내었다. 그를 통해 그의 퇴계시 풀이의 기본 정보원이 된 책 이름도 알 수 있었다. 그 하나가 『퇴계선생 문집 고증』이었고, 다른 하나가 『요존록(要存錄)』이었다. 특히 『요존록』은 이제까지 사본으로 전할 뿐 단 한 번도 공간된 적이 없는 비장의 자료라는 사실을 알게 되었다. 나는 이제까지 우리 주변에서 나온 유사서와 『퇴계시 풀이』의 근본적이며 절대적인 차이가 여기에서 빚어진 것이라고 생각한다.

참고로 살펴보았더니 『퇴계시 풀이』에서 주석 항목은 첫째 권 1,144 항목을 비롯하여 여섯 권째에 이르기까지 7,380여개로 나타났다. 뿐만 아니라 『퇴계시 풀이』의 번역과 그에 이은 주석의 내용들 또한 우리 고전 해석의 한 전범이 되기에 족한 것이었다. 앞에든 「의주잡제」의 번역을 통해서도 명백한 바와 같이 이 책의 원시 풀이는 한결같이 축자역에 가까울 정도로 직역이 되어 있다. 시의 번역에서 직역이 좋으냐 창작적 면을 곁들인 의역의 길을 택할 것이냐의 문제는 아직 명확한 결론이 나지 않는 상태로 남아 있다. 모든 문필 활동의 일차적 목표는 그 내용을 적실하게 표시, 전달하는 데 있다. 그러나 이때 우리는 모든 글쓰기의 궁극적 목적이 아름다운 가락이나 독특한 심상의 제시를 전제로 한 창조적 차원 구축에 있다는 사실에도 맹목일 수가 없다.

새삼스레 밝힐 것도 없이 『퇴계시 풀이』의 저자들은 학부 때 순문학과를 택해서 그것을 전공으로 삼고 평생을 산 사람들이다. 그 과정에서 그들은 수많은 명작들을 섭렵했을 것이다. 한마디로 명편, 가작의 바다를 헤엄쳐온 그들에게 왜 직역의 차원을 극복하고 싶은 충동이 일어나지 않았을 것인가. 그럼에도 『퇴계시 풀이』의 저자가 그 내면세계에 꿈틀대는 욕구를 애써 배제한 상태에서 매우 강도가 높게 원시 제일주의를 택한 까닭은 어디에 그 요인이 있었는가. 나는 그것이 퇴계시를 기점으로 한 고전의 기능적 보존, 신장 의식이 작용한 결과일 것이라고 생각한다.

지난날 우리 한시는 분명하게 우리 민족 문학의 중심축을 이루어왔으며 구심점이 되어왔다. 그럼에도 오늘 우리 주변에서는 그 표현 매체인 한자 자체에 대해 백치 상태인 사람들이 기하급수 격으로 불어나고 있는 중이다. 누구가 일렀듯 민족은 문화이며 우리 문화의 주류를 이루어온 것은 문학이다. 퇴계시는 명백히 그런 민족 문학의 중심부를 이루어온 작품들이다. 이번에 간행된 『퇴계시 풀이』는 그런 퇴계시를 오늘 우리 문화 환경 속에서 새롭게 부각, 고양시키기 위한 노력의 결과라고 생각하며 앞으로 그 파급 효과가 클 것이라고 믿어 의심치 않는다.

동쪽에 모국어의 땅이 있었네

초판 인쇄 · 2016년 5월 6일
초판 발행 · 2016년 5월 15일

지은이 · 김용직
펴낸이 · 한봉숙
펴낸곳 · 푸른사상사

주간 · 맹문재 | 편집 · 지순이, 김선도 | 교정 · 김수란
등록 · 1999년 7월 8일 제2-2876호
주소 · 경기도 파주시 회동길 337-16 푸른사상사
　　　 서울시 중구 을지로 148 중앙데코플라자 803호
대표전화 · 031) 955-9111~2 | 팩시밀리 · 031) 955-9114
이메일 · prun21c@hanmail.net
홈페이지 · http://www.prun21c.com

ⓒ 김용직, 2016
ISBN 979-11-308-0652-5 03810
값 18,000원

이 도서의 국립중앙도서관 출판예정도서목록(CIP)은 서지정보유통지원시스템
홈페이지(http://seoji.nl.go.kr)와 국가자료공동목록시스템(http://www.nl.go.kr/
kolisnet)에서 이용하실 수 있습니다.(CIP제어번호: CIP2016009752)

동쪽에 모국어의 땅이 있었네

김용직